FRITZ VON HERZMANOVSKY-ORLANDO
SCOGLIO POMO

Fritz von Herzmanovsky-Orlando

Scoglio Pomo

oder
Rout am Fliegenden Holländer

Roman

*Herausgegeben von
Klaralinda Ma-Kircher*

Residenz Verlag

Bibliografische Information der Deutschen Bibliothek
Die Deutsche Bibliothek verzeichnet diese Publikation in der
Deutschen Nationalbibliografie; detaillierte bibliografische Daten
sind im Internet über http://dnb.ddb.de abrufbar.

www.residenzverlag.at

© 2007 Residenz Verlag
im Niederösterreichischen Pressehaus
Druck- und Verlagsgesellschaft mbH
St. Pölten – Salzburg

Alle Rechte, insbesondere das des auszugsweisen Abdrucks und das
der fotomechanischen Wiedergabe, vorbehalten.

Umschlaggestaltung: Ramona Scheiblauer
Typografische Gestaltung, Satz: wolf, www.typic.at
Gesamtherstellung: CPI Moravia Books

ISBN 978-3-7017-1469-8

1

Prunkvolles Sonnenlicht lagerte über Dalmatien. Wie ein Riesenspiegel von Saphir blaute die wogende See, beryllfarbig die Säume an den Küsten, in langen Zügen von schwanenweißen Schaumkronen durchfurcht. Wie goldfarbene Marmorschnitzereien erhoben sich da und dort Inseln mit purpurnen Schatten der Berge und Klüfte, vom Opalgeäder der Brandung eingefasst.

Des Meeres poseidonischer Duft war leicht vermischt mit den Wohlgerüchen des Rosmarins und der würzigen Kräuter, die auf den Inseln und den steilen Alpenmassen wuchsen, die hinter dem Küstensaum leuchteten.

Verwunderlich ist's, dass ein so betriebsamer Kontinent wie Europa solch ein märchenhaft verträumtes Küstenland überhaupt haben kann. Nirgends spürt man das Verglühen Venedigs, ja, des antiken Rom und der Turbanzeit so stark wie hier.

Einen der sonderbarsten Punkte dieses Landes bewohnte die Familie Treo, venezianischer Provinzadel, eine Familie, die San Marco unzählige Kapitäne, perückengeschmückte Proveditori, liebreizende Donzellen und scharfmodellierte Matronen gegeben hatte.

Ihre Geschichte war wie durchweht von Teerduft und Pulverdampf, von Moder und orientalischen Essenzen, und so mancher Vorfahr war in prunkvollen Gemächern der Pest erlegen, auf brennenden Galeeren qualvoll verendet oder als Rudersklave der Türken elend verkommen. Denn so waren die Schicksale der Zeit zwischen dem Tode von Byzanz und dem wogenden Prunkreigen der Barocke, die das sinnverwirrende Märchenschloss ihrer Schönheit fast zu den Göttern emporzutürmen schien. Bis die Französische Revolution die trüben, krätzhalsigen Nachtvögel des Dämons der Finsternis losließ und eine Woge von Kommissknöpfen und Proletariern gebar, die dem Zaubermärchen ein Ende machten und schwere Dissonanzen schufen, die heute noch auf Europa lasten.

Damals verarmten die Treos vollkommen und hausten jetzt in einem verfallenen venezianischen Prachtbau, der sich in Porto Palazzo erhob, einem kleinen Hafen, welcher wiederum in den Trümmern einer weitläufigen römischen Palastanlage eingebaut ist.

In diesem Hause ging es seltsam her.

Feconda, die Ahne, verwendete, sparsam wie sie war, tagsüber statt der Haube eine Dogenkappe, die ihrem Vorfahr mütterlicherseits, dem großen Dandolo, gehört hatte, und wenn sie bei brennendem Sonnenglast in den golddurchfluteten Garten ging, wo starkduftende Suppenkräuter zwischen zerfallenen Marmorgöttern, Seeungeheuern und edlen Vasentrümmern wuchsen, trug sie einen verblichenen, breitkrempigen Kardinalshut aus weißlich gewordenem Purpur.

In diesem Feengarten, der überwuchert war von Rosen und Pelargonien, huschten Lazerten, die aussahen wie Juwelierarbeiten eines Circignani oder Benoni, durch das violette Dämmern der Schatten und führten glitzernde Tänze auf, so hold, dass man meinte, jeden Moment das Lachen der Nymphen zu hören. Doch die erschienen nicht, noch auch bockfüßige, feistbackige Panisken mit frivolem Lächeln, sondern bloß die Schar der ewig hungrigen Enkel, große und kleine. Da waren die Mädchen Kallirhoë und Tetis, Fillide, Gioconda, Omphale, Roxane, Pannychia, Argentina, Polyxena, Praxedis und die Rotte der Buben Triptolem, Triton, Polifemo und Triphon, Adamanto, Simeone, Hasdrubal und Giacinto.

Sie vollführten einen maßlosen Lärm, fraßen, was reif und unreif war, Blumen und Früchte, Meerspinnen und lebende Schnecken, schreiende Geckos und Tausendfüße, die kleine Kallirhoë sogar einmal etwas Dynamit, das Retirato, der alte, einäugige Chioggiot, zum Fischen in fremden Gewässern gebrauchte. Das leichtsinnige Kind wurde während der Inkubationszeit wie ein rohes Ei behandelt. Niemand durfte es stoßen, geschweige denn schlagen. Es war Kallirhoës überseligste Zeit. Nur das beeinträchtigte ihr Glück etwas, dass sie allein im Garten schlafen musste. Denn der Umstand, dass sie häufig aus dem Bette fiel, ließ ihren Aufenthalt in der baufälligen Palastruine nicht angängig erscheinen.

Die Kinder lernten blutwenig, war es doch mit dem Schulwesen auf der Insel gar elend bestellt. Dafür trieben sie sich umso mehr in den Wäldern voll Zedern, Zypressen und knorrigen Rieseneichen herum oder tauchten wie glänzende Fische durch die azurblaue Flut bis auf den antiken Marmorboden, der sich am Grund des Hafenbeckens befand. So floss ihr Leben sorglos dahin, während immer öfter graue Sorgen die Eltern und Feconda beschlichen. Was sollte aus ihnen werden, wenn das Schreckgespenst der modernen Zivilisation ihre Idylle mehr und mehr bedrohte?

Abends versammelte man sich zur gemeinsamen Mahlzeit, die aus großen Kupferkesseln im Saale des Palastes eingenommen wurde. Da gab es köstliche Speisen aus Meerkrebsen und Polypen, goldgelb in Öl gebacken, oder Gerichte aus Melanzanen und Kalbskaldaunen, reich mit Käse gewürzt. Buntes Obst und Honigwaben krönten das Mahl. Herber Rotwein brachte das erregte Lärmen bei Tisch zu immer tollerem Crescendo.

Unbekümmert um das menschliche Treiben blickten Götterbilder, große verwitterte Gemälde, auf die Nachkommen derer herab, die die Meisterwerke einst in den Glanztagen der Renaissance erwarben.

Da war Pluto, der auf üppigem Lager Proserpina umarmt. Zwei Amoretten halten den heftig bellenden Cerberus, aus dessen Mund ein Spruchband flattert: „SE VUOI CHE ENTRI NEL LETTO PLUTO MIO". Auf einem anderen Bild sah Juno aus geteilten Wolken zu, wie Jupiter die Jo in Gestalt einer Kuh karessierte, einen Silbereimer mit dem Kampf der Lapithen und Kentauern in der Hand. Dieses Bild schmückte die zürnende Inschrift: „IO TI VEGGIO MARITO MI RIBALDO!" Dort wieder küssen sich auf vergoldetem Prunkbett Mars und Venus auf lüsternste Weise. Der Amor mit Pfeil und Bogen steht dabei und spricht scherzend: „DEH CORCATEVI QUI MATRE MIA BELLA!" In einer finstren Ecke endlich hing ein düstres Gemälde: Da fraß Saturn ein Stück einer Statue des Ulysses. Die holde Calypso reicht dem offenbar sehr Hungrigen den üppigen Busen zur Ablenkung, den er unfreundlich ablehnt. „VUOI INGOIARE SIFFATO QUESTO PARIDE MARMO" stand darunter geschrieben.

Ja, die Treos waren einst reich, sehr reich gewesen. Was hatte allein die Brosche mit dem Jüngsten Gericht gekostet, die der berühmte Goldschmied Burcellono Scanabecchi, genannt Pozzoserrato, für die schöne Dichterin Zuzzeri, Dalmatiens Elektra, eine der Vorfahrinnen der Familie, vor Jahrhunderten gemacht hatte! Die Engel waren da aus blassen Korallen gebildet, der Heilige Geist ein Spinell, die Seelen der Verdammten hingegen aus schwarzem Achat.

Aber jetzt war all ihr Reichtum dahin. Nach dem Sturz der Republik waren ihre letzten Schiffe vermodert, ihre Besitzungen in der Levante enteignet worden, und bloß etwas war ihnen geblieben: der

Scoglio Pomo, den sie vom großen Dandolo während des vierten Kreuzzuges zum Lehen bekommen hatten. Aber wo lag der? Unglücklicherweise waren alle Aufzeichnungen darüber verschwunden.

Umsonst durchstöberte man die Tagebücher venezianischer Marineure aus verflossenen Tagen und die alten Seekarten der Familie, wo eine Meernixe einen ertrinkenden Admiral notzüchtigte, ein Bild, das die Kinder immer mit glänzenden Augen verschlangen.

Nichts kam heraus! Auch Bonaventura Zemonico und Laus Deo Pakor, verwitterte Kapitäne und langerprobte Freunde der Familie, wussten nicht zu helfen. Freilich behaupteten böse Mäuler, dass die beiden sich auf hoher See nie recht ausgekannt hätten und oft wochenlang herumgekreuzt seien, ehe sie selbst Triest gefunden hätten.

Nun war auch im engsten Kreise der Familie Treo ein tüchtiger Nautiker gewesen, der Onkel Lazzaro, ein Bruder Fecondas. Zum Unglück war auf den Wackeren nicht recht zu zählen, weil ihn ein harter Schicksalsschlag seinem eigentlichen Berufe entfremdet hatte und sogar seinen Lebensabend in ein recht schiefes Licht tauchte.

Er, der einstmals im Karneval zu Neapel seine einzigen Zivilkleider in einer Maskenleihanstalt als Pfand gegen das Kostüm eines Skaramuzz gelassen, hatte das Malheur gehabt, nach durchschwärmter Nacht das Lokal von Banditen glatt ausgeraubt zu finden. Was blieb ihm andres übrig, als gute Miene zum bösen Spiel zu machen und sein Leben fortan als Skaramuzz schlecht und recht weiter zu fristen.

Jahrelang war seine auf ihre Reputation bedachte Familie deshalb mit ihm entzweit und heute, wo die Zeit Gras über die Wunden hatte wachsen lassen und man ihn sogar um seinen Rat anging, war er beruflich so verblödet, und seine vielleicht sachlich gemeinten Auskünfte so skaramuzzesk verzerrt, dass man den stark nach Käse duftenden, mit wilden Schriftzügen und sonderbaren Zerrbildern bedeckten Brief seufzend wegwerfen musste.

Ach, die vielen unversorgten Kinder! Was sollte nur aus denen werden! Ja früher, da kam alle paar Jahre die Pest, oder wurden wenigstens die Mädchen gerne von den Barbaresken geraubt, wenn sie sich nach dem Bade nackt in den Lorbeerhainen tummelten. Aber heute!

Noch zwei Onkel, Salvator Baucolich und Spiridion Papadachi, ebenfalls pensionierte Kapitäne, kramten bereitwilligst im reichen Schatze ihrer maritimen Erinnerungen, ohne je ein greifbares Resultat zu finden. Wie gerne hätten sie der Familie Treo geholfen, zumal die Großmutter, Proserpina Papadachi, deren Mann ein nicht übel gehendes Geschäft mit Fliegenklappen sein Eigen nannte, sehr gerne eine Verbindung ihres Enkels Chameleon Papadachi mit der drittjüngsten Tochter des Hauses Treo, Klytemnestra, gesehen hätte. Es war aber der krumme Papadachi, nicht sein Bruder, der sogenannte Adonis von Křevopolie, der später als zahmer Gorilla verkleidet einen förmlichen Siegeszug durch die Pariser Salons angetreten hatte und fast Präsident der Republik geworden wäre. Jedoch Locusta Bunjevac, die intimste Freundin der alten Feconda, redete ab, weil das Geschäft nicht standesgemäß sei. Onkel Baucolich wiederum, der eine kleine, leider nicht zum Besten gehende Fensterputzanstalt in Orsera betrieb, gedachte nach seinem Tode dem jungen Paar damit unter die Arme zu greifen. Die stolze Großmutter Treo war auch dagegen und behauptete, dass es in dem verfallenen Ruinenstädtchen überhaupt keine Fenster gebe, und sie hatte nicht Unrecht.

Überhaupt, Ehen mit Geschäftsmännern! Auch sie könnte heute eine reiche Frau sein, mit Equipage und Leibabbate, wenn sie seinerzeit den Werbungen des reichen Gemüsehändlers aus Girgenti, des bürgerlich-ordinären Giuseppe Peperoni nachgegeben hätte, oder des Großspediteurs Elephante aus Tarent mit dem blauen Frack und den geräumigen Nankinghosen um die kurzen Beine, der Nacht für Nacht vermittelst eines mauleselgezogenen Orchestrions ihr Ständchen gebracht hatte.

Noch eine letzte Hoffnung gab's: den alten halbverschollenen Marinemaler Abraham Casembrot, der vor vielen Jahrzehnten mit einem Rotterdamer Käseschiff bei Messina gestrandet war. Dieser verwitterte Holländer studierte oft mit den alten verkommenen Kapitänen auf den großen Planiglobien herum, die mäusezerfressen und wurmzernagt im Palazzo standen. Sie machten zwar einen Lärm wie bei einem mittleren Seetreffen, aber ohne je auf einen grünen Zweig zu kommen. Dann starrten die fünf alten Herren meist ein Weilchen trüb vor sich hin, gingen aber dann an den Strand und tanzten als gespenstische Silhouetten nach Bergamasker Art zum Klange der buntfarbigen Lieder, die Papadachi seinem Dudelsack zu entlocken wusste. Oder Baucolich zeigte den jungen Damen den von seinem gottseligen Vater verfassten Taifunkatalog mit den graziösen Schäferszenen in feinstem Kupferstich. Waren die Herren aber recht guter Laune, dann verloren sie sich wohl in langen Seegeschichten. Von den wundertätigen Zoccoli des Heiligen Franziskus wussten sie zu erzählen, die die wildeste See beruhigten, als der heilige Mann von Neapel nach Spanien segelte, so fett waren sie. Oder von der blutigen Seeschlacht bei Paros, wo drei Brüder Pakor aus Zengg den Kapudan Pascha Tahabiti Bey erschlugen, als er gerade seinen schwarzen Kaffee am vergoldeten Heckbalkon des Admiralschiffes schlürfte. Der norwegische Seeheld Kurt Sievertsen führte damals die Venezianer zum Siege; sein Porträt hing noch im Palazzo, und die kleine Kallirhoë war ihm wie aus dem Gesichte geschnitten. Da hörten die Kinder auf zu fressen und hingen gespannt an den Mündern der salzigen Rhapsoden.

2

Nicht weit vom Adriatischen Meere, von diesem nur durch den schmalen Streifen der Grafschaften Görz und Gradiska getrennt, erhebt sich das Herzogtum Krain, ein Land, reich an stolzem Hochgebirg, dunklen Wäldern und unermesslichen Höhlen. Auch anmutige Seen und reiches Obstland mit zahlreichen Wallfahrtskirchen auf den Gipfeln dienen ihm zum Schmuck. Das Volk zeigt in seinen nichtdeutschen Teilen einen manchmal nicht ganz erfreulichen Slawencharakter; doch die germanische Hochkaste ist reich an originellen, ja selbst recht sonderbaren Herren, die nicht recht in das plattfüßige Getrampel der modernen Schwerkultur passen wollen. Es soll ab und zu – allerdings schon recht selten – vorkommen, dass blitzartig Ritter auftauchen, einen Wucherer ins Verlies werfen oder geschwind einen Handlungsreisenden überfallen; sie nehmen ihm wohl nie etwas weg, da sie im Unterbewusstsein nur nach Pfeffersäcken und Nürnberger Tand suchen. Im Gegenteil! Der heftig Gestikulierende wird noch beschenkt für den Schreck und reichlich geatzt. Aber die „werte Burg" darf er niemals betreten, und diese Vorkommnisse werden dem Ausland gegenüber sorgfältig unterdrückt, da man schon bemerkt zu haben glaubt, dass das Haus Baedeker die feuerroten Ohren spitze. Und die Macht dieses Hauses ist so groß, eine solche, dass man mit ihr selbst dem blutigen Tyrannen Abdul

Hamid so drohen konnte, dass er weinend zu Bett ging.

Mitten im wildesten Krain hauste auf einsamer Burg der Vetter Léo Baliol, ein eleganter junger Herr, der zum Smoking mit Vorliebe ein verwittertes Jägerhütel mit der Schneidfeder daran trug.

Öfter im Jahr fuhr er nach Wien, wo er in der Bristolbar zu treffen war, die er dem alten Stadtpalais seiner Tante, der Gräfin von Cilli, vorzog.

Der alten Dame, deren crève-cœur Léo war, machten er und seine zwei Brüder viel Kummer. Dem ältesten, dem Husarenoberleutnant, hatte die Tante des Öfteren seine bedeutenden Schulden gezahlt. Zuletzt nahm er mit den übrigbleibenden 100 Gulden einen Extrazug von Oberlaibach nach Laibach – man bedenke, wegen einer Station! – und war und blieb verschwunden. Dass er sich nach Konstantinopel gewendet habe und heulender Derwisch geworden sei, konnte man der überfrommen chanoinesse natürlich nicht erzählen. Das Nesthäkchen Léo hatte auch einmal eine böse Geschichte angerichtet: Konnte man es vielleicht der alten Dame verübeln, dass sie die „Bockerlfraß" – eine außerhalb Wiens unbekannte nervöse Erscheinung – bekam, als sie vernahm, dass Léo bei Beginn des Burenkrieges „seiner entarteten Tante von England" den Fehdehandschuh hinwarf. Als Pair von Schottland und ehemaliger König der Hebriden glaubte er sich zu dieser intimen Ansprache berechtigt. Lord Goschen, der britische Botschafter in Wien, kam damals mit wehendem Trauerflor am hellgrauen

Zylinder händeringend zur Tante, da die alte Viktoria zum ersten Mal im Leben ganz ernüchtert sei und dies die bedenklichsten Folgen haben könne.

Léo blieb unerbittlich und exerzierte seine Freischaren Tag für Tag. Endlich steckte man sich hinter seinen intimsten Freund, Dillon des Grieux, der sein Schloss mehr gegen das Steirische zu hatte, und der, ein Deszendent der berühmten Manon Lescaut, Unsummen hinauswarf, um auszuforschen, wie der schurkische Steuerpächter G. M. mit vollem Namen hieß, der seine entzückende Vorfahrin so schändlich ruiniert hatte. Der Wunsch seines Lebens war, G. M.s Rechtsnachfolger im ritterlichen Tjost zu spießen und Manons Seele, die er sich in Guatemala drüben als zierlichen Kolibri dachte, Ruhe zu verschaffen.

Des Grieux lud ihn auf Auerochsen ein, um sich für die Steinbockjagd bei Baliols zu revanchieren, und Léo nahm an. Nach der Saison wurde der aber doch trübsinnig, weil er seine Ritterpflicht, für die Unterdrückten ins Feld zu ziehen, versäumt zu haben glaubte, und fischte in den finstern Felsendomen Grottenolme oder strich in den Steinwüsten des Hochgebirges umher. Dort flehte er in schwärmerischer Verzückung die heilige Jungfrau um Vergebung an, da sie als erhabenste Dame den Rittern fürsteht. Vielleicht könne er irgendein anderes gutes Werk verrichten, um sein Fehl zu büßen. Da geschah es einmal, dass sich zum Zittern der Kälte ein ganz sonderbares, von Léo noch nie gespürtes Gefühl gesellte. Vom Sonnengeflecht ging es aus, ein Gefühl wie Wonne, Jubel und Grauen, ein Gefühl, das man hat, wenn man dem Unfassbaren gegenübersteht. Er warf sich zu Boden und plötzlich kam er sich vor, als ob er in Lichtgarben schwömme. Jubelnde Stimmen ertönten, gleich sanften Fanfaren aus wunderlieblichen Kehlen. Er bebte in wonnigem Schauder, als er das nie Geahnte und doch wie fern Bekannte vernahm. Eine Flut von Gefühlen durchstürmte sein Inneres. Da – ganz deutlich – vernahm er eine Stimme von unbeschreiblichem Wohllaut, die so zu ihm sprach: „Léo! Weil du stets fromm und gut warst, soll deiner Familie geholfen werden."

Der Baron erhob seinen Kopf, sah aber nichts mehr als einen Engel von unbeschreiblicher Schönheit, der ihm zuflüsterte: „Pomo, Seekarte XVII 103, Hölders Verlag, Wien". Dann erfolgte ein Donnerschlag, der alles zerriss, und Léo blieb stundenlang bewusstlos liegen. Wie er wieder nach Hause gekommen war, darüber konnte er sich niemals Rechenschaft ablegen. Er fand sich jedenfalls auf dem großen Bärenfell vor dem Kamin in der Halle vor, mit zerfetztem Smoking und blutigen Lackschuhüberresten. Denn er war die ganze Zeit hindurch in Gesellschaftsdress gekleidet in die Einöden gegangen, weil er eine gewisse Ahnung hatte, dass er unvermutet eine überirdische Begegnung haben könne. Was „Pomo" sei, war ihm durchaus ein Rätsel. Er fastete und betete acht Tage lang um Erleuchtung und suchte in allen Reisehandbüchern das erwähnte Wort. Die Firma Hölder in Wien, an die er sich telegraphisch wendete, bedeutete ihm, dass erst vorige Woche die fremden Attachés alle Seekarten gekauft hätten und er sich auf unbestimmte Zeit gedulden müsse. Da wandte er sich, wie immer in schweren Fällen, an das einzige reale Mitglied seiner Familie, an den Vetter Michelangelo bei der Landesregierung zu Laibach.

Michelangelo III., Freiherr von Zois, genannt Edelstein, fuhr sofort zu ihm und sprudelte heiser vor Erregung hervor, was für eine eminente Bedeutung der Fund habe. Mit leichter Bitternis ließ er in den Freudenkelch als Wermutstropfen das Wort „vom blinden Adler, der auch einmal eine Wurst aufs Kraut gefunden habe", einfließen. Aber Léo überhörte das vornehm und bot dem Vetter Zigaretten an, die deshalb so süß schmeckten, weil der Sultan den Tabak mit Odaliskenblut düngen ließ. Sein Bruder, der heulende Derwisch, hatte sie ihm zum Nikolo geschenkt.

Die überglücklichen Treos wurden verständigt, Pomo nach stürmischer Fahrt unschwer gefunden und binnen wenigen Monaten vom eminent praktischen Baron Zois, der sofort in Pension gegangen war, zum schönsten Kurort Südeuropas umgewandelt. Der hatte wieder einmal seinem Prädikat „Edelstein" Ehre gemacht.

3

Zu dieser Zeit geschah es, dass sich der junge Charles Borromée Howniak auf Reisen begab. Ch. B. H. war eher klein, ein wenig schief gewachsen, rothaarig und sommersprossig. Auch pfiff er beim Sprechen etwas durch die Nase, was den an und für sich fatalen Eindruck seiner Rede noch erhöhte. Er war ganz seiner Mutter nachgeraten, wie dies bei Söhnen nicht selten vorkommt.

Der Vater Howniak hatte nichts zu lachen, denn seine Gemahlin Hekuba war eine nervöse Dame mit stets erregt bebenden Nüstern. Ihr Benehmen war steif, dabei wieder unsicher, wie dies bei Leuten mit dürftiger Kinderstube vorzukommen pflegt. Für ihre kleine Abkunft sprach auch der Umstand Bände, dass sie eifrige Leserin des „Salonblattes" war. Artikel wie „Sicherem Vernehmen nach hat Ihre Durchlaucht, die Frau Herzogin von Choiseul, schon den siebenten Kapuzineraffen für die Volière auf ihrem Manoir, berühmt durch die reichen Boiserien, gekauft", konnten die Frau mit andächtiger Begeisterung erfüllen. Und gar die Abbildungen von Bräuten aus der Hocharistokratie, die oft so hässlich waren und so verblödet ausschauten, dass jeder gefühlvolle Mensch aus Verlegenheit für die Dargestellten am liebsten unter den Sesseln durchgekrochen wäre, konnten ihr Freudentränen erpressen.

Der junge Borromée wollte hoch hinaus. Das hatte er von der Mutterseite. Schon als Knabe – man hatte ihn unter unsäglichen Mühen ins exklusivste Institut, das Wiener Theresianum, gebracht – suchte er seinen aristokratischen Kameraden begreiflich zu machen, dass er einer französischen Emigrantenfamilie entstamme. Die Howniaks, ursprünglich Hovnac geschrieben, seien eine Seitenlinie der Ducs de Cognac, der Fezensac und so weiter.

Leider machte der Ordinarius der Klasse, ein gebürtiger Tscheche, wie die Deutschprofessoren in der Regel, dem Traum des jungen Gernegroß ein Ende und riss mit der wahrheitsgetreuen Übersetzung des Familiennamens dem stolzgeblähten kleinen Pfau die schönsten Schweiffedern aus. Sie ist so unschön, dass wir aus ästhetischen Gründen auf eine Wiedergabe verzichten müssen. Nach diesem Debakel litt es den Jüngling nicht länger in dem vornehmen Kolleg und fortan studierte er aus Hochmut überhaupt nichts mehr, was seine Mutter lebhaft unterstützte, da wirkliche Hocharistokraten auch wirklich nie etwas lernen. Dagegen beschloss er, möglichst bald zu heiraten, weil er Ehen in jungen Jahren für standesgemäß hielt. Allerdings dachte er nur an etwas ganz, aber schon ganz Exquisites. Sein Traum war eine Königstochter!

Als seine Jahre es erlaubten, ging er entschlossen auf die Suche. Seine gothaisch orientierte Nase führte ihn an den Traunsee. Dort gab es längs des ganzen Gestades depossedierte Herrscherfamilien in erklecklicher Zahl. Eine Einführung glückte nirgends, so viel Mühe sich der alte Kammerherr Baron Hormusaky, ein Freund von Howniaks Vater, auch gab. Borromée wurde verzagt und ließ die Unterlippe in einer Weise hängen, dass alles den jungen Mann bloß noch schmunzelnd betrachtete. Zu allem Unglück rief Hormusaky, der als Ungar die deutsche Sprache nicht ganz beherrschte, dem immer willensschwächer Werdenden einst vom Fenster zu: „Borromée, werde endlich mannbar!", womit er natürlich „mannhaft" meinte. Der laute Zuruf wurde vom promenierenden Publikum vernommen und Howniaks Ansehen der Lächerlichkeit dermaßen preisgegeben, dass er sich um ein anderes Feld der Tätigkeit umschauen musste.

Als der Tiefgekränkte schon bei fertig gepackten Koffern in seinem Hotelzimmer saß und mit hängendem Monokel vor sich hindöste, ließ sich ganz unerwartet ein Herr Rabenseifner bei ihm melden.

Selbst der stockdumme Howniak konnte sich eines unbehaglichen Gefühles nicht erwehren, als er des Besuches ansichtig wurde.

Rabenseifner, ein überlanger, noch ziemlich junger Mann in nicht ganz einwandfreiem Gehrock, tänzelte mit hastig-eckigen Bewegungen herein, gegen den dämlich Starrenden eine Art beschwörende Bewegung machend, ehe es ihm glückte, den Zylinder unter einem bestimmten Stuhl zu verstauen. Dann wandte er sich mit einem hohlen, gequetschten Lachen zum Partner, überzeugte sich nochmals mit leicht drohendem Blick, dass der Hut schön unbeweglich dalag, und setzte sich Howniak gegenüber, ihn mit den stechenden Augen scharf fixierend.

„Rabenseifner ist mein Name. Vertrauen Sie sich mir vollkommen an, ich weiß alles", sprudelte er hervor. „Professor Sherlock Drummsteak Rabenseifner, Professor of Christian Science", fügte er mit wahrhaft infernalischem Lachen hinzu. „Haben Sie noch nie von mir gehört? Fall Strahlenberg–Uihazy ... nicht? Wiederhersteller des Familienglückes Dulemba–Vanciorovac ... nicht? Weiß alles! Cognac – Howniak – Fezensac? ... He?"

Jetzt strahlte plötzlich Borromäus und gewann sichtlich Interesse für den fatalen Infernaliker ihm gegenüber.

Der sprang auf, bückte sich blitzschnell nach dem Zylinder und rief, den Hut fahrig schwenkend: „Prinzgemahl Heil! Heil! Hören Sie! Ihre kühnsten, natürlich bloß selbstverständlichen Träume werden sich erfüllen ... garantiere schriftlich für Königstochter aus guter Familie ..." Howniak glotzte fragend. „Ja, garantiere für fehltrittfreie ... ja, ... keine schwarze, nein europäische Königsfamilie, jawohl, ohne Buckel etc. – keine Balkanware – sofort greifbar, 25 Prozent jetzt, Rest der Vermittlungsgebühr in Akkreditivform bei beliebiger Bank, Gesamtbetrag fr. 100 000 in Gold. So." Tief aufatmend lehnte er sich zurück und fletschte mit gelben Zähnen nach dem Heiratslustigen.

„Mir unverständlich, so schnell ...", murmelte der. „Nicht einmal Balkanware ..." Auf einmal fuhr er auf und pfiff wie toll durch die Nase. „Ja, Herr, wie können Sie sich unterstehen! Ware! ... eine Kö-Kö... nix, nix ..." Howniak stotterte vor Wut.

„O Pardon, o bitte tausendmal um Vergebung, o bitte ... Hitze des Gefechts – wollte selbstverständlich ‚Familie' sagen, ja, natürlich Balkanfamilie!"

Langsam beruhigte sich Howniak und wollte wissen, wer die „princesse" denn sei. „Bitte, zuerst – entschuldigen schon – bitte, Geschäftsusance etc. – bitte zuerst bindenden Vorvertrag unterschreiben ... da bitte, nicht oben! Unten – so, danke; also hören bitte: Wir fahren sofort an Übernahmestelle, können, warten Sie, wenn wir den 11 Uhr 20 in Salzburg abgehenden Vliessinger Nachtexpress erwischen, morgen früh um 7 Uhr 12 in Triest sein, und nächsten Morgen, ja, in Pomo, wo Hoheit soeben zum Sommerséjour eingetroffen sind. Nein, noch kein Name – behalte mir angenehme Überraschung vor! ... Bitte auf! Keine Minute zu verlieren!"

Er klingelte und nahm die weitere Expedition in die Hand, den ganz Willenlosen vor sich herschiebend.

4

Übrigens waren Howniak und Rabenseifner nicht die zwei einzigen Reiselustigen, die über Salzburg nach Pomo dampfen wollten. Auch eine gewisse Frau Kličpera mit Fräulein Tochter war dort eingetroffen, um sich vorerst einige Tage in der schönen Mozartstadt von den Reisestrapazen zu erholen und Salzburg und Umgebung zu genießen. Den Vater Kličpera hatte der März desselben Jahres mitgenommen. Ein Schleimschlag hatte den Bedauernswerten jählings dahingerafft, nachdem er ihn schon zweimal vergeblich gestreift.

Er war ein korpulenter, rotgesichtiger Herr gewesen, der es liebte, gehobelten Meerrettich in der Westentasche bei sich zu tragen, um zum Beispiel auch im Theater zu den obligaten Zwischenaktswürsteln mit ordentlicher Ware versorgt zu sein. Gleich ihm hielt seine Familie viel auf Theaterbesuch und Bildung. So verfeinerte Menschen ertrugen natürlich Schicksalsschläge doppelt hart und mussten eine Erholungsreise nach dem Süden antreten, die der Mama Kličpera schon deshalb recht war, um ihre Tochter dem schlechten Einfluss einer Freundin zu entziehen. Diese hieß mit ihrem richtigen Namen Mitzi Pulkrabek, wurde aber wegen ihrer seltenen Niedertracht allgemein Sodomitzi genannt.

In Salzburg machten sie, wie gesagt, die erste Station, und an einem herrlich klaren Frühlingstage wählten sie Hallein als erstes Ausflugsziel.

Mit weißen Hosen angetan sausten sie in schwarze Löcher, rutschten und tschunderten den ganzen Tag im Salzbergwerk herum, um endlich gegen Abend, als das ferne Hohensalzburg nicht anders aussah wie ein herrliches Amethystgeschmeide, in Goldemail gefasst, wieder das Freie zu erreichen. Mama Kličpera platzierte sich in eine Laube, bestellte kühles Bier und ein ländliches Vesperbrot aus Salami und Käse.

Gerade als sie darangingen, sich an den Gaben zu erfreuen, räusperte es sich nebenan sehr vernehmlich: Sänger.

Ein Männerchor hob so mächtig an, dass die Brosamen pickenden Spatzen alle davonflogen. Etliche der Musenfreunde taten sich recht hart und ließen das Holz ihrer Kehlen mit wuchtigem Knarren auf den Altar der Kunst fallen. Aber im Ganzen war der Genuss groß, wenn nicht sogar herrlich. An rührenden Stellen stocherte die Mutter in den Zähnen, wobei sie bestätigend nickte. Die Tochter dagegen, Bébé genannt, saß stumm versunken da. Manchmal machte sie nervöse Hasenaugen, wobei sie unter Stirnrunzeln die Augenbrauen hob und an einem eingebildeten, übergroßen Bissen schluckte.

Frau Kličpera rief die Kellnerin, die in der himbeerfarbenen Abendröte sonderbar unwirklich aussah, und fragte sie, wer die trefflichen Sänger seien. „Die bürgerlichen Arschledererzeuger von Hallein", war die naive Antwort des wahrheitsliebenden Mädchens. Bébé errötete brennend und bekam sichtlich ein Trauma. Mama machte eine unruhige Rutschbewegung.

Die Kellnerin fuhr schwärmerisch fort: „Der Herr Kapellmeister – der mit dem größten Gamsbart und dem Kropf, der wie a Knöderl immer auf- und abgeht – is gar so viel schön!" Im selben Moment wurde sie durch eine mächtige Flut süßrotesten Lichtes so verklärt, dass sie, die sehr lichtblond war, aussah wie aus halbzergangenem Marillengefrorenem geformt.

Das Bildhafte dieser Erscheinung war von so zwingender Kraft, dass Phantasiebegabtere als Frau Kličpera unwillkürlich auf die traurige Idee hätten kommen müssen, dass die äußere Hülle dieses quabbligen Idoles dem Durchsickern seines imaginären, aber eisigen Inhaltes nicht mehr lange Widerstand geleistet haben würde und dass man schließlich – wie in einer anders gewendeten Daphnefabel – an Stelle des servierenden Mädchens bloß noch eine süße Lacke gesehen hätte, auf der, etwa gleich einem Gnomenschiff mit geblähtem Segel, eine formengeweitete Barchenthose herumgeschwommen wäre. Wie gesagt, von mythologischer Seherkraft war Frau Kličpera nicht. Sie, die wie alle Frauen des Mittelstandes außergewöhnlichen Erscheinungen mit Bedenken und instinktiver Abwehr gegenüberstand, konnte das Ungewöhnliche der Erscheinung nicht schnell genug in ihre Vorstellungsschätze einreihen – das Hexenlicht gefiel ihr gleichfalls nicht – und so beschloss sie, lieber zu zahlen und zu gehen.

Die ob des Belederungstraumas von hysterischen Knödeln förmlich geschüttelte Tochter wurde zusammengepackt und zurück nach Salzburg einwaggoniert.

Beim Souper machte man eine interessante Reisebekanntschaft. An einem Nebentisch saß ein Ehepaar. Er war ein aufgeregter, dicker Herr von schlagtrefferischem Aussehen, der jeden Augenblick die Augen wild rollte und mit den Zähnen knirschte. Seine Stirne war der Schauplatz eines nicht alltäglichen Naturschauspieles: In den Momenten höchster Erregung bildeten seine geschwollenen Zornesadern ganz deutlich das inhaltsschwere Wörtchen „WAUWAU", worauf Bébé die Mutter flüsternd aufmerksam machte.

Die fremde Dame wendete sich entschuldigend zu den Kličperas: „Verzeihen Sie, dass mein Mann, der kaiserliche Rat Dodola aus der Siebensterngasse, so aufgeregt ist. Wissen S' aber auch, was ihm heut früh passiert ist, wie er in St. Gilgen den Rock hat anziehen wollen? Flattern ihm da nicht zwei Totenköpfe entgegen und summen ihm um die Ohren, dass ihm die Haar vor Schreck zu Berg gestanden sind. Die Ludern haben in den Ärmeln geschlafen…"

Mama Kličpera presste schwer atmend die Hand aufs Herz, und Bébé, die sich vor Entsetzen Spinat auf die Nase geschmiert hatte, glotzte so, dass man sich an mehreren Tischen flüsternd anstieß.

„Oh, Sie brauchen nicht gleich zu erbleichen! Es waren ja bloß Nachtfalter, aber immerhin, schlimm genug. So was passiert einem im Salzkammergut jeden Tag. ‚Wilhelm', sag ich zu ihm, ‚da ist's so regnerisch, und die armen Viecherln frieren halt; dann suchen s' abends ein Obdach in der menschlichen Kleidung, die noch warm ist' ... als Tierfreund druckt man ein Aug zu ... aber der Mann hat Angst, dass ihm morgen früh wieder was Ähnliches zustößt ... am End sind's dann gar junge Aasgeier, was weiß man denn! Wenn man nur eine Ahnung hätt, wo man hingehn soll! Mit den Sommerfrischen ist es ein Kreuz! Baden möchte man doch auch, nicht? Es ist ja richtig, der einzige Ort im Salzkammergut, wo man baden kann, ist der Lido, aber dort sind gar so viel, sagen wir, Ungarn! und andere Ausländer! Überhaupt liebt der Dodola die Ausländer nicht."

Das „WAUWAU" erschien mit erschreckender Deutlichkeit auf der Stirne des kaiserlichen Rates.

Frau Kličpera riet, nach Pomo zu fahren, das man ihr wärmstens empfohlen habe. Absolut staubfreie Lage, vorzügliche Küche, und von Triest mit eigenen Dampfern bequem zu erreichen. Dodolas entschlossen sich rasch, und schon am nächsten Morgen saß man beim gemeinsamen Frühstück in einem glänzenden Hafencafé in Triest und freute sich am leuchtenden Meer, dem bunten Leben des Hafens und der frischen Salzluft. Da kam der erste Misston. Rat Dodola schnüffelte an der Milch und schob sie mit der Bemerkung zurück, dass dies Weibermilch wäre. Man kenne das! In den Ferien gebe es so viele beschäftigungslose Ammen, und im Süden kämen überhaupt lauter Schweinereien vor.

Gleich die Butter da! Wenn die nicht nach Frosch schmecke, wolle er Hans Klachel von Prschelautz heißen … das käme von dem verdammten Einwickeln in Lattichblätter … und warum er eine Bedürfnisanstalt für Fliegen am Tisch dulden müsse, – er wies zürnend auf die Zuckerdose – wolle er auch wissen!

Die Gesellschaft, der das Frühstück nicht mehr recht schmeckte, brach bald auf, zumal der Dampfer nach Pomo Punkt neun vom Molo Mandracchio abging.

Als sie das Fahrzeug erblickten, erschraken sie ein wenig. Es war ein seltsames Schiff, das da vor ihnen lag, im strahlenden Morgenlicht, das mit grausamer Schärfe unerwünschte Details zeigte. Den Eindruck traumhafter Verschollenheit betonten die riesigen, grün bemalten Radkästen, jeder mit einem Arion auf vergoldetem Delphin geschmückt, sowie ein ausgezackter Rauchfang, oben aus Messingblech. Aus allen erdenklichen Löchern quoll Dampf, und im Kesselraum rumorte es so, dass das ganze Bauwerk heftig zitterte.

Man stieg über einen Laufsteg an Bord, wo nett uniformierte Stewards das Gepäck in Empfang nahmen und den Passagieren die Kajüten anweisen wollten. Die zogen vor, auf Deck das Schauspiel der Abfahrt zu genießen.

Der Kapitän begab sich auf die Kommandobrücke, der Hafenkommissär und einige Briefträger verließen das Schiff, dessen Taue gelöst wurden; am Molo drängten Polizisten die Schar der Gassenbuben, Sodawasserverkäufer, Bettelmönche und spazierengehenden Pensionisten zurück, Befehle wurden gerufen, der Maschinentelegraph klingelte, im Kesselraum erhob sich ein Getöse wie von einem einstürzenden Haus, aber der alte Kasten wollte nicht in Bewegung kommen.

Endlich, nach einigen fehlgeschlagenen Versuchen und gräulichem Heulen der Dampfpfeife, das klang wie das Husten eines mutierenden Ichthyosaurus, ging die Fahrt los, möwenbegleitet, hinaus auf die blaue See. Bald ging man unter Deck; dort hatte man Gelegenheit, an den Kabinentüren Gemälde aus Walter Scotts Romanen zu bewundern: einen glotzäugigen Robin Hood im karierten Kittel oder eine Lady Rowena mit glattem, blauschwarzen Scheitel. Denn das Schiff war altschottischen Ursprungs und wohl umgetauft; jetzt hieß es „Maria von Egypten".

Es waren noch andere Mitreisende da. Einige stellten sich vor, zum Beispiel ein junger Dichter, Meliboeus Hemmbamm, dann zwei funkelbrillige Gelehrte, die Universitätsdozenten Hühnervogt und Fehlwurst, und endlich ein altes Ehepaar, Professor Giekhase und Frau, beide ganz in Jägerwäsche gekleidet. Sogar der Spielhahnstoß am Hütchen war aus demselben Material.

Die See war ruhig, die Fahrt angenehm, man kam ins Plaudern und hatte bald Freundschaft geschlossen.

Ein plötzliches Aufschluchzen Bébé Kličperas, auf die niemand geachtet hatte, unterbrach die angeregte Unterhaltung. Heftig weinend hockte das junge Mädchen im Rundbau des Salons, ein Buch aus der Schiffsbibliothek lag ihr zu Füßen. Auf Befragen, was ihr fehle und ob sie Schmerzen habe, deutete sie, nur immer weiter schluchzend, auf den zerlesenen Schmöker zu ihren Füßen.

Professor Fehlwurst bückte sich nach dem verschmutzten Corpus Delicti, setzte eine zweite Brille auf, hielt das Buch weit von sich weg und las mit ernster Stimme: „Der Tänzer von Chislehorst". Kopfschüttelnd legte er den Band neben das untröstliche Kind und wollte anscheinend etwas sagen. Aber Rat Dodola fuhr erregt dazwischen. „Das kommt von die nichtsnutzigen, dummen Biecher, diesen Liebesgeschichten und so weiter! Schaun S' nur mich an! Ich hab auch Bücher", jetzt sprach er aus Achtung Hochdeutsch, „aber, das sind welche! Schaun S', die verlassen mich nie!", und stolz packte er zwei abgegriffene Scharteken aus der Rocktasche, den Professoren die nötigen Erklärungen gebend.

„Also, das sind", begann er, „Band VI und VII aus der kleinen Handbibliothek für Selbstquäler. Da VI, ‚Die gebräuchlichsten Schweinereien im Hotelbetrieb und sonst auf Reisen', mit dem Motto ... warten Sie", und mit dem dicken Zeigefinger die Zeilen nachfahrend, las er: „Da – wendet – sich – der – Gast – mit – Grausen. Jawohl. Es ist zum Staunen, was da drin alles steht, zum Beispiel gleich hier: ‚Triester Spezialität: Pulex infernalis, der sogenannte Goliathfloh, wurde zuerst 1891 daselbst nach dem Kongress des Dantevereines beobachtet.' Oder hier für Pilger im gelobten Land: ‚Bei Besuchen von heil. Anachoreten im Peträischen Arabien, die einem bekanntlich Heuschrecken und Honig anbieten, achte man darauf, dass man nicht den gefürchteten Kunsthonig der Ambrosiawerke aus Potschappel in Sachsen und statt der Heuschrecken getrocknete Riesen-Flug-Schwaben (blatta orientalis aquilaformis) vorgesetzt bekommt.' – Panzerwanzen: Achtung vor diesen! lächeln bloß bei Hammerschlägen! ... No, und die Weibermilch von heute früh? ... und die geradezu schrecklichen Sachen mit den Odalisken bei Kuren mit Rekonvaleszenten ..." Dodola verstummte missmutig und ging breitbeinig an Deck, da der Dampfer zu schwanken begann.

Nach dem Essen zogen sich die Herren zum schwarzen Kaffee zurück und Dodola, der sich schon ganz Seemann fühlte, begann das Garn vom Vormittag eifrig weiterzuspinnen. „Hier, meine Herrn! der zweite Band: ‚Der gewitzigte Closetbesucher'. Sie werden erbleichen, wenn Sie alles gehört haben, jawohl, erbleichen! Was menschliche Niedertracht und die Tücke der Elemente im Schilde führen, das ist alles in leicht verständlichen Warnungen niedergelegt! Passen Sie auf: Hier, die am meisten vorkommenden sieben Haupt- und 21 Nebenunfälle ... Abteilung A ‚Auswahl des Platzes' bei Besuchen im Freien: Achtung auf Ameisenhaufen, Igelkobel und Schlangennester, die schon manchen Naturfreund in die Ewigkeit befördert haben. Weiter: Lawinengefahr für Sportfreunde im Winter! Warnung vor plötzlich auftretenden Geisern, Solfataren oder gewöhnlichen heißen Springquellen. Katastrophen durch Brennnesseln! Dies eine kleine Auslese aus den Gefahren der Natur.

Auch Hausflure wähle man nicht in Stunden der Not, da von solchen Orten schon mancher Sasse mit Schmach und Schande verjagt worden sei und an seinem bürgerlichen Ansehen dauernden Schaden gelitten habe. Nun hier: B ‚Das Wirken der menschlichen Verworfenheit'. Da sei besonders gewarnt vor den jetzt zum Glück stark aus der Mode kommenden sogenannten Juxklosetts – traurige Scherze, die man nicht genug verdammen kann. Man findet sie bisweilen noch auf einsamen Edelsitzen, alten Schlössern oder bei gastlichen Sonderlingen. Da gibt es welche, wo plötzlich eine haarige, schwarze Riesenfaust aus der Öffnung kommt oder ein heftiger Donnerschlag ertönt, während der verwirrte Besucher im Brillantfeuerwerk erstrahlt und sich nach Zerteilen der Wände unvermutet mitten in einer eleganten Tanzunterhaltung befindet.

Andere dieser Instrumente wieder stoßen nach Art großer Schwarzwälderuhren melancholische, aber meilenweit schallende Kuckucksrufe aus, was bei nervösen Sitzgästen sehr störend wirkt. Schließlich werfen sie den Sitzgast mittels starker Sprungfedern ganz unvermutet zur Tür hinaus. Sehr gemein sind auch die Schmirgelpapierkästchen, die sich ungesehen statt der ‚distributeurs permanents' einschalten. Man beziehe überhaupt nur Papier, das von der Treuhandgesellschaft Blatt für Blatt geprüft ist." Mit diesen Worten schloss der kaiserliche Rat seinen beherzigenswerten Vortrag.

Die Professoren machten sich eifrig Notizen, und eine nachdenkliche Stimmung bemächtigte sich der Reisenden, zumal nichts als eine Wasserwüste und nur der nackte Horizont zu sehen waren.

Beim Jausenkaffee wurden unsere Freunde von einer großen Dampfwolke aufgescheucht, die sich schwer und massig aus den Oberlichten wälzte. Gleichzeitig ertönte rasendes Getrappel aus den Maschinenkorridoren, und das Schiff neigte sich langsam zur Seite.

Alles kreischte durcheinander; nur Rat Dodola blieb ruhig, winkte einen Matrosen herbei und gab ihm fünf Gulden mit dem Bemerken, ihm im Falle einer Katastrophe ganz allein ein Rettungsboot zu reservieren und seiner Frau ja nichts zu sagen. Allmählich beruhigten sich die Passagiere und hatten beim Abendessen ihre gute Laune längst wieder gefunden.

Bloß Meliboeus Hemmbamm, der Dichter, machte die taktlose Bemerkung, dass so mancher illustre Name Englands Glanz und Reichtum solchen Schiffen wie der „Maria" verdanke, die mit wertloser, aber hochversicherter Ladung regelmäßig verschollen sind. Doch gelte es als äußerst „shocking", ja geradezu als Gipfel der Taktlosigkeit, in guter Gesellschaft davon zu sprechen, und schließe jede Klubfähigkeit aus.

Er wusste so grausig zu erzählen, dass alle mit einer Gänsehaut in die Kojen krochen und nur mit Mühe und Not einschlafen konnten.

Gegen drei Uhr früh ertönten Fanfaren und Gongwirbel, dass die Schlummernden erschreckt auffuhren. Sie wurden an Deck befördert, wo man aus dem wogenden, finsteren Meer eine ungeheure Felswand aufsteigen sah.

Grelle Bogenlampen beleuchteten das Bild der Landung, die mittels Booten vorgenommen wurde und bei wirrem Geschrei und dem Donner der Brandung vor sich ging. Die stark seekranken Giekhases wurden, in Körben verpackt, unter schrillem Gerassel ausgekrant. Bébé Kličpera kugelte schlaftrunken bis zum Fallreep und gab ihre wohlgerundeten Reize vielen Blicken preis, während beiden Professoren die Augengläser ins Nachtreich der Tritonen fielen.

Das Endziel all dieser Abenteuer waren schließlich üppige Hotelzimmer mit breiten südländischen Betten, die die müden Seefahrer zu sanfter Ruhe empfingen.

5

Ein strahlender Morgen zeigte den erstaunten Ankömmlingen Pomo in seiner vollen halbtropischen Schönheit. Das steil ansteigende, bunt zerklüftete Felseneiland stellte ein Stück völlig unberührter Natur dar. Seit der Antike hatte sicher keines Menschen Fuß dieses Felseneiland betreten, das sich grauweiß und rosenrot aus großer, dunkelblauer Tiefe emporhob. Eine marmorne Villeggiatur in nobler Barocke leuchtete aus den schwarzgrünen Myrtenwäldern. Ihre vergoldeten Kuppeldächer, strahlend in der Sonne, betonten den festlichen Reichtum der Anlage. Die hohen, bis zum Fußboden reichenden Bogenfenster ließen die Luft ungehindert in die Zimmer strömen, einen Wohlgeruch, gemischt aus der würzigen Seebrise und dem Duft der verschwenderisch reichen Blumenbeete. Der süße Gesang zahlreicher Singvögel verlieh dem Bild luxuriöser Kultur eine bukolische Note. Zartgefärbte Flamingos stolzierten herum, während Strauße und Affen zum Gaudium der Kinder in vergitterten Waldparzellen gehalten wurden.

Durch Sprengungen war ein amphitheatralisch geformtes Strandbad geschaffen worden, in dem man sich am Vormittag in der blauen Kristallflut ergötzte. Ein vergoldetes Haifischnetz grenzte in einiger Entfernung das Bad für geübte Schwimmer ab. Ober den Badekabinen erhoben sich die weiten Terrassen der Hotelanlage, wo zur Nacht unter dem sternübersäten Himmel an blütenweiß gedeckten Tischen, bei Blumen und buntbeschirmten Lampen festlich gekleidetes Publikum speiste. Zahlreiche elegante Damen und schöne Mädchen entfalteten einen reichen Toilettenluxus.

Die minder dekorativen Sommergäste wurden durch den routinierten Geschäftsführer Grollebier auf unverletzende Weise in Dependancen untergebracht und unter dem Vorwand, dass es auf der großen Hotelterrasse zöge, in „gemütlichen Trinkstübchen" und dergleichen Exilen unschädlich gemacht.

Bei manchen Dickköpfen verfingen allerdings Grollebiers zarte Manöver nicht; zum Beispiel bei Freund Dodola, der auch bei Sturmesbrausen ruhig soff. Ja, des Rates erste Frage war, ob die Milch zum Kaffee bestimmt nicht zerquirltes Pferdehirn wäre, das bekanntlich sonst im Restaurantbetrieb unverwendbar sei, und warum der andre Dampfer, der im Prospekt stehe, nicht fahre.

Der werde frisch angestrichen und sei noch nicht trocken, lautete die verlegene Antwort.

Dass da ein dunkler Punkt sei, in dem herumzustochern sich lohne, war unserem Freund Dodola sofort klar. Stehenden Fußes suchte er den im Prospekt als Schöpfer des Ganzen genannten Baron Zois auf, störte ihn bei der Toilette und stellte sich ihm als Präsident des Antiautomobilklubs „Owacht!" vor.

Bald waren die Herren in einem interessanten Gespräch verwickelt, in dessen Verlauf Dodola den leicht schreckhaften Eindruck streifte, den er in Triest von der „Maria von Egypten" bekommen habe. Er fuhr fort: „Sie verzeihen schon, Herr Baron, wenn ich die Bemerkung nicht unterdrücken kann, dass zwischen den geradezu prachtvollen Hotelanlagen mit ihrem exquisiten Komfort – und ich bin heikel – und dem Dampfer da unten eine gewisse Diskrepanz besteht ... Sie verzeihen schon ..."

„Aber natürlich", replizierte Baron Zois, sich die Krawatte bindend. „Was Sie da sagen, stimmt vollkommen, hat aber in gewissen Familienverhältnissen seine Ursache. Wissen Sie: ‚Cherchez la femme!' – in dem Fall richtiger – ‚la chanoinesse'! Die ‚Maria von Egypten' ist nämlich das Schiff, auf dem die Gräfin von Cilli – eine alte Tante von uns – als Kind die Erste-Kommunions-Reise nach der Insel Wight gemacht hat ... 1854 ... Sie hat aus Sentimentalitätsgründen die Einstellung dieses Dampfers so befürwortet ... hat übrigens ein Viechsgeld gekostet, bis man den alten Kasten ausfindig gemacht hat ... als Stationsschiff eines gewissen Lord Dontshiver, der ein passionierter Schlammteifelzüchter ist."

Dodola fuhr wie von einer Viper gestochen zurück.

„No-no-no", sagte der Baron, „das sind ganz und gar harmlose Fische."

„Harmlos ...? ... dass ich nicht lache! Glauben S', ich kenn die nicht? Oh, mir erzählt man nichts." Und wispernd fuhr er fort: „Immer wieder versuchen gewissenlose Fabrikanten, junge, noch zarte Schlammteufel unter die Büchsensardinen einzuschmuggeln. Einmal habe ich sogar einen beim Heringsschmaus in der ‚Schönen Schäferin' gefunden." Das Schiwazeichen auf des Rates Stirne leuchtete bläulich.

Um ihn abzulenken, erzählte Zois weiter: „Der andere Dampfer, er heißt ‚Harun al Raschid', ist weit schöner. 1200 Tonnen, 700 Pferdekräfte!"

„Nun, warum fährt er denn nicht?"

„O, er fährt schon", erwiderte der Baron Michelangelo sichtlich gedrückt, „er fährt schon ... nur wissen wir momentan nicht genau, wo man ihn suchen soll ... ist schon seit drei Wochen überfällig, mit vielen, darunter sehr netten Passagieren ..."

„Du mein barmherziger Heiland!", schrie Dodola auf, „die Ärmsten! Also alle tot?"

„O nein, wir haben nicht alle Hoffnung aufgegeben; es sind 40 Passagiere an Bord, meist Ausländer." Dodola beruhigte sich sichtlich.

Der gestörte Zois, der inzwischen mit dem Ankleiden fertig geworden war, schlug einen kleinen Morgenspaziergang vor. „Sehen Sie", sprach er, dem dicken alten Herrn den Vortritt lassend, „beim ‚Harun al Raschid' sind auch wieder Familienrücksichten im Spiel. Mein Großoheim, Kapitän Cavaliere Lazzaro Treo, der jahrelang zu Neapel in einer von seinem eigentlichen Berufe etwas entfernteren Stellung wirkte, hat, um kein mauvais sang zu schaffen, das Kommando über den schönen Dampfer bekommen müssen. Gleich bei der ersten Fahrt verirrte er sich in den Po della Gnoccha, ein allerdings sehr selten befahrenes

Gewässer, und konnte nur schwer wieder gefunden werden."

„Das ist ja schrecklich", meinte die dicke Landratte.

„Was will man da machen", erwiderte Zois achselzuckend, „die Italiener haben nun einmal einen überaus zarten Familiensinn."

Ein lauter Krach ließ die promenierenden Herrn aufschrecken.

Vor ihnen lag Bébé Kličpera, die soeben aus einer Hängematte gestürzt war, und schlug weinend mit den Fäusten auf den Rasen. Die atemlos herbeigeeilte Mama beruhigte die Herren mit den Worten: „Wahrscheinlich wieder einmal ein aufregender Roman." Richtig! Mühsam zog sie unter der strampelnden Tochter ein blaues Büchlein hervor, das diese krampfhaft zu verstecken bemüht war. „Grässliche Geschichte", las sie, „vom Notar Geron aus Paris, welcher nach neun Jahren in der Brautnacht die Hundswut bekam und seine Braut nebst den Schwiegereltern auf die schrecklichste Art ermordete. Wien 1848". „Sehr selten" hatte jemand mit Bleistift dazu notiert.

„Das ist grässlich mit dem Kind", rief die empörte Mutter. „Die ganzen Nerven ruiniert sie sich! Zuerst der verfluchte ‚Tänzer von Scheiselhorst', jetzt wieder die Schweinerei da …"

„Erlauben Sie, dass ich das Fräulein kuriere!", sprach der verbindliche Baron Zois. „Ich werde mir erlauben, der jungen Dame eine gesunde Lektüre voll reiner, würziger Atmosphäre zu überreichen:

‚Der Fußfetzen Carls V.'! Ein Jugendwerk von mir. Sportlicher Roman aus dem sinkenden Mittelalter! Kein Wort von Liebe kommt darin vor, wofür ich garantiere, ich, Michelangelo Zois, um mich geziemend vorzustellen!"

„Je, sind Sie am End mit dem gewissen heidnischen Götzen verwandt?", fragte ganz ängstlich Frau Kličpera.

„Nein, nein! Wir schreiben uns mit ‚oi', nicht mit ‚eu', wie die andere Linie", erklärte der Baron, der sich jetzt verabschiedete und die Herrschaften allein ließ.

Doch Frau Kličpera sah ihm noch lange kopfschüttelnd und mit gerunzelter Stirne nach.

Ein weniger erfreuliches Gespräch führte um dieselbe Zeit Borromée Howniak mit Rabenseifner. Der adelstolle Jüngling hatte als erstes die Kurliste verlangt, die allerdings eine ganze Reihe illustrer Namen enthielt. Da waren zum Beispiel der Hofmarschall Graf Oilenhoy und Gemahlin Eulalia, geb. Gräfin Hoyoibrenck aus Oyenhausen, Prinz Maximilian zu Eschenlohe, Graf Aládár Pallaversich, die Barone Boholz und Qualbrunn, die Gräfin Ségur, née Rostopchin, der Lord Trumbull Earl of Earthquake mit seinem Sohn Vulcanus, die bekannte Schönheit Giralda Gorgoferusa und das Künstlerpaar Anatol und Minerva Bschesina, die im Frühjahre die unerhörten Triumphe im Metropolitan-Opernhause gefeiert hatten. Ja, sogar einige Hospodare waren angesagt, lauter Persönlichkeiten, auf deren Bekanntschaft er geradezu brannte. Nicht genug an denen, konstatierte der weltsüchtige Howniak beim Umblättern auch noch den Freiherrn von Gickerzähler, den Präsidenten der Statistischen Zentralkommission, weiters den Kammerherrn von Schlürff, den bekannten, feschen Lebemann Mandrillewski, den bayrischen Kronoberstjägermeister Hubertus Freiherr von Eichfloh, genannt Schmöckhenbör, und Bärbel Freiin von Eichfloh, ebenfalls Schmöckhenbör genannt, dessen Tochter. Was für Namen! was für Namen! Sogar Exzellenz Töff, der Eisenbahnminister, war angesagt, und noch andere Große dieser Erde.

Doch von einer königlichen Prinzessin fand er keine Notiz.

Wohin er denn denke, wandte Rabenseifner ein, die hohen Herrschaften seien selbstverständlich nicht mit ihrem Titel gemeldet, also ganz inkognito anwesend, um unerwünschten Huldigungen, Attentaten und dergleichen Behelligungen zu entgehen. Noch heute beim Diner würde er Gelegenheit haben, die erhabene junge Dame zu sehen, natürlich erst nur zu sehen, da man die Angelegenheit mit unendlichster, zartester Delikatesse behandeln müsse.

Howniak gab sich zufrieden und verbrachte den ganzen Tag abwechselnd bei Friseur, Maniküre, Massage, beim Zandern oder mit Kompressen am Kopf, um seine Aufregung zu meistern. Er hatte soviel Brom genommen, dass er die Augen kaum offenhalten konnte, als er den Speisesaal betrat. Man servierte gerade die Ochsenschwanzsuppe; da puffte Rabenseifner den dämlich Dasitzenden, dass er die Augen weit aufriss. Was er sah, war allerdings der Mühe wert.

Zuerst kam ein dicker, ein bisschen ängstlich dreinschauender Herr mit Riesenbrillanten am Frackhemd, an seinem Arm ein auffallend schönes Mädchen in silbergrauer Charmeuse und mit einer wundervollen Perlenschnur geschmückt.

Howniak riss Mund und Augen auf; dabei pfiff er, ohne dass er es wollte, leise durch die Nase. Also, das war seine zukünftige Lebensgefährtin!

„Bemerken Sie", sagte Rabenseifner zu seinem Schützling, „bemerken Sie, wie gut dressiert das Publikum ist, mit welch erlesenem Takt man das Inkognito der hohen Herrschaften achtet!"

Durch ein fürstliches Trinkgeld erfuhr der Neugierige nach dem Souper vom Oberkellner, dass die beiden unter dem Namen „Mynheer Arie van den Schelfhout mit Fräulein Tochter Hortense aus Den Haag" eingetragen seien. Dann warf er noch einen Blick in den Salon „Rosalba Carriera", einen Prunkraum, geschmückt mit Pastellen der großen Meisterin. Zwischen honiggelben Marmorpfeilern bedeckten Riesenspiegel die Wände, durch Goldbronzeranken hundertfältig geteilt, die das Bild einer glänzenden Gesellschaft glitzernd vervielfältigten. Strahlendes Licht, das vom reich skulptierten Kuppelgewölbe herabflutete, legte durch den bläulichen Zigarettenrauch einen diskreten Opalflimmer um die kostbaren Toiletten, blendende Schultern, Spitzen und Seide. Dort lehnte seine Angebetete auf einem gradlehnigen, weißgoldenen Fauteuil, von gestreiften Seidenkissen graziös unterstützt, und rauchte mit sicherster Bewegung und anmutigem Spiel der Hände ihre Gianaclis.

Da der Bromverblödete Angst hatte, in dem überfüllten Saal irgendetwas anzustellen, flüchtete er in das Halbdunkel eines eichengetäfelten Raumes, dessen smaragdgrün verhüllte Lampen bloß spärliches Licht auf flandrische Gobelins warfen, und schlief dort nach wenigen Minuten in einem weichen Klubfauteuil ein.

6

Am nächsten Morgen warf er zuallererst seine Karte bei Baron Zois ab, sagte ihm einige verbindliche Worte über das schöne Eiland, das glänzende Publikum und gratulierte ihm, dass schon in der ersten Saison eine Königsfamilie den Kurort mit ihrer Anwesenheit auszeichne. Der sah ihn groß an, worauf ihm Howniak seine Bewunderung ob des diplomatischen Taktes ausdrückte und ihm versicherte, dass eine solche auf die Spitze getriebene Diskretion unter Kavalieren denn doch nicht nötig sei.

Zois konnte es sich nicht versagen, tändelnd die Karte seines Visavis in die Hand zu nehmen und ihn vielsagend anzublicken. Mit was er eigentlich dienen könne? Auf die Bitte, ihm gesellschaftlichen Anschluss zu verschaffen, machte er ihn noch am selben Tage mit der uralten, schwerhörigen Gräfin Ségur bekannt. Howniak war überselig. Er rückte der alten Dame den Liegestuhl zurecht, schlug dem servierenden Kellner voll Übereifer das Servierbrett aus der Hand, dass sich eine Ladung schwarzen Kaffees schrapnellartig über die Umsitzenden verbreitete und glänzende Treffer erzielte, und war nahe daran, der Greisin heiße Milch ins Hörrohr zu gießen, worauf diese erschrocken mit dem Schnurrbart zitterte. Er erklärte, dass er ein begeisterter Verehrer ihrer höchst spannenden Romane sei, die er erst mit vollendetem 18. Lebensjahre lesen durfte. Aber die Gräfin, die gerne in Erinnerungen schwelgte, lenkte das Gespräch auf ein anderes Thema und frug ihn, der aus Wien wäre, über die dortige Gesellschaft aus. Sie habe die Pauline Metternich noch auf den Knien gewiegt. Was nur aus ihr geworden sei?

Howniak behauptete, deren Lieblingsneffe zu sein, auch mit Ségur-Fezensac sei er verwandt.

Im selben Moment begann Howniaks Stern einen rapiden Aufstieg zu machen. Die alte Gräfin rief einen vorbeigehenden, sehr jungen, charakteristisch hocharistokratischen Herrn zu sich, der die letzten Worte Howniaks hörte.

„Fezensac?", sagte der Hergerufene in langsamer, näselnder Sprechweise. „Sie meinen gewiss Fetzenbinkel! Was?" Howniak stand blutrot auf und stellte sich vor.

„Eschenlohe", erklang die müde Erwiderung. Borromée pfiff jetzt aus Begeisterung so laut durch die Nase, dass ein vorüberlaufender Bully heranpreschte und sich der Gruppe schweifwedelnd anschloss. „Wo haben S' denn das glernt?", fragte ihn herablassend der junge Prinz.

„O Durchlaucht, das mache ich von selber ... das ist eine Gabe der Vorsehung ... will sagen, bei uns alten Familien kommen ja leichte Anomalien vor."

„Ja, da haben S' recht, davon weiß der Léo Baliol ein Lied zu singen. Apropos, Tant Ségur, die Hellé Bumerandschi ist heut angekommen, aus Caesarea die, weißt, eine geborene Ypsilanti, und der Niki Germani ist Botschafter beim Heiligen Stuhl geworden ... und der Wummsi Robkowitz ist beim Rennen in Kladrup gestürzt ... er hat mit seiner

Stirn dem Ross den Schädel eingeschlagen ... denk dir ..."

Da Howniak trotz wiederholten Versuchen, in die Konversation einzugreifen, keine Beachtung mehr fand, empfahl er sich, strahlend vor Glückseligkeit. Ja, das war ein Kurort! Was anders als das steife Gmunden, wo man auch niemand Ebenbürtigen kennenlernen konnte! Und mit welcher leichten Grazie hier die hohen Herrschaften mit sicherem Gefühl die im Grund doch zu ihnen Gehörenden aus den andern Gesellschaftsschichten herauszusieben verstanden. Es waren allerdings mancherlei direkt unmögliche Leute hier, wie etwa Dr. Natanael Schimpelzüchter, der bekannte Verteidiger in Strafsachen. Daran war nicht zu zweifeln. Auch ein Teil der Société – dieses Wort liebte Howniak – war ungewöhnlich. Da war ein Pavillon, den die Grundherrschaft, eine altvenetianische Adelsfamilie, bewohnte. Recht sonderbare Leute. Die vielen hypereleganten, aber etwas traumhaft angezogenen jungen Mädchen! Die Regenbogendirndln nannte man sie allgemein. In allen Farben gingen sie, und die Spazierstöcke! Manche hatten Thyrsus-, ja sogar Caduceusform. Und die jungen Herren! Die trugen hellgrüne, himmelblaue oder orangegelbe Lackschuhe; bunte Krawatten zum Smoking waren an der Tagesordnung. Die kleinen Buben erschienen in purpurnen, ponceauroten oder goldgesprenkelten Matrosenanzügen aus Seidenmoiré und die mittelgroßen Adoleszenten in Stutzeranzügen, wie man sie nur in Trapani oder Iglesias zur Zeit schwerer seismischer Störungen ersonnen haben konnte. Schwer parfümiert waren sie alle, klein und groß.

Die Mädchen sahen bildhübsch aus, wenn sie, schwanenweiß angezogen, im tulpenfarbenen Licht des Blumendämmers ihres Spezialgartens sich tummelten, bis mit strengen Blicken der Vater erschien, im hohen Jägerhut eines Renaissancefürsten; oder die etwas unbedeutende Mutter, in schwarzer Seide, starrend vor Schmuck. Auch eine alte Großmutter gab's, unwirklich wie ein verwitterter Doge der Gotik. Stolz und unnahbar sah die Greisin aus; aber etwas wie ein geheimer Kummer schien über ihrem Dasein zu lasten.

Doch waren das nicht die ungewöhnlichsten Bewohner des neuentdeckten Juwels der Adria.

Der nächste Dampfer brachte Baron Léo Baliol, dem die Ärzte dringend Luftveränderung angeraten hatten. Mit den Nerven hatte er in der letzten Zeit recht zu laborieren gehabt. Was lag näher, als dass er sich nach Pomo begab, wo man ihn, den Begründer des Glückes, in herzlicher, aber barock-prunkvoller Weise feierte. Er kam wie alle in tiefer Nacht an. Von bunten Scheinwerfern beleuchtet, stieg er die Landungstreppen empor. Die jüngsten Treomädchen streuten Rosen und die kleinsten Buben führten den vom Empfang ganz Betäubten, als Amoretten entkleidet, Goldstaub in den dunklen Locken, an Blumenketten zu einem marmornen Ehrenthron. Trotz tiefster Nacht wurde ihm ein kleines Festspiel im Stile Botticellis gegeben.

Das Ganze endete mit einem großartigen Feuerwerk, das Galileo Kracher aus Triest, der erste Fachmann Italiens, unterstützt von 20 Professoren der Pyrotechnik, arrangiert hatte.

Das ohrenbetäubende Knattern und Donnerrollen weckte natürlich alle Gäste aus dem Schlaf, die nicht Zuschauer beim festlichen Gepränge gewesen waren. Die Schlafenden hatten wirklich etwas versäumt. Der traumschwere südländische Wald, von Karmoisinlichtern, violetten Strahlenwundern und Turmalinsonnen durchglüht und von ängstlichen Papageien durchflattert, die leuchtenden Blumenbuketten glichen, bot das Bild einer dionysischen Märchenwelt.

Alles ging hochbefriedigt zu Bett. Bébé Kličpera, die wegen einer nervösen Schwäche bei Feuerwerken nicht erscheinen durfte und von ihrer neuen Freundin, die sich Clärchen Tümpelfinke schrieb, darob nicht wenig geneckt wurde, ließ sich von ihrer Mutter, die domartig aufgeschwollen in schneeweißer Nachtkleidung bei ihr saß, alles haarklein erzählen und träumte beim Einschlafen vom schönen jungen Baron, dem so gehuldigt wurde. Auch Howniak war nicht dabei gewesen, da er sich sehr vor dem Schießen fürchtete und einmal gelesen hatte, dass ein fürwitziger Zuschauer, von einem sogenannten Frosch lange Zeit verfolgt, sich nur durch Untertauchen in einen Bach mit Mühe retten konnte. Durch das Getöse am Schlafen verhindert, war er den ganzen folgenden Tag übernächtig und kam in seinem Programm, die gesamte aristokratische Gesellschaft Pomos intim kennenzulernen, nicht einen Schritt weiter. Am Nachmittag sah er wohl, wie Prinz Eschenlohe mit dem neuen Ankömmling, dem vielgefeierten Baron, spazieren ging, und grüßte ununterbrochen devot und herausfordernd, ohne scheinbar bemerkt zu werden.

Prinz Max bat seinen Begleiter, doch einmal die ganze wunderbare Sache mit der Vision zu erzählen, was der andere nach einigem Zögern tat.

Am Schluss seiner Schilderung sagte er wie träumend, indem er den Hut abnahm und sich, in die Ferne blickend, über die Stirn fuhr: „Weißt Maxl – die Geschichte mit dem Engel … Brr! … ich hab damals einen ordentlichen Schock bekommen … Wie's war? Ja, schau, wer das beschreiben könnte … Wie die Erscheinung des Engels gewesen ist? Eigentlich wie aus Parfum … Iris, nein, wie Narzissen mit … Silberreflexen … Beryllaugen … vielleicht wie ein Feengamin, Gott verzeih mir die Sünd, gekreuzt zwischen Panther und Hyazinthe … dabei ganz aus Licht – Brr! War das schön! … Ich hab damals nämlich einen kleinen Knacks bekommen …"

„Bub oder Mädel?"

„Ja, wer das wüsste! Schau, ich hab seit der Geschichte überhaupt ein bissel die Orientierung verloren."

Beneidend sah ihn Eschenlohe an. „Bist wirklich ein Sonntagskind! Was dir alles passiert! Wir gewöhnlich Sterblichen müssen mit ganz gewöhnlichen irdischen Beautés und Kokoterln fürlieb nehmen. Apropos, die kleine Montretoux ist da … weißt, die Jenny, … wegen der die Menage vom

Bubi Unkenstein auseinandergegangen ist und wo jetzt der Onkel Hugo aus Graz …"

„Lass ihm die Freud!", unterbrach ihn der Vetter. Doch Maxl plauderte weiter: „Und die Giralda Gorgoferusa! Also weißt du, wie sie dich verwöhnen … Dass die Giralda noch um drei Uhr nachts für dich gespielt hat und dich als Fürsten der Nymphen angestrudelt hat …"

Léo winkte müde ab und blickte träumend dem Rauch seiner Zigarette nach. Da hörte man ein taktmäßiges Marschieren.

Erstaunt sah Baliol auf und bemerkte einen alten, bebrillten Herrn mit wallendem, zwischen weiß und nikotingelb spielendem und taktmäßig zuckendem Vollbart. Diese sonderbare Figur marschierte an der Spitze von sieben durchwegs bebrillten, farblos-unscheinbaren Mädchen, die alle unendlich reizlos, fast wie große Mücken gekleidet waren. Dabei machten sie eine Art von Freiübungen mit den Armen. Der professorenhaft adjustierte Greis kommandierte „Halt!" und machte den glotzäugigen Mädchen einige anders geartete Schwingungen vor. Zum Prinzen gewendet sagte er mit strengem Brillenfunkeln: „Gl-gleich sch-sch-schtehe ich zur Verfügung!"

Léo packte entsetzt seinen Begleiter am Arm und fragte stirnrunzelnd: „Was ist denn das? Scheußlich!"

Der antwortete: „Wirst gleich alles hören. Das ist der alte Professor Tatterer von Tattertal, der berühmte Hofstotterlehrer, mit seinen sieben Töchtern! Die stottern alle! Von sechs bis sieben macht er Freiluftstotterübungen mit ihnen, aber es hilft nicht das Geringste. Übrigens, gehen wir weg, das steckt stark an. Zwei von den Mädeln sollen ganz gesund gewesen und vom bloßen Zuhören infiziert worden sein."

Traurig nickend war eine dicke alte Dame zu ihnen getreten.

„Ja, Scherpräns, Sie haben ganz recht! Ich bin die Mutter von denjenigen Sprachgestörten. Jedoch mein Mann gibt keine Ruhe nicht! Derselbe ist die Gewissenhaftigkeit selber! Dem seine Schüler beziehungsweise Jünger haben nichts zu lachen. Alle kann er heilen, bloß nicht die ‚Suzler', die ‚Hölzler' und die ‚Kletscher', die was das ‚K' nicht aussprechen können – das sind die Ärmsten! Viele gehen ins Wasser. Mein Mann hat ja ans Wunderbare grenzende Erfolge. Nur die eben genannten Kategorien sind ja leider unheilbar. Ganz besonders, wie gesagt, die Kletscher. Was die ‚Schnofler' herentgegen sind", fuhr sie wichtig fort, „die gewähren die schönsten Ausblicke, man kann sie operativ heilen. Es gibt sehr geschickte ‚Schnofelstecher'. Da haben wir", zählte sie an den Fingern her, „einen hochinteressanten Fall im vergangenen Winter in Leitomischl gehabt. Ein liebreizendes junges Mädchen aus allerbester Bürgerfamilie, eine gewisse Pfnaufler. Aber ein schlimmer, ein nahezu verzweifelter Fall. Sie hat sich mit bestem Erfolg stechen lassen beim Professor Chmél auf der Prager Klinik, und mein Mann hat die Nachbehandlung – den eigentlich schwierigen und so überaus verantwortlichen Teil – eigenhändig geleitet. No, heite kann sie ihren auch für Gesunde gewiss schwierigen Namen schon recht deutlich sagen. Ist bloß noch ein bisserl vom Wetter abhängig. Aber wie oft muss mein Mann unglückliche Hölzler-, Suzler-, oder gar Kletscher-Mütter, die weinend seine Knie umklammern und vor ihm hin- und herrutschen, abweisen! ... Das zu übernehmen, verbietet ihm die Ehre! Er ist ja alles andere als ein Pfurkuscher ... Nein, Kurzpflu-scher ..." Hilflos sah sich die alte, aus dem Konzept geratene Frau um.

„Sie wollen sagen: Kuschpflurrer! Nein! Knurrflutscher ... Teufel! Da wird einer selber blöd ..."

„Ja", fuhr, wieder gesammelt, Frau Tatterer fort, „als junger Mann hat er selbst schrecklich gelitten. Noch wie er um meine Hand angehalten hat, da hat er vor lauter Stottern so geschielt, dass man nur das Weiße von seinen Augen gesehen hat, und geschwitzt hat er dabei ... ich sage Ihnen, ganze Lacken ... und kein Mensch hat herausbringen können, was er eigentlich gewollt hat. Aber jetzt geht's schon ganz gut. Rein alles kann er aussprechen, wenn auch mit Mühe und schön langsam ... rein alles! Bloß sein dummer Vorname! Der geht halt nicht, und geht halt nicht ... Warum muss er aber auch ‚Schionatulander' heißen? Wissen Sie, was er schon darunter hat leiden müssen? Wenn er seinen Taufnamen sagen muss, da hat er viel Arbeit damit. Er dampft wie ein Ross, sage ich Ihnen! Und zieht Mund und Nase so schaurig in die Höhe, dass ihn unser alter Bulldogg, der ‚Schnaxl‘, immer wieder wild anknurrt, weil er glaubt, sein ‚Herrl‘ hachelt ihn … Immer wieder fällt das dumme Viech hinein und hat ihn schon oft kräftig gebissen! Schaun S', meine Herrn, den Hund muss ich immer rufen! Bei meinem Mann kommt er nicht, weil er ihn regelmäßig falsch versteht … ist eben nur ein Hund …" Damit wandte sie sich traurig zum Gehen.

„Ihr habt ja da ausgesucht scheußliche Leute!" war das erste, was Baliol nach dem Abgang der Hofstotterlehrersgattin hören ließ. „Wenn das ganze Publikum so aussieht, da möcht ich gerne wissen, wozu ich mich da so angestrengt hab … Wirklich deprimierend … um das zu kreieren, hab ich vielleicht mein ganzes Erdenglück in die Waagschale geworfen … denn weißt du, seit damals … na, Schwamm drüber!"

„Schau", erwiderte nachdenklich der müd sprechende Prinz, „weißt du, es gibt schon recht seltsame Leute hier. Nicht lauter Kroppzeug, das darfst du nicht glauben, auch gute Gesellschaft. Dann aber wieder Figuren, die einfach nicht akzeptabel sind. Der Mischi, der biologische Experimente liebt, hat in Pomo jedem Besucher freien Spielraum zu seiner mehr oder minder geschmackvollen Lebensbetätigung gelassen. Komm, ich muss dir was zeigen."

Die Freunde gingen weiter in den lauschigen Wald, vorsichtig durch die hohe Macchie aus duftendem Strauchwerk brechend. „Jetzt werde ich dich etwas anschauen lassen! Schau, da unten in der Schlucht, da wohnen einige ‚Freiluftler‘. Pass auf: Siehst du den alten Herrn dort, der auf der Pansflöte präludiert?"

Richtig, ein alter, barhäuptiger und spitzbärtiger Herr setzte eine Rohrpfeife, auf der ein Notenblatt im Winde zitterte, an den Mund und begann das Waldvögleinmotiv aus „Siegfried" holprig und lückenhaft zu pfeifen.

„Um Gottes willen", keuchte Léo, „das ist ja der alte Dr. Lyons aus der Kärntner Straße, der emeritierte Advokat, was fällt denn dem ein? Und das Kostüm! Der hat ja bloß Felle an ... ist der verrückt geworden, oder feiert er das Laubhüttenfest? Kann aber nicht stimmen, denn soviel ich weiß, ist er Kirchenpatron vom Elisabethkirchlein am Semmering und sein Sohn will Kapuziner werden ..."

„A, du wirst lachen", ließ sich Prinz Max hören. „Der hat anfragen lassen, ob er hier mit seiner Tochter als Faun – sie als Paniske – leben kann, er sehne sich als schwärmerischer Verehrer der Antike schon lang nach so etwas! Dabei tut er es nur aus Schäbigkeit, weil's spottbillig ist und er der Kleinen keine Sommertoiletten zu kaufen braucht, der steinreiche Mann."

„Ich bitt dich, was der auf die Füß hat, um seine Hosen zu sparen!"

Und mit Entsetzen sah der soignierte Baron, dass der alte Herr, der inzwischen aufgestanden war und mit den langen Ohren lauschend herumhüpfte, Stücke eines schäbig gewordenen Schreibtischvorlegers aus Ziegenfell um die Oberschenkel gewunden hatte. Aus einer Rindenhütte kam jetzt ein entzückender Backfisch heraus, mit großen Mandelaugen, blauschwarzen Locken und schon sehr kurzem Straußfederröckchen. Sie trippelte graziös zum bukolischen Greis, hob neckisch flehend die Hände, und bat den alten Faun: „Schau, Papatscherl, gehn wir doch heut auf die Réunion, ich möcht so gern wieder einmal tanzen!"

„Wo denkst du hin, Mauserl! Heute soupieren wir wieder einmal kalt! Ich habe köstliche Feigen gefunden und erst um 20 Kreuzer Zwetschgen gekauft, die verschimmeln sonst."

„Schau ...", sagte traurig das schöne Kind des schoflen Waldgottes, „i tu mi so mopsen und werd ganz leutscheu, wo ich doch im Frühjahr zum Reinhardt möcht!"

„Was willst du? Grad Künstler müssen im Sommer die Nerven ausspannen, schau dir die Malfilâtre an, die fühlt sich als Amor so wohl hier in der Wildnis!"

„Ja, die wohnt bei der Marmorquelle und hat ihre Grotte von Portois & Fix einrichten lassen und ist in der Woche höchstens einen Tag im Freien, sonst im Pavillon Gioconda, wo der Demel seine Filiale hat!"

„Ich komm die Combinations abholen", sagte plötzlich eine als Norne gekleidete bleiche Frau. „Die Parzen möchten die Sachen zum Stopfen haben, weil die Najaden nächste Woche keine Wäsche mehr annehmen."

„Mein Töchterl hat keine Combinations", grollte der filzige Sylvan, „heuer hab ich ihr unter großen

Opfern aus einem alten Ballfächer meiner seligen Frau das Kleidel da machen lassen, verderben Sie mir das Kind nicht mit so luxuriösen Fragen …"

Da jetzt das Gesprochene uninteressant wurde, wandten sich die Herren ab, und Baliol bemerkte, dass diese Vorgänge allerdings nicht alltäglich seien.

„Da können wir dir noch mit ganz anderen Leuten aufwarten", bekam er zu hören, „aber für heute will ich deine Nerven schonen, du musst ja von der Festnacht todmüd sein … übrigens, hörst du die Tritonmuschel zum Souper blasen? Der Mischi hält halt auf Stil!"

7

Fortwährend war Borromée um die schöne Hortense her. Bei jeder Gelegenheit und hauptsächlich bei den Mahlzeiten schmachtete er sie an, die aber immer kühl und hochmütig über ihn hinwegsah. Nichts, was mit van den Schelfhouts zusammenhing, entging ihm, auch nicht, dass täglich eine sehr unordentlich und veraltet-auffällig angezogene Person Vater und Tochter bissig murmelnd fixierte und sich jedes Mal brüsk abwendete, wenn sie das Paar genug lang fixiert zu haben glaubte.

Ängstlich machte er Baron Zois auf seine Entdeckung aufmerksam und gab seiner Besorgnis Ausdruck, eine russische Nihilistin vor sich zu haben. Das hässliche Weibsstück sei sicher Russin.

Aber der zerstreute lachend seine Bedenken. Die dreckige Alte sei harmlos, nicht voll zu nehmen und genieße eine Art Narrenfreiheit. Wenn er Näheres wissen wolle, so habe er die bekannte polnische Freiheitsheldenwaise Bohumila von Paproczka vor sich, die unterdrückte Völker mit allerhand Spenden beglücke. So habe sie beispielsweise den Iren einen Wäschekorb voll verbogener Kavallerietrompeten aus Weißblech geschenkt und unlängst dem malayischen Stamm der Bugis einen Rudel Spucknäpfe, damit dieses arme Volk den sie unterdrückenden Holländern deutlich seine Verachtung zeigen könne.

Da van den Schelfhouts die einzigen Holländer hier seien, müssten sie das tägliche Quantum

Hass der alten Paproczka allein konsumieren. Nur in einer Hinsicht müsse er vor der Alten warnen, weil sie stets einen Sammelbogen für wohltätige Spenden herumreiche, die sie nach altpolnischer Gepflogenheit natürlich für sich selber verwende. In diesem Punkte mache sie auch den Schelfhüten gegenüber keine Ausnahme.

Dem alles kontrollierenden Howniak entging es klarerweise nicht, dass Prinz Max sich wiederholt mit großer Selbstverständlichkeit an den Tisch der sonst sehr reservierten Holländer setzte. Um endlich zum Ziel zu kommen, nahm er sich einen Anlauf und bat den jungen Fürsten, ihn den Hoheiten vorzustellen.

„Welchen Hoheiten? Ich glaube, dass ich hier die einzige Hoheit bin, oder glauben Sie, dass mein Umgang so rasch adelt? … na kommen Sie." Und er führte den vor Erregung unsicher Tänzelnden zum Ziel seiner Wünsche. „Erlauben Sie, dass ich Ihnen einen Edamer Käs vorstelle … das wird Sie als Landsleute sicher freuen!"

Der alte Schelfhout blickte fragend bald den Prinzen und bald den vor Entsetzen versteinerten Borromäus an.

„Weil er so rot ist", lautete die erklärende Antwort des niederträchtigen Fürstensprosses.

Gutmütig wollte van den Schelfhout der verletzenden Art dieser Vorstellung die Spitze nehmen und fragte Howniak, ob er Sozialdemokrat sei? Der junge Mann wehrte wahrhaft verzweifelt ab. Dies die erste Frage eines regierenden Herrn, eines Königs!

Das war eine nette Einführung! ... nein, der Prinz! Seine ultramontane Gesinnung zu dokumentieren war dem streng evangelischen Herrscher Hollands gegenüber auch nicht geraten. Er sah sich völlig konsterniert und hilflos um. Da kam ihm Prinz Max gutmütig zur Hilfe. „Ich meine nur, weil er so gut ausschaut im Gsicht ... Finden Sie nicht auch? Sie aber auch", wandte er sich an den dicken Mynheer. „Sie sollten mehr Fußball spielen, besonders im Wasser. Das ist riesig fesch. Und Sie Mynmäderl, oder wie? Sie haben viel zu viel an. Nehmen Sie sich ein Beispiel an der kleinen Montretoux oder an unserer Malfilâtre!"

„Was macht sie denn? Ist es wahr, dass sie ihren Wasserfall jeden Tag von Houbigant parfümieren lässt – wie romantisch! bei der Marmorgrotte?"

Ein gefälliges Spiel des Zufalls wollte es, dass im selben Moment die graziöse Soubrette mit ihren weitbekragten Bullys erschien, die sofort bei den Cafétischen zu betteln begannen.

„Da herein, Knopfnaserl! Da herein, Knopflocherl!", rief streng die energische Bühnendespotin. „Geh nicht zu die grauslichen Leut, Knopflocherl, kannst dir deinen Kaffee glücklicherweise selber zahlen. Franz! Bringen S' dem Locherl a umgekehrte Melansch! Der Knopferl kriegt an Eiskaffee, wie gewöhnlich." Dann sah sie sich, das reizende Näschen sehr hoch, streng um und sagte mit einem Blick auf den rotschopfigen Howniak: „Heute wieder einmal recht gemischt ..."

„Ach, sie ist ein bisserl brutal und kann, wenn sie

in der Laune ist, aber auch sehr originell sein", erläuterte der Prinz diese kleine Szene. "Dann hat man eine Hetz mit ihr. Schad, dass Sie damals nicht dabei waren, wie sie beim Jausenkonzert des ‚Klubs der Gemütlichen' unerwartet als Amor vorbeigehuscht kam und unter hellen Hoiotohorufen die Leut mit bunten Pfeilen überschüttet hat. Der Frau von Horsky hat s' das Kapotthüterl mit dem Straußenfederstummerl vom Kopf gschossen! Das Stummerl ist schrecklich … Er, der Horsky, hat's heuer den ganzen Winter, zerstreut wie er ist, als Schuheinlagen getragen. Er erzählte es jeden Tag. Und kein Mensch hätte der hochnasigen Flitsch je so eine herablassende Debauche – das ist es! – je zugetraut!"

Jetzt kam Leben in die Hortense. "Was hat sie als Cupido alles angehabt?", fragte sie interessiert den Prinzen.

"Also, das war so …", malte der mit breitem Behagen aus. "Ein Ganymedkitterl, sehr kurz, dafür hohe goldene Schnürschuhe aus ornamentiertem Leder mit Halbedelsteinagraffen, Pagenkopferl mit Brillantband, daran ein weißer Reiherstoß, die Lippen stark geschminkt, wie das bei den griechischen Buben im alten Athen … oder eher bei den bösen Buben von Korinth? gang und gäbe war." Hortenses Augen leuchteten jetzt.

"Sagen Sie, Prinz … Trikot?"

"Aber wo denken Sie hin! Das trägt doch heute kein anständiges Mädchen mehr, das auch nur ein bisserl Anspruch auf Chic erheben will!"

"Ich bin auch einmal, wie ich noch ein Kind

war, kostümiert erschienen", mischte sich, endlich gesammelt, Charles Borromée ins Gespräch. „Als Osterhase bei einer aristokratischen Kindervorstellung im Sacré Cœur ... die Gräfin Hompesch hat mir damals einen Kuss gegeben."

„Sie müssen allerdings lecker ausgesehen haben", wandte sich Hortense zum ersten Mal an den schüchternen Verehrer. Howniak strahlte und begann sich über seine Theresianistenzeit und seine Verwandtschaft zu verbreiten.

Als man aufbrach, löste sich Rabenseifner aus dem Schatten einer vergoldeten Bronzegruppe, wo er gelauert und alles belauscht hatte. Er bedeutete dem vor Stolz förmlich einherschwebenden Borromée, dass jetzt die erste Rate der Gmundner Abmachung fällig sei und er 10 000 Francs zu bekommen habe. In seinem Glückstaumel stellte Howniak den gewünschten Scheck auch aus, den der Unheimliche gelassen einstrich.

In der Folge wurde Rabenseifner sehr elegant, fast so, dass er Trapani in den Schatten stellte, kannte Howniak kaum mehr und kündigte zur allgemeinen Überraschung eine telepathisch-hypnotisch-rhadamanthische Soirée an.

Wie gesagt, Charles Borromée schwamm in einem Meer von Seligkeit. Nach dem Souper ließ er sich einen Heidsieck servieren, was er unbedingt tun zu müssen glaubte, um eine vornehm-träumerische Stimmung zu markieren. Bald ließ er die Arme schlaff neben der Stuhllehne herunterhängen, bald blies er lässig zurückgelehnt blaue Ringel in die Luft, bald wieder betrachtete er sinnend die roten Härchen an seinen Händen.

Nur das Benehmen eines dicken Herrn an einem Nebentisch riss ihn immer wieder aus seiner Seligkeit. Der studierte unter „Br!"- und „Pfui-Teixel"-Rufen die Weinkarte und bestellte sich endlich einen „G'spritzten mit Gieß" und setzte sich unaufgefordert zu Howniak.

Knurrend auf die moussierende Flüssigkeit zeigend, erklärte er dem Indignierten, dass man in Lokalen, die man nicht durch und durch kenne, zum G'spritzten nur Gießhübler nehmen könne, weil die Siphons, wie jedermann weiß, häufig Scheintoten in die Nase gesteckt würden, um sie wieder zum Leben zu erwecken. Man solle gar nicht glauben, wie rasch dieselben aufsprängen und was für erstaunlich grobe Redewendungen sogar solche fänden, die schon mit halbem Ohr das Jauchzen der Seligen vernommen hätten!

Der verliebte Élégant wendete sich indigniert ab und suchte bald seine Appartements auf. In der Nacht saß er glückversunken im niedrigen, bequemen Klubfauteuil und starrte in die träumende Natur. Genau ihm gegenüber lag der in leicht chinoisierendem, aber doch venezianischen Rokoko gehaltene Pavillon Dandolo-Treo im grünen Mondlicht. Auf rustizierten, an den glatten Stellen mit allerlei Fabelgetier verzierten Säulen aus porösem Muschelkalk ruhte das weit ausladende Kranzgesimse. Diskret vergoldete Vasen schmückten das geschweifte Dach aus patiniertem Kupfer.

Die breitgestreiften Markisen waren aus den offenen Fenstern gespreizt, doch das Parterre sorgfältig verschlossen. Da glaubte Borromäus durch die perlende Stille der blütenduftschweren Nacht ein immer mehr anschwellendes Summen zu vernehmen. Kein Zweifel, das waren Stimmen, die mit staunenswerter Zungenfertigkeit einen erregten Disput führten, von kurzen, harten, pistolenschussähnlichen Detonationen unterbrochen.

Er befürchtete Schlimmes und wollte schon aufstehen, um dem Hausknecht Ercole zu läuten, als ihn ein merkwürdiges Schauspiel wie gebannt auf den Sitz fesselte. Die Stimmen waren allmählich undeutlicher geworden; dafür erstrahlte hinter den schwer gerafften Seidenrouleaux der Parterreöffnungen auf einmal gedämpftes Goldlicht. Dann schwoll wieder maschinengewehrartiges Sprechen zu immer größerer Deutlichkeit an; dann sprang die Tür auf, und in großem Bogen flog ein weißer, nach Art der Harlekine angezogener Herr in das Blumenparterre, wo er mit jammervoll geöffnetem Mund eine Zeit lang sitzen blieb. Plötzlich sprang er gummiballartig auf, rang in niederträchtig verlogener Weise die Hände, wobei er sich etwas nach rückwärts bog, und verschwand radschlagend in den Rosenbüschen.

Kopfschüttelnd stand Borromée auf und schaute sich fragend in den Spiegel. Aber der zweite dumm aussehende Herr, der ihn aus der anderen Welt des Scheines leicht grasgrün tingiert anglotzte, war nicht imstande, ihm eine vernünftige Erklärung zu geben.

8

Der Morgen brachte eine allgemeine Überraschung.

Draußen auf hoher See lag ein verschrammter, zerschundener Dampfer mit verbogenem Kamin, mastenlos, ohne Rettungsboote, mit eingeschlagenen Salonfenstern – ein wahres Jammerbild, dessen ursprünglicher Name dick verschmiert war. Darunter stand in erbärmlicher, aber übergroßer Schrift „LAZZARRO FRADELLO DI COLONBO", was die schwimmende Ruine noch rätselhafter machte. Das Deck wimmelte von verwildert aussehenden, heftig gestikulierenden Menschen. Auf Pomo jagte die Nachricht von dem ungewöhnlichen Schauspiel bald alles aus den Federn. Auf den Terrassen drängten sich die Kurgäste und die Sportler waren überall dabei, Motor- und Segelboote in Gang zu setzen. In kurzer Zeit war der verluderte Dampfer von ihnen umringt.

Bald kamen die ersten Geretteten ans Land und stürzten sich in wilder Gier auf die Frühstückstische. Sitzengebliebene Phlegmatiker wie Papa Dodola wurden einfach verdrängt.

Aus den bampfenden Mündern war geraume Zeit keine Antwort zu bekommen. Endlich erfuhr man, dass sie eine Gruppe von Vergnügungsreisenden seien, die sich in Triest von einem lustig zwinkernden alten Herrn hätten beschwatzen lassen, einen Abstecher nach Pomo zu machen. Ein paar

Stunden höchstens und äußerst sehenswert! Noch dazu koste die Sache nichts! Zuerst habe sich der Kapitän – eben der alte Herr – sehr würdevoll betragen und die Ausfahrt aus dem Hafen an der Hand eines Berges von Seekarten und unter Vornahme komplizierter astronomischer Beobachtungen geleitet. Diese Übergewissenhaftigkeit habe ihm vollstes Vertrauen gewonnen. Dann habe er sich allerdings geradezu schreckhaft verwandelt. Heftig strampelnd habe er plötzlich die weiten Seemannskleider abgeworfen, sei in einer Art Harlekintracht dagestanden und wäre unter Mitnahme eines Kranzes Knackwürste auf einen Mast geflüchtet, um dort gemütlich zu jausnen. Wieder herabgekommen, habe er das Kommando neuerdings übernommen und das Schiff stundenlang im Kreise herumfahren lassen, um nachts in forciertester Fahrt nach Süden zu rasen. Die Mannschaft, an die man sich wendete, erklärte achselzuckend, blind gehorchen zu müssen. Nach Aufbrauchen der Kohlevorräte sei nach und nach alles Brennbare verheizt worden, die Salonmöbel, die Betten, schließlich sogar die Rettungsboote. Dann sei ein schwerer Sturm gekommen und habe die Masten umgeworfen, die auf den Kamin gestürzt seien. Aus ihren Trümmern habe man Ruder gemacht, und der plötzlich wie umgewandelte Kapitän habe gestern nachts nach tagelangem Rudern Pomo gefunden. Jetzt sei er spurlos verschwunden. Dies der Bericht der glücklich Geretteten.

Über die Menge der neuen Gäste war man allerdings erstaunt. Immer und immer wieder kamen vollgestopfte Boote vom havarierten Dampfer, und das anfängliche Mitleid verwandelte sich allmählich in Naserümpfen über die neuen Ankömmlinge. Die passten gar nicht in einen feinen Kurort. Grollebier war zum ersten Male in seinem Leben nervös und auch Baron Zois zerrte an seinem schwarzen Vollbart.

Vorläufig legte man die neuen Gäste, die immer und immer wieder zu essen verlangten, in die Turnhalle, in Dienerschaftszimmer und ähnliche Räume zur Ruhe, worauf das Bild des Kurrayons sein gewohntes, elegantes Aussehen wieder annahm. Doch wie erschrak man, als beim Nachmittagskonzert mitten in ein Menuett Boccherinis auf einmal ordinäre Blechmusik einer Dilettantenkapelle übelster Art, vermischt mit krähendem Gesang, und taktmäßiges Marschieren ertönte.

Die soignierten Sommergäste sahen mit Entsetzen, wie ums Eck in Doppelreihen eine Anzahl von Vereinen marschierte, in bestimmten Abständen Fahnen tragend, die mit meskinen Emblemen und Wahlsprüchen bestickt waren. Was man zuerst feststellte, war der Vereinsausflug der konzessionierten Leichenbegleiter. Ihm folgte der Heiterkeitsklub pensionierter Leichdornätzer, dessen Fahne einen überaus großen, eingewachsenen Nagel zeigte. Dann kam der Sängerbund der Krematoriumsheizer, meist ehemalige Bäckergesellen, mit dem Motto „FLACKERE!" am Banner, während der mit ihnen kartellierte Gesangsverein der Hühnerbrutofenerzeuger jeden Moment seinen Wahlspruch

„GACKERE!" zum blauen Äther schmetterte. Den Schluss bildete der Verein „Clotilde" in Ausübung ihres Berufes invalid gewordener Klosettfrauen. Der strickte und häkelte, ab und zu laut aufsingend, wollene Bidetmützen oder wattierte Gockelhauben für Kindernachttöpfe. Es war alles in allem ein niederdrückendes Bild.

Bald bildeten sich erregte Gruppen um Baron Zois, der immer wieder achselzuckend seine Unschuld beteuerte und Erklärungen über die Fehleinschiffung in Triest abgab. Dafür ließ sich der Abend recht animiert an, da Prinz Max in generöser Weise Freibier spendierte, an dem auch Rat Dodola und mehrere Herrn seines Kreises teilnahmen. Hatten sie doch seit vielen Jahren verschollene Schulfreunde unter den Ankömmlingen entdeckt.

Auch die scheuen Giekhases tauchten jetzt zum ersten Mal auf, da endlich einmal weniger anspruchsvolles Publikum da war. Der Prinz, der leutselig zwischen den Gruppen umherging, sprach den schafwollenen Greis an und bat ihn, die Bekanntschaft seiner Gemahlin machen zu dürfen. Als er erfuhr, dass Giekhase Altphilologe war, aber auch Turnen und Französisch vorgetragen habe, versprach er, ihn mit der alten Gräfin Ségur bekannt zu machen. Der alte Herr zeigte sich überglücklich und erklärte schüchtern, dass die Gelehrtenrepublik noch durch andere verdienstvolle Mitglieder hierorts vertreten sei. Besonders erlaube er sich, aufmerksam zu machen auf die beiden bahnbrechenden Paläontologen Professor Dr. Hühnervogt und Kollegen Fehlwurst von der Universität Helmstedt, ferner den Slawologen Miroslav Čwečko und die größten Kapazitäten Dalmatiens auf medizinischem Gebiet, die Sanitätsräte Hodjemihič und Crastibič. Auch Professor Harnapf aus Berlin sei zu erwarten, der hauptsächlich wegen Beobachtungen des sogenannten Babinski'schen Phänomens herkommen werde, das in den reinslawischen Teilen des Balkans mit besonderer Reinheit zu Tage trete.*

Der Abend ging glücklich vorüber und nach dreitägigem Aufenthalt wurden die verirrten Reisenden auf dem wieder dienstfähig gemachten Dampfer weiterbefördert. Sie nahmen mit herzlichem Sängergruß Abschied von der großen Welt, bloß die Präsidentin der „Clotilde" war zurückgeblieben, da man sie für die zu erwartende Marienbader Nachsaison engagiert hatte. Auch Amadeo Skrabal, ein geschickter Leichdornätzer, bat um eine Badedienerstelle im Herrenbad. So löste sich alles in Wohlgefallen, nur Baron Baliol war wütend. Also, für solches Pack hatte er psychisch gearbeitet! Noch

---

* Das Babinski'sche Phänomen besteht darin, dass man drei typische Balkanesen, am besten Komitadschis aus den Stämmen der Jukagieren oder Tschuwanzen, vor einen Tisch stellt, auf dem eine goldene Uhr liegt, die man mit den Blicken fest fixiert. Nach kurzer Zeit ist die Uhr in der Regel spurlos verschwunden, gleichsam vernebelt. Nun fragt der beobachtende Experimentator den ihm zunächst Stehenden, der ihm ganz wahrheitsgetreu antwortet: „Hab ich schon." Sofort fällt der zweite in die Rede: „Hab ich!", worauf ihn der dritte gelassen korrigiert: „Hast gehabt."

dazu jährte sich in wenigen Tagen das Jahresfest der überirdischen Erscheinung, das er in feierlicher Weise, versenkt in tiefste Betrachtungen, allein im Walde zuzubringen gedachte.

Man versuchte den Verstimmten zu erheitern; besonders die jungen Mädchen gaben sich die erdenklichste Mühe, und Prinz Max gab nicht nach, ihn in den Strudel der Vergnügungen zu ziehen. Endlich brachte er ihn so weit, dass er den Tango mit der schönen Hortense tanzte, die den eleganten Léo mit deutlichen Gunstbeweisen auszeichnete. Das früher steife Mädchen hatte sich reizend verändert und ihr knospenhaft verschlossenes Wesen zu blumenhafter Entfaltung gebracht. Auch Howniak entging diese holde Frühlingsstimmung nicht und er hielt sich für den Prinzen, der das Dornröschen erweckt. Léo aber machte so, als ob er nichts bemerke, und blieb kalt und unnahbar.

Eschenlohe neckte ihn gehörig: „Du, nimm dich in Acht! Die nordischen Mädeln und wenn s' auch noch so zierlich ausschauen, sind wie die großen Kachelöfen, die s' z'haus haben. Da kannst lang einheizen, bis d' was spürst. Aber ein Schipperl z'viel und sie gehn in die Luft und zermatschkern dich als a Ganzer! Das ist nicht wie bei die Gluthäferln im Süden, die nix ausgeben und wo's dich verbrennst, dass d' schreist und über die du jeden Augenblick hinfliegst. Dagegen die Amerikanerinnen! Die sind wie die Dampfheizung. Das sind gar keine Weiber, das sind technische Anlagen und im Betrieb sehr kostspielig."

„Und die Männer?", fragte Léo.

„Das sind Wilde mit Wasserspülung!" Damit wandte er sich zum Gehen.

Um ihn weiter zu zerstreuen, zeigte der Prinz ihm auch die seltener sichtbaren Gäste der Insel, die Léo noch nicht alle ihre Geheimnisse offenbart hatte. „Manche sind drunter", sagte er, „die muss man bepirschen, zum Beispiel die Melancholiker. Ich meine nicht", fuhr er fort, „die ungenießbaren Fadiane wie den Erbherren auf Hüsterlohe, Rührmichnichtan Afftenholz, Chef der Linie Afftenholz-Entenbrecht, Erbgroßpompefunèbre von Schwarzburg. Oder den Baron Qualbrunn, Majoratsherrn auf Ainöd. Nein, die meine ich nicht."

Sie gingen also. Über schwindelnde Felsensteige, hart an die sonnenheißen Kalkwände gelehnt, unter sich das donnernde blaue Meer mit den frischweißen Schaumkronen. Einen steil ansteigenden Felskamin mussten sie durchqueren, ober dem der blaue Himmel strahlte. Endlich waren sie am Ziel.

Ein jäh abstürzendes, vielfach zerklüftetes Vorgebirge entwickelte sich vor ihren Augen, mit Zypressenhainen und hochstämmigem Lorbeer nicht zu reichlich begrünt, wie Kupferlasur in kristallenen Brocken. Unter ihnen rollte die See, schaumgeädert, wie dunkler Marmor, vorwärts und zurück in nicht endendem Spiel voll aphrodisischer Heiligkeit.

In diesem Felsengetrümmer lebten mehrere Einsamkeitssucher „Johannes auf Patmos". Diese Mysto-Archaiker schrieben wohl ab und zu verklärten Blickes mit Adlerfedern goldene, hieroglyphisch verwebte Schriftzeichen auf seidenglänzendes Japan und spielten abends mit schweren, fußlangen, prunkvoll bemalten, mit Edelsteinsplittern verzierten Karten Tarock in Felsengalerien. Manchmal blickten sie bloß stundenlang auf dunkel polierte Scheiben orientalischer Edelhölzer.

Der Felswinkel hieß Abadessa, und das wolkenhohe, brandungsumjubelte Kap wurde Buffavento genannt. Lange verweilten sie versunken in der Schönheit dieser Landschaft, bis rosiges Licht den beginnenden Abendhimmel überflutete.

Wie Goldstaub lag es auf tiefdunkelblauer Seide oder brach sich mit zartem Violett, gleich dem Schmelz auf Blumenblättern so fein, zu levkojenhaftem Hauch. Pfirsichfarbene und purpurne Flecken grenzten an zartestes Grün, der Iris Prunkgewänder zu weben. Milchweiß und rosenrot eilten Wolken vorüber, wie Boten der schaumgeborenen Göttin, die sieben Segeltage von hier zwischen Aufgang und Mittag, vor zerwehten Jahrtausenden auf dem Muschelwagen erschienen, von posaunenden Tritonen und korallengeschmückten Amoretten bedient.

Dann kehrten die Freunde um und näherten sich einer Gruppe von Riesenzypressen. Nahe vom Boden begann der Zweige feines Geäder, auch in den kleinsten Linien schön an Formenspielen, die gnadenspendende Nymphen, herbes Schweigen auf rubinroten Lippen, einem Verrocchio als Traumgeschenke gebracht.

Und weiter gingen sie gegen das Innere der Insel,

durch Rhododendren- und Azaleengestrüpp, und sahen vor sich, wie an einem Baum ein köstlicher Marmortorso hing, um den das Abendrot zitterte. Glattwogige Hüften und das oberste Ende jugendholder Schenkel einer zerbrochenen Erosstatue. Eine bebänderte Schrifttafel wiegte sich leicht daneben im Winde. Unweit vom Baume blies ein distinguierter Hirte auf der Doppelflöte fremdartige und lang verschollene Spiele voll lullender Schnörkel. Rauch von Olivenholz wehte bläulich aus einer Schlucht, über der silbern ein erster Stern funkelte.

Nicht weit davon stand eine kleine Klause, durch deren niedre, spitzbogige Doppelfenster wilde Rosen wucherten. Dort predigte ein Heiliger Franziskus einem Goldfisch, der in einem Kelche von venezianischem Glas schwamm und bei strengen Stellen besonders dumm glotzte.

Noch weiter oben war ein Kirchlein in herber, früher Gotik. Dort spielten ein Herr und eine Dame, strenglinige, geschlechtslose Wesen, in steifen Brokatgewändern, auf einer dünnpfeifigen Orgel, und dicht daneben tanzten auf kurzem, blumigen Rasen struppige Leute zu den wehmütigen, abgehackten Weisen eines Psalters verdrehte Tänze. In einem Kupferkessel, der an einer Stange hing, kochte ein antiquiertes Abendsüpplein.

Baliol hüllte sich in tiefes Schweigen, das der Prinz nicht brach. Dann lobte er Michelangelos Idee, in so diskreter Weise abseitigen Leuten die praktische Verwirklichung ihrer Träume zu ermöglichen und so ein kleines Paradies zu schaffen, das ihnen wohl überall anderswo verschlossen geblieben wäre.

Für den nächsten Tag hatte Eschenlohe noch einige Überraschungen in Aussicht. Sie begannen ihren Rundgang etwas zeitiger und belauschten zuerst eine Gruppe von Herren und Damen, die in bläulichem Waldesdämmern ein exquisites Spiel trieben. Eine junge Dame in zartgefärbter Seide auf preziöseste Weise als Rokokoschäferin kostümiert, wurde von einem kardinalsrot gekleideten Kavalier geschaukelt. Zu Füßen einer Cupidostatue lag ein anderer junger Kavalier zwischen farbigen Blumen am Boden und freute sich des holden Anblicks der durch die heiße, duftende Luft schwebenden Gespielin.

In dem einfallenden Streifen des Morgenlichtes gaukelten schimmernde Falter. Waren die Herrschaften dieses Spieles müde, ergingen sie sich in anderen Wandlungen ihres Pastorales auf dem blumendurchwebten Grasteppich der nahen Waldlichtung, wo weiße Schafe in Sanftmut grasten. Dort spielte man Haschen. Bekamen sie Appetit, dann klatschten sie in die Hände und ein déjeuner champêtre auf köstlichem Porzellan und edlen Silberschalen wurde ihnen wie von Geisterhänden, es waren grasgrüne Kellner und zwei froschähnliche Piccolos, in diese holde Wildnis gezaubert.

„Das sind leidenschaftliche Graphiker."

„Was meinst?", fragte Baliol, der nicht recht verstanden hatte.

„Ich meine, begeisterte Kupferstichsammler, die die schönsten und seltensten Blätter alle nach und nach zu erleben gedenken. Jetzt haben sie sich in den schönen ‚Fragonard – de Launay sculpsit: La bascule' versponnen."

„Das gfallt mir, das gfallt mir", hörte man den entzückten Baliol, „meiner Seel, fast möcht ich auch so leben! Ich glaub, die Leutln sind glücklich."

Max hob die Hände: „Glücklich? absolut glücklich? Glaubst du? An denen ihrem Glück nagt der Schindelarsch."

Brüsk fuhr Léo herum. „Der … was? Der Schin…?"

„Ja. Das ist was Fürchterliches. Ich wünsche meinem Todfeinde nicht, dass er da dran leidet. In der Heiligen Taufe empfing der Besagte den Namen ‚Escamillo'."

„Ja, aber, … ja …"

„Gelt da schaust? Das ist ein Unglück. Aber der Michelangelo kann denselbigen nicht abschaffen, beziehungsweise verscheuchen. Offen stellt derjenige ja nichts an. Aber, was er z'sammschmachtet, bsonders wenn er in voller Glut ist und auch noch zu singen anhebt … ja … und dazu auch noch der Mond aufgeht … also, ich sag dir, da kann's einem anders werden. Kurz, die Geschichte ist die: Der Besagte … also … Dingsda … liebt bis zum Irrsinn die eine von den zwei Grazien, die da umanandhutschen! Wart! Sie heißt Geraldine Montgomery, ist aber nicht von der Hauptlinie. Ihre ebenso reizende Freundin, die Komtesse Danaë Fennberg – weißt, das ist Tiroler Hochadel – lässt das Trottel eher in Ruhe. Von der Montgomery küsst der Tepp sogar die Fußspuren. Dabei sind sogar schon alte Leut über ihn gefallen. Er schießt ihr mit einem Fidschipfeil Liebesbriefe zu. Er beschmiert alle Marmorwände mit ihrem Namen. Auch ihre Zigarettenstumpferln hat er schon aufgefressen, und dann hat er während dem Nachmittagskonzert öfter gespieben. – Was ihn die beiden Rokokokavaliere schon gehaut haben, das geht auf keine Kuhhaut. Wenn du plötzlich wo im Walde laut aufschimpfen hörst, dann ist richtig wer über ihn gestolpert, weil er eine Spur von seiner Flamme verfolgt hat. Einmal ist er zwischen die Herrschaften von einem Baum heruntergefallen, mitten in die Jause. Das herrliche Sèvres hat er zertrümmert, und die ganzen Petits Fours hat das Trottel z'sammgeprackt. Und wenn die Mädeln baden, da verdoppelt er sich förmlich. Da glaubst, es tauchen neben ihnen zwei … drei … also Dingsda auf. Das Schönste war aber das: Der … also … der Gewisse gibt sich schwülen Träumereien hin, wenn er einmal nicht verzweifelt Nase bohrt, und so hat er einmal in Triest in der berühmten Druckerei Ohnestingl, die die ganze Levante beliefert, in kostbarster Ausführung Karten einer erträumten Vermählung mit seinem Idol drucken lassen – etwa so: Der Vater des Escamillo, Dieudonné Schindeldingsda, gibt die Vermählung seines Sohnes Escamillo mit der Komtess Geraldine Montgomery etcetera, etcetera geziemend bekannt. Unglückseligerweise ist das Prachtstück mit den Wappen beider Familien in funkelndem Golddruck in die Auslage gekommen. Das sickerte hier durch.

Kannst dir denken. Da floh der unselige Amant für ein paar Wochen. Als er zurückkam, da ereilte ihn die Strafe. In einer Mondnacht bei einem Ständchen. Irgendwer hat den Unseligen vom Skrabal – wohl gegen ein fürstliches Trinkgeld –, also, halt dich an! unerwartet … klistieren lassen." Baliol zitterte mit dem Schnurrbart.

„Schau, das ganze italienische Rokoko war durchhüpft von solchen fliehenden blamierten Opfern Cupidos. Brauchst nur alte galante Kupferstiche durchzusehen. Scheint sich auch bis zum königlichen Hof von Frankreich weitergeschlichen zu haben. Da ist der Dichter Scarron das Opfer eines solchen Faschingsscherzes geworden. Die Folge der bösen Erkältung war eine solche Verkrümmung gewesen, dass er seinen Lebensabend in einer großen Schachtel zubringen musste. Allerdings war Scarron der leichten Muse zugetan. Bei unsren großen Dichtern hätte so was Légères nie passieren können. Einem Goethe – nie! Oder einem Grillparzer! Fast ausgeschlossen. Höchstens etwa dem Gerhart Hauptmann. Wer weiß übrigens, ob die Sache mit dem Scarron nicht Wasser auf die Mühle von Molière war?

Aber schau, was dort vor sich geht!"

Ferne Tschinellenklänge waren schon längst aufgefallen, jetzt kamen sie lustig näher. Und jetzt kam's ums Eck und Baliol staunte, dass ihm das Monokel aus dem Auge fiel. In kakaduhafter Würde schritt ein Herr daher, in einem rosa Chenilleanzug, einen kleinen Goldzylinder am Kopf. Dieser skurrile

Gentleman schlug ohne Rast und Ruh Tschinellen, die wildfunkelnde Sonnenreflexe warfen.

Dann kam ein Herr herangetanzt in taubengrauen Hosen und kaffeebraunem Frack, dessen Flügel aus Straußenfedern waren. Dabei blies er sanft auf einer Schalmei. Beide bildeten die Eskorte einer verfetteten Fürstin – so sah die Erscheinung aus –, brillantenglitzernd in Erbsenschotenschmuck. Auch sie meisterte ein Tschinellenpaar, dass bei jedem Schlag eine opalisierende Puderwolke davonstob. Neben ihr hüpfte ein pagenlockiger Bub in einem Kostüm aus weiß-seidenen Rosen. Der hielt einen viele Meter hohen Sonnenschirm über dem Haupte seiner Herrin. Ein asthmatischer Mops folgte, ein ungeheueres Straußfedertoupet auf dem schnarchenden Köpfchen.

Die verfeinerten Fragonards flüchteten verstimmt in eine kleine Klausnerei aus Baumrinde, von wo bald, auf einem Glockenklavier gespielt, die „Klage Andromedas" von Abondio erklang.

Kopfschüttelnd setzten die beiden Freunde ihren Weg fort.

„Was ist das?"

„Die kenn ich nicht. Wahrscheinlich Salonkorybanten, weißt, so wie die Salontiroler einmal sehr in der Mode waren. Vielleicht hat sich diese Lebensform erst vor ein paar Tagen herausgebildet; scheint ja nichts besonders Feines zu sein, nur der goldene Zylinder gibt mir zu denken. Hat was fabelhaft Apollinisches gehabt … war gut geschnitten. Die meisten Zylinder sind Kinder Saturns, das sind die

Angströhren, düster und immer ein wenig gegen den Strich gebürstet. Die, was die großen Mimen und die würdevollen Papas aufhaben, das sind die Kronen Jupiters. Der Mars aber hasst den Zylinder und ist sein Aspekt schlecht, dann werden s' unerbittlich eingehaut."

„Alle Achtung!", sagte Baliol, „du solltest jetzt noch so wie die Haruspices aus den blutigen, oder richtiger, verschwitzten Eingeweiden alter Zylinder weissagen können. Da könntest du dir ein schönes Stück Geld verdienen und das Fürstengeschäft an den Nagel hängen. Mein Gott, der Adel von heutzutage ... Wie gut habn sie's noch in der Biedermeierzeit gehabt, unterm seligen Kaiser Franz! – divide et impera – tschinderassa hopsasa! Aber erst das Mittelalter! Schau Maxl, wenn da so unsereiner beim Klange des Hifthorns ..." Erstaunt sah er ihn an. War das Zauberei, war das Spuk am hellen Mittag? Deutlich erklangen Fanfaren, deutlich ein Hifthorn durch den sonnigen Wald. Lustiger, aber etwas befremdender Jägergesang aus vielen Kehlen:

„Es tönet der Schofar im Wald.
Der Scholet werd sich bald kalt.
Die Jäger tun krepetzen
und tun mit die Messer wetzen.
Es tönet der Schofar im Wald ...
bald kalt!

Der Chasr kümmt sich gelafen im Schritt.
ja, Schritt ...

Der Melach gebt ihm an Tritt
ja Tritt …
Es tönet der Schofar im Wald."

Als die letzten Töne verhaucht waren, schlängelte sich eine bizarre Kavalkade aus dem Tann. Zahlreiche Israeliten in goldenen Rüstungen, ausladenden Frührenaissancehelmen oder hohen gotischen Kappen im Stile Karls des Kühnen von Burgund ritten einher, viele mit großen Kurszetteln aus Seidenpapier in den gestikulierenden Händen. Eschenlohe packte Baliol am Rockzipfel und erklärte ihm die Herren. „Schau, dort an der Spitze: der Schwarzenberg! Dort, der sich mit dem Bolzen im Ohr kratzt: Ulrich von Liechtenstein! Hier auf dem Pony: Adolf von Nassau, vor dem ganz Proßnitz zittert! dort: der alte Hunyady auf feurigem Renner! dort zwei Bitterwasserkönige, die halb Oberungarn beherrschen!"

„Also weißt du! So was!", fühlte sich Léo zu sagen bemüßigt. „In Aussee, da find ich den Aufzug begreiflich … aber hier, am halben Weg nach Palästina, da sollten sich die Herrschaften in der Sommerfrische doch keinen solchen Zwang antun. Ich bitte dich, die Blechgeschirre bei der Hitze!"

Der Nachmittag schenkte Léo die Gelegenheit, mit den normalbürgerlichen, irdisch ganz realen Kurgästen Fühlung zu nehmen. Denn nachdem der Vereinsausflug die steife Atmosphäre etwas gereinigt hatte, erschienen auch die scheueren Elemente, wie Kličperas, Giekhases und Konsorten, setzten sich näher zur Musik und strickten, was den weiblichen Teil betraf, ganz ungeniert an Kinderjäckchen, Stuhlbeinschonern, und was es sonst Nettes und Praktisches gab. Der Vormittag aber war der anderen Gesellschaftskaste reserviert.

Da wurde gebadet. Nur einmal waren Bébé Kličpera und Mama, beide in unglaublich züchtigen Kostümen, erschienen. Mama sogar in langen, schwarzen Trauerhosen, die erst unter den Knöcheln eine reichgefaltete Krause aufwiesen. Bébé ersoff sofort, da sie an der tiefen Stelle hineingestiegen war, und wurde vom alten Lyons gerettet, der sich nicht genugtun konnte, das erschrockene Kind im Wasser abzutätscheln und zu untersuchen, ob sie sich nicht etwa einen Schaden getan hätte. Mama war über die Trikots der Damen empört, besonders „wenn s' nass warn". Auch das freie Benehmen der jungen Mädchen aus „so feinen Familien" brachte die einfache Uhr ihres Verstandes fast dem Ruin nahe. Bébé sah dagegen mit glänzenden Augen zu, mit welcher Sicherheit zum Beispiel die graziöse Montretoux auch im glitzernden Element zu flirten verstand, so dass wahre Walfischfontänen ihren Kurs bezeichneten, und mit der sogar schwimmende Schäker, die unerwartet unter ihr auftauchten, die bekannte reizende Gruppe des Luca Penni, „Diana rittlings auf den Schultern des Orion", als lebendes Bild aufführten. War das ein Hallo, wenn unter Kreischen und Gelächter das prächtige Renaissancewerk wieder in Trümmer stürzte und im hoch aufspritzenden Gischt verschwand!

Da auch die schöne Hortense täglich im Seebad ihre Reize dezent zur Schau stellte, versäumte Howniak es nicht, die schöne Welt mit seiner Gegenwart zu beglücken. Er las bloß die Zeitung oder wendete einige hoflieferantenhaft gedrechselte Redensarten an den alten Schelfhout, der in einem blau-weiß-rot gestreiften Trikot mit breitem Pflanzerpanama erschien und sich an einem Gläschen Boonekamp nach dem andern erfreute. Ins Wasser ging er nie, was Borromée auch nicht anders erwartet hatte. War ihm doch bekannt, dass hohen Herrschaften, vom Herzog aufwärts, jede Möglichkeit einer Gefährdung des hohen Lebens durch die jeweiligen Hausgesetze streng verboten war.

Was für einen Einfluss musste doch Hortense haben, die das Baden – wie ersichtlich – durchgesetzt hatte!

Im Wasser war sie viel mit Léo Baliol zusammen, von dem sie sich auf einem Holzring oder Wassertrapez weit in die See hinausziehen ließ.

Bei solchen Anlässen flatterte Borromäus ängstlich gackernd am Marmorrand des Badekais herum und trat mit seinen kalten Plattfüßen dicke, durchsonnte Damen, die dort mit geschlossenen Augen ruhten und empört aufschrien. Er wurde viel beschimpft; aber einmal wollte es das Unglück, dass er in ein Rudel schlimmer Kinder hineinlief, die ihn ins Wasser warfen und ganz erbärmlich tauchten.

Sehr geschmeichelt war er, als ihn eines Tages unerwartet die schöne Malfilâtre ansprach und ihm eine sogenannte Seegurke zu halten gab – „Aber nicht auslassen!" – da sie an der Gummihaube etwas zu richten habe. Die junge Dame brauchte merkwürdig lang und sah dabei auf Borromées Finger, der beteuerte, geehrt zu sein, die … geschätzte Gurke halten zu dürfen etc.

Die Seegurke, die zu Howniaks Verwunderung in der Sonne mehr und mehr anschwoll, platzte endlich mit sanftem Knall und besudelte den artigen Herrn in unappetitlicher Weise. Die böse Soubrette stieß einen Freudenschrei aus und verschwand mit Kopfsprung in der Smaragdflut.

Kaiserlicher Rat Dodola, der in der Nähe stand, war ganz erschüttert, da er bestimmt wisse, dass das Gfrast, wie er sich ausdrückte, in seinem Vademekum nicht erwähnt sei. Er wischte sich den Angstschweiß von der Stirne bei der Idee, dass er einmal so etwas vorgesetzt bekommen könne, etwa als saures Marinebeuschel, da bei der exotischen Küche des Südens alles möglich wäre! Schrecklich, schrecklich!

9

Prinz Max hatte sein Versprechen gehalten und Professor Giekhase mit der alten Ségur, née Rostopchin, bekannt gemacht. Doch wollte keine rechte Unterhaltung zustande kommen, da der Professor verlegen und wortkarg fortwährend den Zylinder mit den großen Knochenhänden gegen den Strich bürstete oder mit plumpen Gummizugdoppelsohlen beim Sitzen unterm Stuhl herumtrabte.

„Was hat nur Ihr Mann", sagte nach dem verunglückten Besuch der Prinz zur Gattin des Professors. „Er kommt mir so eigentümlich gedrückt vor. Ist er etwa leidend? Sturz vom Katheder? Kann böse Folgen haben."

„Ach nein, fürstliche Gnaden, ach, das ist es nicht, aber denken Sie nur, o Hochlaucht, o ...", jetzt weinte sie, „das Lebenswerk meines armen Mannes ist verloren, so gut wie wertlos! Die zarte Pflanze, die er mit seinem Herzblut gedüngt hat, verdorrt ... der Acker, auf den er unser Familienglück wirklich fuhrenweise abgeleert hat, brach und steinig! Es ist zum Herzbrechen!"

Der Prinz wickelte nachdenklich eine Mandarine aus und sagte zu der schluchzenden Frau in seiner kalmierenden Weise: „Da haben Sie ein Stück Seidenpapier, trocknen Sie Ihre Krokodilstränen. Was hat's denn gegeben?"

„Ach, Hochdieselben! hören Sie: Giekhase hat mit unsäglichem Fleiß in zwanzigjähriger ununterbrochener Arbeit die Ilias und die Odyssee in eine von ihm konstruierte Sprache übertragen, eine Sprache, die etwa in Brobdingnag, das jedermann aus Gullivers Reisen kennt, gesprochen hätte worden sein konnte. Entsetzlich schwer ist die Sprache! Giekhase hat mit wahrem Bienenfleiß alles Leichtverständliche ausgemerzt und ein Werk geschaffen, das sprachlich gemessen weit schwerer ist als die chinesische Schrift. Denken Sie nur einmal: Mein Mann hat siebenhundertsiebenundsiebzig Geschlechter drin vorgesehen, nur das männliche und weibliche nicht, denn er ist so gegen das Laszive. Und 62 Fälle, darunter das Minusquamimperfuturinchoativodefectexact … wenn Sie sich das vorstellen, haben Sie den ganzen Vormittag vollauf zu tun …"

„Meiner Sex", meinte der ganz konsternierte Prinz, „da bekommt man ja förmlich Gehirnbauchweh!"

„Und denken Sie nur das Unglück. Kein Mensch versteht die Werke, und mein Mann selbst muss täglich sieben bis acht Stunden tüchtig lernen, damit er nicht aus der Übung kommt. Ach, es ist schrecklich! … Da kommt übrigens Giekhase!" Und zu ihrem Mann gewendet fuhr sie fort: „Deklamiere doch etwas, Apollodor! Die Herren interessieren sich brennend für deine Schöpfungen!" Der Gerufene trat näher. Träumend in die Ferne blickend nestelte der Professor eine kleine, messingene Apolloleier aus einem Wachstuchfutteral, das er unter dem bereits ins Grünliche verschossenen

Gehrock trug, und begann wehenden Bartes mit krächzender Stimme zu singen. Es war eine Reihe außerordentlich misstönender Worte, in Hexameter gepresst.

„Der Anfang der Ilias; hören Sie, wie erhaben!", flüsterte die verklärt blickende Gattin. Aber weiter als bis zum achten Wort, das wie „Wudlwudlwudl" klang, und nach der Herren Berechnung offenbar „Unzählige" bedeuten musste, kam er nicht.

Ein plötzlicher Windstoß schlug ihm das Gummivorhemd gegen den Mund, und die See, die schon beim Stimmen der Leier einen drohenden Ausdruck angenommen hatte, entsandte unerwartet eine Riesenwoge, die schaumgekrönt herangerollt kam und mit zischendem Gischt die Gummizugschuhe des Sängers umspülte. Der schofel gekleidete Rhapsode machte einen jähen Bocksprung und stürzte hart nieder.

Die glücklicherweise im selben Moment des Weges daherkommenden Herrn Salvator Pakor und Dr. Sexagesimus Knack, letzterer obendrein ein tüchtiger Arzt und Spezialist in Beinbrüchen, sprangen ihm zu Hilfe und richteten den weinenden Greis auf. Seine Brille war zerschmettert, die Leier verbogen und, das Schrecklichste, sein Gebiss von der wütenden See, die sich bekanntlich vor nichts ekelt, verschlungen worden, so dass der bedauernswerte alte Mann nur undeutlich stammeln konnte.

„Merkwürdig! Das geschieht Giekhasen doch jedes Mal", erläuterte die Gattin und führte den Erschrockenen seitab in die Büsche.

Von den Rettern zur Rede gestellt, warum denn so junge und kraftstrotzende Herrn nicht zuallererst geholfen hätten, erklärten Zois und Eschenlohe wie aus einem Munde, dass sie nie so vermessen sein würden, in das offensichtliche Walten der Natur einzugreifen.

Die erschütternde Kunde vom Unfall, der den allgemein geachteten Gelehrten betroffen hatte, verbreitete sich bald auf ganz Pomo, d. h. soweit die Leute sozial empfanden. Die Egregiker, als da waren die Einsiedler, Graphobiotiker, Choreoperipatetiker und ähnliche Sommergäste, nahmen natürlich keinerlei Anteil. Höchstens die auf dem Grenzgebiet zwischen beiden Gesellschaftswelten herumschwebende Malfilâtre zeigte wenigstens insoweit Interesse, dass sie mit der Lorgnette den schäbigsten Pfeil aus ihrem Köcher heraussuchte und ihn tändelnd zur Hand nahm. Dann stellte sie sich in großer tragischer Pose zwischen ihre mit grünen, wappengeschmückten Schabracken kostümierten Bullys, die mit froschartig aufgerissenen Mäulern lechzten, und parodierte mit düsterer Stimme Verse von Schiller:

„Komm du hervor, du Bringer bitterer Schmerzen,
mein teures Kleinod jetzt, mein höchster Schatz!
Ein Ziel will ich dir geben, das bis jetzt der frommen Bitte
… nein, von reiner Wäsche nie, umgeben war.
Mit diesem lechzend Moppelvolk zusammen will ich lauern,

bis wir es stelln, das kummervolle Wild.
Ihr Götter hört! – Ich lass mich's nicht verdrießen,
Dem elend angeschirrten Greis und Dichter
Das Schwarze unterm Nagel wegzuschießen ..."

„Da hätten S' aber viel zu tun", fiel ihr der junge Fürst in die Rede. „A hartes Stück Arbeit für so ein junges, zartes Geschöpferl. Aber was ist denn dieses eben angedeutete physische Übel gegen den graupeten Blödsinn, den der Greis geistig von sich gibt ..."

„Von mir hat er verlangt", die anmutig bemalten Lippen der Malfilâtre waren verächtlich geschürzt, „dass ich das Lied der Mignon in seiner Sprache singen soll. Da hab ich ihm Rache geschworen. Der Kerl gehört ausgerottet!"

„Wie kann man! ich fürcht' mich vor Ihnen ... schrecklich ..."

„Ihr jungen Leut von heutzutag seids alle so scheue Backfischmilchner, laufts vor jeder Schürze davon! Sie, und gar der Engerlzwicker, der Baliol."

„Der hat ganz recht", verteidigte Max den Vetter. „Wenn die Mädeln mies oder mediocre sind, kann doch kein Mensch verlangen, dass man ihnen zugeht; und sind s' sehr hübsch, dass man andererseits a bisserl a Freud hätt, haben s' alle etwas leicht Anthropophagenhaftes."

„Also, wissen Sie, das ist doch die höhere Unverschämtheit ... wollen Sie sich näher ausdrücken, oder, was ratsamer wäre, revozieren?"

„Ach, wozu soll ich mich da strapazieren ... der

Zois weiß das alles viel besser, er ist ja ein großer Mystiker und Kabbalist. Ich glaub, er ist sogar ein Schwarzmagier, wahrscheinlich sogar mit behördlicher Bewilligung. Der hat sicher die richtige Erklärung dafür. Ich halte das Ganze aber für kein Gesprächsthema für ein junges Mädchen, noch dazu am hellichten Mittag …"

„Natürlich – der Zois! Der Michelangelo! Hat die Weisheit mit dem Löffel gefressen!", die Soubrette knickste. „Aber so gescheit als er ist, den phänomenalen Blödsinn vom alten Giekhasen kann er nicht ergründen!"

Der Prinz drehte sich langsam auf dem Absatz herum und pfiff in legerer Attitüde den Vetter heran, der unfern mit einer Gruppe von Kurgästen plauderte. „Bitt dich, Mischi, erklär dem Fräulein die geistige Hasenscharte von dem Hofstotterlinguisten mit der Gummilingerie!"

Zois, die Arme verschränkt, strich sich den schwarzen Vollbart mit monumentaler Geste so, dass man im Hintergrunde das unwillkürlich geflüsterte Wort „Sudermann" hörte. Er blickte die junge Künstlerin, die einige schlangenhafte Bewegungen machte, mit väterlicher Milde an und begann sonor, doch unendlich wohlwollend: „Aber! Alles klar! da liegt doch bloß das – allerdings erst vor kurzem entdeckte – Phänomen des Tantensprunges vor, und zwar des geraden, nicht des Zickzacktantensprunges!"

Die Malfilâtre staunte, den Mund halb offen. Dann fragte sie mit einem strengen Zug um die sonst lustigen, großen Mandelaugen: „Tantensprung? … was für ein Blödsinn ist denn wieder das?"

Mit gütiger Stimme fuhr Zois fort: „Ihr Mädchen vom Ballett und so, seid wie alle Mitglieder der großen hierarchischen Verbände – unterbrechen Sie mich nicht! – Das Ballett ist hierarchisch! Fortsetzung des Tempeltanzes! Westliche Bajaderen … letzte große, heidnische Institution! … Teufel, wo bin ich stehen geblieben? … also, wie alle Mitglieder der großen hierarchischen Verbände, seid auch Ihr als Wahrerinnen großer, heiliger Dogmen von konservativer Unwissenheit, richtiger gesagt: voll Abwehr gegen allzu Neues. Nun passen Sie auf: Begabte Kinder erben den Geist nicht von Vater oder Mutter, oder, wie man lange Zeit dachte, von den Großeltern in zum Geschlecht umgekehrter Richtung, sondern von Tante und Onkel. Bevor ich weiterspreche, möchte ich Sie nur daran erinnern, dass die Menschheit in ihrer erdrückenden und vor allem in ihrer führenden Mehrheit stockdumm ist und kaum die mit ihrem Vegetativen allernötigst zusammenhängenden Dinge dürftig kennt, ein Umstand, der Ihnen kaum entgangen sein dürfte, da auch Sie bei jedem Schritt und Tritt über die Riesenkartoffeln des Blödsinns stolpern, die von besagtem Geschlecht voll Eifer beim Sausen des Lebensrades gewebt werden. Dabei ist der Prozess fortschreitend und bei der rapiden Ausbreitung der Makulaturrassen, die die Hauptträger dieses Unglücks sind, könne man das Ende gar nicht ausdenken. Der Hauptbegründer dieser konstitutionellen

Massenidiotie ist Karl der Große, der die geistig klarste Hochrasse Europas, die germanische, mit den barbarischsten Mitteln zu vernichten trachtete und durch Ansiedlung und Förderung freigelassener Halb- und Dreiviertelaffen ein für ihn zwar einträgliches Unternehmen schuf, den Fortschritt der Menschheit aber für Jahrtausende untergrub. Dürftige Splitter des grandiosen, bis zu den letzten Grenzen des Menschenmöglichen gehenden Wissens der von ihm zerstörten germanischen Kultur haben sich das Mittelalter hindurch erhalten, teils in geheime, streng verborgene Logen geflüchtet, teils als das halbverdorrte Körnchen ‚Volkswissen‘ im Aberglauben versteckt.

Intelligentere Forscher lenken seit einiger Zeit ihr Augenmerk auf dieses Gebiet, und da hat vor kurzem der tiefschürfende Philosoph Bröselschmied das so überaus beliebte Wort ‚Erbtante‘ unter das Vergrößerungsglas genommen und ist zu geradezu stupenden Resultaten gekommen. ‚Erbvater‘, ‚Erbmutter‘ … davon spricht kein Mensch! Aber ‚Erbtante‘! Welch wollüstigen Kitzel erweckt selbst in Ihnen dieses Wort – ich sehe es deutlich als alter Psychologe! –, und was mit der Wollust zusammenhängt, ist fundamental empfunden und daher ungemein beachtenswert."

Baron Zois machte eine kleine Pause, um die starke Bewegung des jungen Wesens abflauen zu lassen, das da – um einen plastischen Ausdruck zu suchen – etwa wie eine jüngere Cousine des Alkibiades an den Lippen des Sokrates hing, und fuhr fort: „Das Wort ‚Tante' wird von Bröselschmied als gelb empfunden. Vielleicht spricht das Posaunenhafte im Klange dafür, und kein normaler Mensch kann sich eine Posaune anders als gelb denken. Gelb, also Sonne, Sonnenstrahl als ‚Gebärfaden', das Band der Familienwertungsvererbung. Das modrige Leuchten des Stammbaumes, manche nennen es ‚Intelligenz', der sogenannte ‚Ahnenflimmer' lässt dieses Gewebe überdies noch pikant changieren, um Ihnen, der Modedame, die Sache noch mundgerechter zu machen. Beim wackeren Giekhase sehen Sie die Erscheinung des ‚Tantensprungs' besonders schön entwickelt. Auch ist er ‚Zweckhemmling'. Sie werden gleich hören, wieso. Seine Tante, die ihm das Studium ermöglichte, und von der er die Leibwäsche erbte – lachen Sie nicht! – war eine gewisse Frau Kniakal, also eine Tschechin, wie der schöne Name sagt, und zwar vom Stamme ‚Krk', dem vornehmsten der drei Grundelemente, aus welchem sich dieses poetische Volk nach und nach entwickelte. Sie heißen der neuen Forschung nach: ‚Krk', ‚Prd' und ‚Smrd'. Ein vierter, ‚Prsch', ist leider ausgestorben." Eine Bewegung des Bedauerns, auch einzelne Seufzer unterbrachen den Vortragenden.

Michelangelo fuhr fort: „Nun bitte ich, Folgendes zu beachten: Nach dem Gesetze der Polarisation ist bei Bresthaften immer der Gegenpol ihres Hemmungsmomentes in höchster Wunschform entwickelt. Leute mit Fußübeln hoppeln bekanntlich den ganzen Tag auf der Gasse herum. Die scheußlichsten Weiber beeinflussen die Moden oder schauen sich wenigstens, wenn sie nicht die dazu nötigen Verbindungen haben, möglichst oft in den Spiegel, etc. etc. Die Tschechen, deren Sprache, ohne gegen dieses Volk im geringsten aggressiv oder ungerecht zu sein, wirklich sehr unschön und recht unverwendbar ist, erheben sie in den Himmel, verbieten, wo immer sie sich einfinden, jedes andere Idiom und massakrieren, wenn sie in die Lage kommen, jeden Andersdenkenden erbarmungslos, wie dies ihre ruhmreichen Legionen bewiesen haben.

Nun führte diese im Falle Giekhase besonders schwere Belastung dazu, dass der Bedauernswerte zum Sprachschöpfer wurde, also ein entschieden pathologisches Feld der Betätigung suchen musste. Ist die Vererbungspotenz weniger eminent, spricht Bröselschmied von ‚Kesseltanten', um anzudeuten, dass die geistigen Gaben noch nicht gargekocht seien; im Falle nicht durchgebrochener, bloß angedeuteter Begabung aber von ‚Schlummertanten'. Und nun bitte ich als Belohnung um einen Kuss!"

Den bekam er aber nicht, da im kritischen Moment schweratmend Frau von Horsky, eine dicke, fauteuilartig angezogene Dame, von Frau Kličpera dem Freiherrn vorgeführt wurde. Bei ihrem Anblicke entfloh die scheue Soubrette, und beide Damen blickten ihr missbilligend und empört nach.

Frau von Horsky kam, bittre Klage zu führen: Sie sei vorhin bei einem Spaziergang, der ihr ohnehin sauer genug gefallen sei, von einem *Teufel*, der Schwammerln gesucht habe, zu Tode erschreckt worden. Sie wäre stundenlang von einer Ohnmacht in die andere gefallen und während der Zeit von Ameisen aufs Grausamste gebissen worden. Was für eine Wirtschaft das sei! Der Baron solle nur schauen! Zois wehrte verzweifelt ab und versprach, der Sache mit aller Strenge nachzugehen.

Überhaupt sei es auf der Insel nicht richtig, es gehe um, fuhr die keuchende Dame unbeirrt fort. Auch ein Zauberer solle da sein, der was einen Zauberabend angekündigt habe, und ob die Direktion dafür hafte, dass alles dabei natürlich zugehe?

Die dicke Frau mit dem dreifachen Kinn und den unendlich dummen brombeerfarbenen Glotzaugen wollte noch weitersprechen, wurde aber durch eine herantollende Staubwolke jählings unterbrochen. Es waren drei junge Mädchen voll outriertester Lebhaftigkeit, die über Zois herfielen.

„Lieber Baron, ach bittebittebitte! stellen Sie uns doch endlich den entzückenden anderen Baron, Ihren Vetter, vor! Wir haben beschlossen, mit ihm den Rest des Sommers Botticellis ‚Primavera' zu leben. Er muss die janze Zeit nach Obst greifen und wir – Hedwig, Modeste und Frieda – drehen uns im ununterbrochenen Schleiertanz! Und 'nen kleenen, nack'chen Bengel könnte man ja in den Orangenzweigen aufhängen! Am besten an 'nem Gummihosenträger, da schwebt er forsch hin und her. Wie würde sich der verewigte Meister freuen, wenn seine Gestalten so zum Leben erwachten!"

Michelangelo versprach den energischen jungen Damen, mit größtem Vergnügen die Sache zu arrangieren, worauf die jungen Enthusiastinnen im Ringelreihtanze wieder davontollten.

„A Unglückstag, a Unglückstag", sagte er mit ernstem Blick zum tiefdunkelblauen Himmel, „wir müssen an' Konstellationswechsel haben, gewiss ist am Sternengewölb oben die Venus in ihrem von Spatzen und Haserln gezogenen Goldwagerl vorbeigefahren und hat den Saturn mit seiner stinketen Ziegenbockequipage Platz gemacht … oder hat er gar an Taranteleinspänner?"

Dabei blickte er ernst auf den Zenith des Himmelsgewölbes, wo diese Darstellungen auf alten Bildwerken aufgemalt zu sein pflegten, und beugte sich so weit zurück, dass man an Stelle des Kopfes bloß noch einen schwarzen, keilförmig nach oben gerichteten Vollbart sah, der aus der tadellosen Halsbinde hervorwuchs.

„In dem Sommer geschieht noch was, geschieht noch was!", sagte er ernst zu dem inzwischen aus einem Gebüsch herangetretenen Vetter Baliol. „Glaub mir! Man muss dem Schicksal ein Ausschussgeschirr zum Zerhauen schön parat hinstellen, sonst geht's über die feinsten Altwienerschalen her. Ich kenn das. Wir hätten dem alten Onkel Lazzaro nicht das Kommando vom Salondampfer nehmen sollen, da ist immer a bisserl was vorgekommen, so dass die bösen Mächte ihr Körberlgeld gehabt haben. Aber die Tante Feconda hat's durchgesetzt, dass er strafweise jetzt Esszeugputzer ist und die vollen Fliegenpapiere wieder sauber kletzeln muss, bedenke, ein Dandolo-Treo, der direkt vom berühmten Prinzen von Arkadien abstammt! Das geht wieder über die Mocenigos, deren Vorfahren Könige von Mykene waren, was jedermann in Venedig dir bestätigen wird."

10

Den Baron sollte seine Vorahnung nicht getäuscht haben. Er, der der uneingestandene Schiedsrichter der ganzen Insel war, an den sich jeder, oft mit den sonderbarsten Anliegen wandte, sollte alle Hände voll zu tun bekommen.

Der treffliche Charles Borromée, der seinem Lebensschifflein etwas mehr Wind in die Segel zu geben gedachte, beschloss, das langsam keimende Pflänzchen der Familienannäherung zwischen den Häusern Howniak und Schelfhout (Haha!), das sich dereinst zu einem kräftigen Stammbaum auswachsen sollte, durch eine diplomatische Demarche zu rascher Entfaltung zu bringen.

Es war wieder einmal abends, diesmal im Salon des Pavillon Ghirlandaio, so genannt nach einem prunkvollen Bild des Meisters, das sich vor kurzem unter Gerümpel in Porto Palazzo gefunden hatte, dass Howniak sich mit dumm-feierlicher Miene, eine Gardenie im Knopfloch, zu van den Schelfhouts setzte und ein geschraubt-devotes, kümmerlich dahinschleichendes Gespräch begann. Die junge Dame, im höchsten Grad gelangweilt, betrachtete mit dem geschlossenen Lorgnon – wie durch ein Monokel – ihre Zigarette oder blickte aus den Augenwinkeln nach Léo Baliol, der unweit an einem Tischchen saß und wie verloren einen Sherry-Cobbler schlürfte. Mitten im langweiligen Sermon Borromées, dessen abgehackte Worte wie fatale Gasblasen aus einer Sumpflacke stiegen, ertönte klar und deutlich das Wort „Majestät".

Vater und Tochter blickten sich einen Augenblick mit einem schwer zu beschreibenden Ausdruck an. Dann machte der würdevolle Schelfhout, verlegen lächelnd, eine abwehrende Handbewegung, während Hortense sich brüsk, fast empört, abwendete und die Zigarette zerbiss.

Howniak pfiff verlegen ganz sanft durch die Nase und spürte, dass der schöne, ebene Gartenweg des Gefloskels, den er bis jetzt gewandelt war, von einem jähen schwarzen Loche unterbrochen ward. Nach einer unangenehmen Pause sagte Hortense: „Schrecklich, dass das bis hierher dringt."

„O Princesse", rief Howniak begeistert, „ich bin Royalist durch und durch, zwar ein guter Österreicher, aber es soll mir eine Ehre sein, Eurer Hoheit neuer Untertan zu werden, in Demut ersterbender Untertan …"

Van den Schelfhout legte die Ohren an und rang die Augen zum Himmel. Hortense maß den rothaarigen Herrn, dessen Hängelippe vor Eifer glänzte, mit einem unbeschreiblichen Blick.

Das Objekt ihrer Verachtung sprang auf und rief, wenn auch mit gedämpfter Stimme, doch gut vernehmbar: „Gut und Blut für meinen neuen Herrscher! Majestät, Ihnen zu Füßen kniet ein treuer Untertan!" Dabei breitete er sein seidenes Sacktuch auf den Boden und machte Anstalten, den erwähnten Huldigungsakt auszuführen, ohne zu bedenken, wo er sich befand.

Van den Schelfhout fuhr sich mit der Hand in den Kragen und murmelte etwas Unverständliches. Hortense war aufgestanden und blickte eisig auf den nun tatsächlich am Boden Knieenden.

„Wissen Sie, wem zuliebe Sie Ihr Vaterland aufgeben wollen?"

„Ja, Hoheit, Nassau-Oranien will ich fortan mein Leben weihen!"

„Sie irren", kamen kalt und klar die Worte von den schöngeschwungenen Lippen Hortenses, „Sie knien vor dem diesjährigen Bohnenkönig von Rotterdam!"

„Boh…! Was? Boh, Boh…?"

„Sie wissen nicht einmal, was ein Bohnenkönig ist! Sie wissen aber auch rein gar nichts, mir scheint es, Sie sind ein Narr." Das war das Einzige, was er vom alten Schelfhout hörte, der mit seiner Tochter den goldglänzenden und marmorstrahlenden Saal verließ.

Wütend und verzweifelt stürzte Borromäus zu Rabenseifner, doch fand er den gelbzahnigen Gentleman nicht vor. „Ha, Schurke, du entgehst mir nicht!"

Noch immer sprudelnd vor Wut raste er zu Baron Zois, ihm das Unerhörte zu klagen. Der verstand zuerst kein Wort der abstrusen und verworrenen Geschichte und hielt sich immer in der Nähe einer großen Blumenvase, um dem Strom des wutschäumenden, von einzelnen grellen Nasenpfiffen durchschrillten Gegackers seines Besuchers, den er für ernstlich gestört hielt, durch einen jähen Guss kalten Wassers ein Ende setzen zu können.

Durch geschickte Fragen brachte er nach und nach Licht in die Angelegenheit. „Da können Sie gar nichts machen, das sage ich Ihnen als Jurist. Dieser Rabenseifner ist formal vollkommen im Recht und Sie müssen den Vertrag erfüllen. Zu was haben wir denn Gesetze", fügte der Baron ernst hinzu. Howniak war sprachlos.

„Ja wissen Sie denn nicht, dass die Gesetze hauptsächlich für die Gauner da sind?", belehrte ihn Zois. „Sie haben nette Ansichten von einem Rechtsstaat, mein lieber Howniak! Der Mann ist Bohnenkönig, sie ist eine Bohnenkönigstochter, daran ist ebensowenig zu rütteln wie an der uralt-ehrwürdigen Institution des Bohnenkönigtums", über dessen historische Bedeutung er den erstaunt Lauschenden unterrichtete. Dazu geschehe ihm eigentlich gar kein Unrecht. Die Verbindung mit einer Tochter eines regierenden Bohnenkönigs, „Bitte unterbrechen Sie mich nicht!", noch dazu, wenn sie so schön und so reich ist wie Fräulein Hortense, sei für ihn ein unverdienter Glücksfall, der ihm überall in den Niederlanden die größte Hochachtung und in den indischen Kolonien sogar das Recht des Nasereibens bei den dortigen Duodezfürsten verschaffen werde. Und Schelfhouts übten ihr hohes Amt in so diskreter Weise aus, dass das Wort einer – sogenannten – Freundin Hortenses: „Bohnenkönigs mit ihrem aufdringlichen Byzantinismus", direkt als lächerlich empfunden werden müsse. Als mildernd kommt allerdings hinzu, dass das besagte junge Mädchen die Tochter des nicht wiedergewählten Vorgängers van den Schelfhouts ist, der heute aus Gram hinter den Gittern eines Irrenhauses tobt. Man hat den Mann nicht wiedergewählt, da sich bei ihm schon zu seiner Regierungszeit beängstigende Anzeichen von Cäsarenwahn zeigten.

Auch die besagte Tochter, ein vorher wohlerzogenes Mädchen, habe sich durch einzelne Ausbrüche einer in ihr schlummernden Borgianatur missliebig bemerkbar gemacht. Abgesehen von anderen Schändlichkeiten, habe sie den jungen Mynheer Fraans van Dösendonk, den bekanntesten Tollkopf und Beau, den Lord Brummel der Niederlande, gezwungen, zwölf Dutzend Mohrenköpfe mit Schlagsahne zu essen, was zu Unzukömmlichkeiten bei einem am Abend stattfindenden Hofballe führte. Jetzt sei sie, die alle Seiten ihrer Tagebücher mit Todesurteilen gefüllt habe, wieder in das mollige Nichts eines satten Bürgertums hinabgeschleudert worden! Und um zu seiner Angelegenheit zurückzukommen, verweise er ihn an den alten Advokaten Dr. Lyons, der zwar hier inkognito und ganz zurückgezogen als bescheidener Waldteufel lebe, aber eine Kapazität in verwickelten, die regierenden Häuser betreffenden Fragen wäre. Er solle ihn aber ja nicht mit Dr. Schimpelzüchter verwechseln, der Lyons so ähnlich sähe! Im übrigen müsse er ihn noch freundschaftlichst warnen, sich keinen Adelstitel anzumaßen. Es sei ihm bekannt, dass man zwar, ein Gegenstück zu „Boches", die Franzosen als „Howniaken" zu bezeichnen pflegte, aber im Gotha käme der Name nicht vor.

Borromäus wagte keine Erwiderung und trollte sich von dannen. Nebenbei beschloss er, den guten Rat Michelangelos zu befolgen, und, wenn auch mit Verzicht auf den Traum vom „Prinzgemahl", den entzückenden Gold- ... was Gold-! Platinfisch! was Platin-! inkrustierten Diamantenfisch! einzufangen.

Unser rothaariger Freund sollte eine schwere Konkurrenz finden und zwar auf einer Seite, von der er es nicht geahnt hätte. Bei Rabenseifner. Der hatte in der Meinung, ein geübter Psychologe zu sein, zu bemerken geglaubt, dass die schöne Hortense im Allgemeinen den Männern wenig Interesse entgegenbringe, und war geneigt, die junge Dame für frigid zu halten. Die müsse man anders behandeln! ihr nicht als Männchen, o nein, als ein ins Dämonenhafte wachsender Beherrscher der Naturgewalten imponieren! Als Mahatma ... Ja, als Mahatma! dem transzendentalen Backfisch nahen und sie die Karriere einer, sagen wir, Pallas Athene ahnen lassen! Das war's, was ihr imponieren würde, ihr, der übersättigten Millionärstochter.

Der Zauberabend, der nun folgte, den gab er für sie ganz allein. Er belästigte und ennuyierte sie auf alle erdenkliche Weise: mit Handlesekunst, mit Nagel- und Irisdiagnose und hätte sich gewiss nicht entblödet, selbst Omphalomantie mit ihr zu treiben, wenn er gewusst hätte, was dies ist. Ja, mehr als das! Selbst umgepolte Photomantik hätte er zur allgemeinen Überraschung eingeschaltet, mit dem isomer gespiegelten Idioplasma der Malpighi'schen oder Zauber-Knoten, auf Grund des lunaren, also solardipolen Komplexzustandes ihrer androgyn geschalteten und alle 20 Minuten wechselnden Tatwas, die ihre untersubjektive Ebene beherrschten. Aber dazu war es absolut nötig, die omphalometrische Projektion im gespiegelten Licht polarisiert auf einem Kristallwürfel aufzufangen, und die sich ergebenden, in bestimmten π-Winkeln verzerrten Projektionsbilder im Verhältnis zur komplexen Subjektiverscheinungsdarstellung der Person zu modifizieren, wozu auf Pomo die Apparatur noch fehlte.

Immer war ausgerechnet sie es, an die seine hypnotisierten Opfer aus dem Publikum herangetorkelt kamen und mit tappenden Händen allerlei Kram bei ihr versteckten, ja sogar in ihrer Frisur herumwühlten. Doch alles umsonst. Hortense nahm keine Notiz von dem uneleganten Abenteurer. Der aber schwur sich im verbissenen Ehrgeiz zu, es doch dahin zu bringen, dass die eisige, verwöhnte Patriziertochter in brennender Bewunderung zu ihm aufblicken sollte, zu ihm als zu einem Halbgott!

Die Zauberséance Rabenseifners wurde übrigens von der folgenden großen Veranstaltung, die am 18. August, des Kaisers Geburtstag, gegeben wurde, weitaus in den Schatten gestellt. Am Tage vorher war mit dem Salondampfer der illustre Gast gekommen, der dem Abend die wahre Weihe geben sollte, der göttliche Schrumpff. Keiner verstand so wie er die Bassgeige zu meistern! Der gefeierte Musiker trug zuerst die Volkshymne vor, die alle stehend anhörten. Sogar die überaus scheuen „Vier Johannesse auf Patmos" waren gekommen, vier Herren, des Tarockspieles wegen, das zu dreien lange nicht denselben Reiz bietet. Dann die Debucourtgruppe, diesmal als patriotische Lithographie aus den Dreißigerjahren kostümiert, was allgemein als sehr stimmungsvoll empfunden wurde. Dr. Lyons ließ sich ausnahmsweise im Frack sehen, und allgemeines Aufsehen machte die Ausseer Jagdgruppe, die mit Fahnen und weidmännischen Emblemen erschienen war und schon dem vorhergehenden Hochamt mit der echten Frömmigkeit, die den Söhnen der Berge zu eigen ist, beigewohnt hatte.

Nach der Volkshymne kam das zwar tiefernste, aber außerordentlich wirkungsvolle Stück „Humberts und Umbertas Liebestod" an die Reihe, ein Mysterium für Bassgeige, und als drittes und Krone des Ganzen, der „Stymphalische Frühling". Überall geschickt verteilte Bassgeigen antworteten dem Meister aus den Lorbeerbüschen, aus offenen Fenstern, die von rotröckigen Lakaien plötzlich aufgerissen wurden, ja selbst von den Wipfeln der Sykomoren herab, ihm, dem Unvergleichlichen, der dem ungeschlachten Instrumente eine Art dumpfes Zwitschern und galligen Jubel zu entlocken vermochte, das wie das Wabern und Piepsen von Drachenküken erklang. Am Schluss nahm ein schwermütiges, auf einer Felsenkuppe verborgenes Wurzhorn, ein altsteirisches und nur noch ab und zu von Sonderlingen gespieltes Instrument, die Melodie auf und ließ das herrliche

Werk harmonisch ausklingen, die geniale Schöpfung des so lange im Dunkel verborgen gewesenen großen Melanchton Moppelwuzzler, dessen bester Interpret just der unvergleichliche Schrumpff war.

Tief ergriffen saß alles lange Zeit da, das Antlitz in die Hände gestützt. Und als spontan die Lähmung, die alle ergriffen hatte, sich in donnerndem Applaus entlud, stürzte der kaiserliche Rat Dodola vom Sessel, blickte schlaftrunken um sich und konnte geraume Zeit die Orientierung nicht wieder finden.

Den geschickt gewählten Übergang zum mehr heitren Teil des Festprogrammes machte Fräulein Summewda, eine beachtenswerte Dilettantin, deren starke Altstimme fast an einen Bariton erinnerte. Der Text der Lieder war von Ludwig August Frankl und durchaus patriotischen Inhaltes. Die Musik erklang, als ob sie in anerkennenswerter Weise eine Schöpfung der Allgemeinen österreichischen Transportgesellschaft wäre, ein Gedanke, der sich selbst Nichtfachleuten beim Anhören der schweren, getragenen Weisen aufdrängte.

Dann betrat ein Jüngling mit wenig Kinn und nach rückwärts gestrichenen Haaren das Podium, der junge Dichter Meliboeus Hemmbamm, dessen Werk „Schwarze Kothurne" geteilte Empfindungen erweckte. Aus der Zahl der Lieder, die er vortrug, möge eine Probe die Stichhaltigkeit dieser Behauptung erhärten:

„Dort schleicht Pompejus Napagoi
auf einen Stab gestützt vorbei.

Was der wohl tief im Innern hegt?
Was der wohl säh, der den zersägt'?
Er träumt von Gift und Drachenzähnen,
von Mord und Brand, so tu ich wähnen.
Wie wilde Möpse tollt ein Heer
von Fluchgedanken vor ihm her ...
O Napagoi, o Napagoi,
dich foltert später noch die Roi!"

Dem jungen Poeten folgte im Programm der dämonische Lord Humhal, der die „Halle des Bergkönigs" erschütternd vortrug. Die englische Kolonie tobte vor Begeisterung. Lord Earthquakes rollender Applaus wollte nicht zur Ruhe kommen. Den einzigen Misston brachte sein Sohn Vulcanus, ein versoffener Sportlümmel, in die festliche Stimmung, der plötzlich von einem explosionsartigen Anfall von Seekrankheit übermannt wurde.

Darauf wollte keine rechte Stimmung mehr aufkommen, und die von Vulcanus so jäh zersprengte Gesellschaft löste sich endgültig in verschiedene Gruppen auf. Meliboeus Hemmbamm, der vorhin etwas abgefallen war, machte sich jetzt zum Mittelpunkt einer Gruppe von einfacheren Bewunderern, denen er noch zu imponieren verstand. Dort trug der Verstimmte ganz privat noch eine kleine Auslese seiner Musenfrüchte vor, darunter das bereits volkstümlich gewordene Lied vom „Motor" als modernes Gegenstück zur bis zum Überdruss berühmten „Uhr" gedacht:

> „Wachst in der Früh du mühsam auf,
> bist du oft recht herunter.
> Allmählich geht der Motor an,
> jetzt erst wirst du ganz munter."

Dann folgten einige Strophen, die die meisten überhörten, weil gerade ein Flugzeug über die Menge Blumen streute. Die wieder aufmerksam Gewordenen hörten gerade noch die Schlussstrophen der rührenden, melancholischen Dichtung:

> „… Hörst du auch den Motor wuchten?
> Heute Mittag gab es Buchten!"

Frau von Horsky, die wegen Schwindel nicht nach aufwärts blicken konnte, und der somit keine Zeile des schönen Liedes entgangen war, nickte bekräftigend mit dem viel zu kleinen, mikrokephalen Haupt über dem dreifachen, speckglänzenden Kinne.
Der Schlussvers:

> „… Herentgegen, gab es Krapfen,
> tut der Motor eher schlapfen."

wurde allgemein als tief empfunden und fein beobachtet nach Gebühr gewürdigt, wozu wohl auch der echt volkstümliche Ton der Dichtung manches beitrug. Auch Rat Dodola hielt nicht mit seinem Beifall zurück und berichtete, der literarisch angehauchten Stimmung Rechnung tragend, von einem neuen Werk, das ihm sein Buchhändler zugesendet habe:

„Wie werde ich durch Zwangsvorstellungen seekrank?" Für Reiselustige, die beruflich an ihr Heim gefesselt sind, ohne mechanische Vorrichtungen, auf bloßer Willenskraft beruhend, auch in großer Gesellschaft glatt durchführbar. Erfolg garantiert. Das andere Werkchen „Wie werde ich kurzerhand zum Adonis? Ohne Apparatur und Zuführung von Darmgiften" habe er als für ihn belanglos zurückgesendet.

„Was für ein AA? ... Adonisch?", fiel ihm Professor Tatterer in die Rede. „Ich ha...hahaha...! bbb... be! n. nn. näm-lich als a Jü, Jü, Jü...ngling diesen Schbibibibitz-namen gehabt! Dadada...mals! w. wa, war ich nicht zu be-be-bändigen! N, Nein. Und dadadama...ls waren meine ga...ga...ganze Sch, Sch, Schwärmerei! recht feurige B! Bff!... Bff... Bpferde ... ja, Rennpf, pf, pf...ferde ..."

„O, er soll so fesch gewesen sein, mein armer Mann", führte die Frau des Wissenschaftlers das für den Bedauernswerten mit so viel Arbeit verbundene Gespräch weiter. „Der prächtige Spitzbart und die Nazarenerlocken, die er damals gehabt hat! Wie ist ihm der selige Rahl und der Cornelius nachgelaufen! Damals war er fesch! Aber heute geht er recht schlecht! Hat wieder einmal Schmerzen im Fuß ... weil'n der Hund so bissen hat ... Da ist nur sein Vornamen schuld dran, die Herrschaften wissen schon! Was der arme Hascher wegen dem dummen Namen leiden muss ... So eine überspannte Familie das, wo er herstammt! Mein Schwiegervater gottselig hat nämlich in Melodramen gemacht und den

Buben haben sie auf Schionatulander getauft!" Ein dumpfes Knurren unter dem Tisch war das Echo.

„Melodramen und Stotterer in die Welt zu setzen ... übel, übel! Und die Tatterermädeln haben das Unglück auch geerbt ...", sagte Zois leise zum Prinzen Max.

„Müssen alle rückläufige Saturne haben!"

„Kann man ihnen die nicht abschneiden?", mischte sich Frau von Horsky, die die letzten Worte mit dem scharfen Ohr der Neugierde gehört hatte, ins Gespräch. „Da ist auf einmal so ein Fehler behoben. Aber es gehört schon ein Entschluss dazu, will mir scheinen."

Das sei nicht angängig, erklärten die beiden Herren der dicken Dame und deuteten ihr in groben Umrissen die Grundzüge der Astrologie an, der Lehre von den Planeten. Das Wort „Planeten" war der einzige Brocken, der in den Rudimenten ihres Gehirnes einen Widerhall weckte, und sie erklärte jetzt dem Michelangelo und seinem Vetter, dass – wenigstens in ihrer Jugendzeit – solche „Planeten" gerne von zahmen Kanaris gegen ein bescheidenes Entgelt, sie glaube, um einen halben Kreuzer, gezogen worden seien. „Müssen aber doch ein Heidengeld verdient haben, was die Vögel waren", setzte sie nachdenklich hinzu.

Die beiden Herren gaben das Gespräch auf und erhoben sich. Mit listigem Augenzwinkern hielt sie aber Herr von Horsky zurück.

„Alsdann, meine lieben jungen Freunde – Durchlaucht verzeihen die Intiemität –, sagen S' mir, wissen S' was von die gewissen, geheimen Soupätscherln, die was unsere gefeierte Bienenkinstlerin, die Malfilâtre, gibt? Ihr seids ja so intim mit ihr, Ihr Glickspilze ... No, wann unserei'm auch so was bliehet! Eich wachsen nix als wie Rosen am Lebensweg, aber uns alten Herrn nix als Kaktusse, wo mer hinschaut! und wo man sich die Finger blutig sticht, jawohl."

„Ah, Sie meinen die Soupers in der Nixengrotte?"

„Ja, ja, eben diese. Und das Gebäck, was dabei serviert wird, also, wissen S', ist das wahr, dass ..." Das Weitere flüsterte er dem Partner ins Ohr. „Nun", sagte Prinz Max, „das letzte Mal hat sie uns mit dem ‚Afinum' überrascht, dem nahezu unbekannten Leckerbissen aus Rosenblättern, Haschisch, Orchideenhonig, Blütenstaub von Vanille und ..."

„Komm her da, Horsky!", hörte man die strenge Stimme der mikrokephalen Gemahlin des nach den höheren Delikatessen des Lebens süchtigen Mannes, der die vornehme Welt etwa wie ein Kanalräumer nur durch das Gitter betrachtet hatte. „Was der Hemmbamm ist, tragt gleich was vor!"

Und der junge Dichter strich sich die langen Haare, die die Farbe eines billigen Seegrasersatzes hatten, aus der zurückfliegenden Kalmückenstirne und trug ein von der „Gesellschaft zur Verbreitung landwirtschaftlicher Kenntnisse" preisgekröntes, urlangweiliges Lehrgedicht vor, das so begann:

„Schön Anna saß am Butterfass
und butterte noch regennass.
Sie stieß voll Kraft ins Butterloch,
war nass vom Frühlingsregen noch.
Und dann, beim fernen Donnergrollen
sieht man sie Butterstritzeln rollen."

„Gehen wir weiter", sagte gelangweilt der Prinz. „Das einzige Gute, was der Fadian geschrieben hat, ist bloß das ‚Krawattenlied', das die Malfilâtre sogar singt, weißt, das:

‚O wie schön wär's, wenn Krawatten
täglich würden sich begatten,
dass man öfter neue findet,
die man um den Hals sich windet!'"

11

Der große, glanzvoll verlaufene Festabend hatte noch kleinere Nachzügler im Gefolge. Es fanden einige recht animierte Veranstaltungen statt, aber auch die ernste Wissenschaft kam nicht zu kurz. Kam doch mit demselben Dampfer, der den großen Schrumpff gebracht hatte, auch Professor Harnapf aus Berlin angeschwommen, der sofort das Netz seiner scharfen, forschenden Beobachtungsgabe über die kleine Insel spann. Eine aufregende Szene leitete seine Ankunft ein.

Der eifrige, aber unbeaufsichtigte Gelehrte war dem sich nähernden Eiland auch seinerseits an Deck entgegengegangen, immer das Zeissglas vor den trüben Augen. Sein Schutzgenius, an den er als strenger Wissenschaftler natürlich nicht glaubte, führte ihn auch richtig an die einzige Lücke im Geländer des Vorschiffes. Alles schrie auf, und der Unglückliche war auch schon in den Fluten verschwunden, gerade als die Maschine zum Rücklauf stoppte.

Die italienischen Matrosen des Dampfers riefen mit irrem Geschrei alle Heiligen an und fanden die Rettungsringe nicht; die englische Kolonie, die von der Kurhausterrasse aus zusah, schloss, die Stummelpfeifen in den gelangweilten Mündern, Wetten auf das Für und Wider des Auffindens der Leiche ab; die Malfilâtre rief ihre Bullys zurück, die sich ins Wasser stürzen wollten, und Frau von Horsky, der es vor Schreck schlecht geworden war, musste mit einem recht heißen Kaffee gelabt werden.

Endlich tauchten die Füße des Professors auf, und der Mann war im nächsten Moment gerettet. Kaum notdürftig getrocknet, wollte der Übereifrige schon mit seiner Forscherarbeit beginnen. Ganz unbegreiflich war diese Raserei nicht. Der Umstand, dass Pomo ein direkt jungfräulicher Boden war, sozusagen das letzte völlig unberührt prähistorische Landschaftsbild, das sich in unsere Zeit hinübergerettet hatte, verlieh der Insel einen eminenten Wert als Forschungsgebiet, stempelte das Stückchen Erde zur geradezu einzig dastehenden Stätte, wo man sich noch epochale Funde auf paläontologischem, ja mythologischem Gebiete, wenn der Ausdruck erlaubt ist, erhoffen konnte.

Professor Harnapf, eine Leuchte der modernsten Schule der Archäologie und genauer Kenner der altgriechischen Mysterien, der ägyptischen und altorientalischen Kulte, ging nämlich von der ganz richtigen Voraussetzung aus, dass alle sogenannten Fabelwesen auf reale Existenzen zurückzuführen seien. Es stimme allerdings, dass sie heute nahezu ausgerottet wären; vielleicht mochte aber doch noch hie und da, gut versteckt, das eine oder andere dieser seltsamen Geschöpfe auf unserer Erde existieren. Am weitesten bis in unsere Zeit hatten begreiflicherweise die Märchengeschöpfe des Meeres hereingereicht, da bis zum Beginn der Dampfschifffahrtsepoche im Reiche Neptuns das reinste Mittelalter geherrscht hatte. Das gilt ganz besonders vom

Mittelmeer, das wenigstens in seinem griechischen Teil als das Fruchtwasser unserer Kultur und des europäischen Wissens und Könnens angesprochen werden darf. Und dort war auch immer der Tummelplatz der unserem Ideenkreis am nächsten zugehörigen oder irgendwie adäquaten halbüberirdischen Erscheinungen.

Der Schiffsartillerie – und vielleicht auch der maritimen Konservenindustrie der Venezianer, Genuesen und Spanier – waren im Laufe der Jahrhunderte eine erkleckliche Anzahl von Meermönchen, Nixen und Sirenen zum Opfer gefallen. Kein Wunder! Man schoss auf diese dämonischen Erscheinungen nach strengem Reglement mit geweihten Kettenkugeln oder mit Kartätschen, denen etwas Eisenfeilspäne vom Roste des heiligen Laurentius beigegeben waren, und hatte schöne Erfolge. Allerdings schwieg man sich auf Geheimerlass der Kirche gründlich über diese Tatsache aus, da man eine allzu sichtbare Realität dieser den Heidengöttern so nahestehenden olympischen Cousinage nicht auch noch amtlich bestätigen wollte. Es ist auch eine heute noch stillschweigend unterdrückte Tatsache, dass der venezianische Seeheld Morosini einer Lederhose wegen in eine unangenehme Affäre mit der Inquisition verwickelt wurde.

Der Tatbestand ist der: In der Schlacht von Paros war ein neugieriger Triton erschossen worden. Heute würde man ihn als Schlachtenbummler bezeichnen. Das begeisterte Offizierskorps ließ vom damals berühmtesten Schneider Venedigs, Tullius

Bombastus Giovanercole Biffi, mit dem Künstlernamen „Troppomeno" genannt, für ihren vergötterten Admiral eine Hose aus den gegerbten Überresten des Halbgottes machen, auf die Morosini unsinnig stolz war, und die eine Riesenliteratur von Romanzen und Hymnen auf dem Gewissen hatte. Jedoch der Heilige Vater, der ständig über ein kaltes Gesäß zu klagen hatte und auch ein venezianischer Nobile aus dem Hause Rezonigo war, gönnte dem Morosini ... aber, was wärme ich da alten Kohl auf, der höchstens ein Fressen für die wäre, die stets Thron und Altar beknabbern!

Viel schlimmer stand es mit den vom Hauch der Poesie umwobenen Fabelwesen des Landes: Die holden Nymphen und Hamadryaden waren der schmutzigen Profitgier des Ausschussteils der Völker zum Opfer gefallen, die heute die klassischen Stätten bewohnen und mit den ihnen so gemütsverwandten Ziegen die Wälder ausrotten.

Eine Ausnahme bildeten lediglich die Faune, die nach der neuesten, durch die vergleichende Photographie unterstützten Forschung gar keine Fabelwesen, sondern bloß ziemlich verwilderte phönikische Hausierer waren. Denn kein vernünftiger Mensch darf glauben, dass weibliche Wesen von Fleisch und Blut – und das waren die Nymphen gewiss – ohne Lippenstifte, Zahnpasten, Cremes etc. ausgekommen waren.

Wie gesagt, Harnapf erschien auf Pomo, ehrfurchtsvoll von den Professoren Hühnervogt und Fehlwurst begrüßt, die sich dem illustren Gast selbstverständlich vollkommen zur Verfügung stellten. Professor Giekhase wollte nicht zurückstehen und hielt eine begeisterte Rede, die Professor Harnapf, streng über die Brille sehend, mit immer gespannter werdender Aufmerksamkeit anhörte. Dann legte er dem Gelehrten, nach einigen allgemein gehaltenen Worten des Dankes, die Frage vor, ob dies etwa ein Unterdialekt des Tschuwanzischen sei, vielleicht mehr so, wie er gegen das Hokarschische zu gesprochen würde? Allein Giekhase wehrte sich mit allem Nachdruck dagegen, Worte der Tschuwanzen oder gar der Hokarstämme verwendet zu haben, und erklärte stolz, dass das Ganze von A bis Z seine eigene Erfindung wäre. Harnapf sah ihn lange streng an; dann machte er mit dem Mund eine Bewegung, als ob er an einem imaginären Zahnstocher söge, und fragte Giekhase, ob er wenigstens graben könne? Er plane umfangreiche Erdbewegungen solcher Art, dass er sie am liebsten von Altphilologen ausgeführt sähe.

Gleich am nächsten Tage machte sich die Expedition unter der sachgemäßen Führung des Freiherrn von Zois auf den Weg, um eine allgemeine Übersicht über die Insel zu gewinnen. Professor Harnapf war außer sich vor Entzücken, da er auch nicht in den kühnsten Träumen gehofft hatte, solch ein archaisches Landschaftsbild zu finden.

Verwegen tauchte der sonst so steife Gelehrte im blauen Schatten des taufrischen, sonnenüberfunkelten Waldes aus dunklen Edelholzstämmen unter, die sich steil an den Felslehnen der Insel emporzogen. Wie ein junger Fant sprang er über mächtige marmorne Blöcke und schlüpfte durch das duftige Gewirr von Mastix, Lorbeer und Erdbeerbäumen. Plötzlich blieb er wie erstarrt stehen. Er packte Baron Zois am Ärmel und machte ihn mit leiser Stimme auf eine Erscheinung aufmerksam. Vor ihnen stand nichts Geringeres als eine junge Nymphe!

„Wohl eine Hamadryade, Hemitheia Parthenomorfe …? oder bloß Hemitheopaidion Hamadryadomorfe? vielleicht aber am Ende ein Katadrymos Korasion …? na, wir werden ja sehen!" So paralysierte für einen Augenblick die Pedanterie des trockenen Gelehrten das Unerhörte der Situation.

Das liebliche Waldwesen lauschte zuerst in die Ferne, dann setzte es voll anmutiger Koketterie einen Kranz von Orangenblüten und amethystfarbenen Lilien auf das dunkellockige Haar. Die spärliche, seidendünne Kleidung zeigte mehr von einem ins Ephebenhafte spielenden, grazilen Mädchenkörper, als sie verhüllte.

Harnapf, noch immer sprachlos, zitterte vor Erregung und setzte einen zweiten Zwicker über die Brille. Dabei ließ er den Regenschirm fallen, worauf sofort die holde Erscheinung verschwand, als ob sie sich im blumenduftenden, moosfeuchten Waldhauch aufgelöst hätte.

„Haben Sie gesehen?", war die erregte Frage des Gelehrten. Zois verneinte und sprach mit amüsiertem Lächeln von einer Sinnestäuschung, der überarbeitete Geistesmenschen so leicht verfallen.

„Sinnestäuschung ... nee, mein Lieber! Sah ganz deutlich, dass das Gewand aus Bissus war, richtiger, antiker Bissus, wie ihn die Mumien trugen. Und der Schnitt des Gesichtes: archaiopelasgisch mit leichtem Anklang an Paniske. Werden schon noch draufkommen, lieber Baron. Mit eiserner Willenskraft erreicht man alles, glauben Sie mir!"

Zois stimmte ihm lächelnd bei und führte den vor Aufregung stolpernden Gelehrten weiter an das Felsengeklüfte des Strandes und auf leichteren Wegen zurück in eine Waldlichtung, wo sie mit den anderen Professoren zusammentrafen.

Unter den Herren war ein lebhafter Streit über eine Blume entbrannt, die jeder anders bestimmte. Professor Harnapf sah einen Augenblick die Pflanze, die eine doldenförmige, fleischfarbene Blüte von etwas zweideutiger Erscheinung hatte, mit flüchtigem Blick an und murmelte: „Wohl aus der Familie des Bengelkrautes", sah dann genauer hin, diesmal aber mit gerunzelten Brauen und sichtbaren Zeichen hoher Erregung. Doch beherrschte er sich meisterhaft. Auch wurde im selben Augenblick die allgemeine Aufmerksamkeit durch einen jähen Schrei Professor Hühnervogts abgelenkt, der plötzlich wie verrückt, den Blick immer auf den Boden gebannt, herumzuschießen begann, fortwährend mit dem Schmetterlingsnetz offenbare Fehlschläge tat und schließlich zu einem Baum eilte, den zu besteigen er offensichtlich Miene machte. Dabei rutschte er aus und stürzte auf den Boden, wo er abermals wie toll herumzuschlagen begann. Endlich hatte er den Gegenstand seiner langwierigen Bemühungen gefangen und hielt ihn triumphierend in die Höhe.

Harnapf eilte hinzu, zückte ein enormes Vergrößerungsglas und rief mit sich überschlagender Stimme: „Donnerwetter! Da hätten wir ja einen Patschulikäfer, scrabax patschulensis sive putanateus L. Seltenheiten über Seltenheiten!" Und in brennendstem Interesse sah man drei etwas gekrümmte Rücken über einen glitzernden Gegenstand gebeugt. Professor Harnapf wendete sich zu Baron Zois und sagte brillenfunkelnd: „Bitte, beachten Sie wohl das Zusammentreffen zweier so seltener Funde auf dem Gebiet der Flora und dem der Fauna. Heute abends werde ich mir erlauben, Sie auf eine hochbedeutsame Kombination aufmerksam zu machen. Aber, ja um alles in der Welt! Was ist denn das!?" Der Professor bückte sich bei diesen Worten und hob einen kleinen, unscheinbaren Gegenstand auf, um ihn, nach Abnehmen der Brille, dicht vor den jetzt sehr blinzelnden Augen zu betrachten.

„Ei, sieh da!", fiel ihm Kollege Fehlwurst in die Rede. „Das ist ja, wenn ich mich nicht täusche, die sogenannte Faunsbohne. Ich kenne sie nur aus den Abbildungen des 1747 in Augsburg erschienenen ‚Thesaurus Rariorarunculareum curiosiariunculaarumque' oder ‚Dem mit rarem Fleiß aufgestellten Verzeichnis des Schatzkästleins der nie vorhanden gewesenen, daher so seltenen Wunder-Stückelein', dem sogenannten Irrealiarum. So hatten diese Leute also doch recht! Sieh mal! Sieh mal!"

„Faunsbohne? Unerhört!"

Da vernahm man Harnapf: „Ich hatte mir nie gedacht, dass mir je das Glück beschert sein würde, diese unglaubliche Rarität, den brennendsten Lebenswunsch eines Winckelmann, eines Goethe, mit eigenen Augen zu sehen, mit diesen meinen Händen zu greifen!" Dabei wischte er sich den Schweiß der Erregung von der fußhohen, perlenden Stirne.

„Erlauben Sie", nahm jetzt Zois das Wort, betrachtete kurz, aber scharf den Gegenstand des wunderbaren Staunens und gab ihn mit unbeschreiblichem Ausdruck in den lustig zwinkernden Augen zurück. „Sie irren! Das sind Hamadryadoletti!"

„Was?", rief erregt Harnapf, „gibt's die auch?"

„Nun ja, aber äußerst selten. Zufälligerweise habe ich Familientraditionen darüber … das Wissen von so geheimnisvollen Dingen vererbt sich nur von Mund zu Mund … und eigentlich nur am Sterbebette. Bei uns einmal war das so."

„Davon müssen Sie mir erzählen, genauen Bericht geben, wenn Sie auch mal nicht am Totenbette liegen! Im Interesse der Wissenschaft", rief erregt der außer Rand und Band gekommene Gelehrte. „Jedesfalls ist aber diese Faunsbohne da, Derelictum faec. Quasihominis Satyriformis Har., jawohl, Harnapfii", er steckte das Ding in die Westentasche. „Ein Glanzpunkt, eine Doppelzimelie, für die staatliche Fäkaliensammlung! Die wird Augen machen und zuschnappen! Donner, Donner! Wie wird mich Direktor Großwachter in München beneiden! Die haben se nich."

„Ja lebt denn der ehrliche, alte Großwachter noch?", fragte erstaunt Baron Zois. „Der liebe alte Herr mit dem vielseitigen Interesse! Was für goldene Worte danke ich ihm über meine Sammlung spätbyzantinischer Kupferprägungen! und über die Geschichte der Schnellphotographie auf Wichsleinwand! nicht minder über den Lebenslauf des Erfinders der sogenannten Bierschwaben, einen Mann, den man bisher immer im Kreise des Dichters Castelli gesucht hatte!"

„Geheimrat Großwachter lebt nicht nur", kam es ernst und gemessen zurück, „sondern er ist bereits auf dem Wege nach Pomo, wo er meiner Berechnung nach schon morgen eintreffen wird. Ich sprach ihn vor kurzem in Salzburg, wo dieser emsige Gelehrte noch einen Tag verweilte, um den dortigen sogenannten Fetzenmarkt mitzunehmen, den lässt er sich unter keinen Umständen entgehen."

„Daran erkenne ich den prächtigen Mann!", rief Zois begeistert. „Der echte Folklorist, und immer auf das Licht des Wissens bedacht. Ich verspreche mir und uns allen genussreiche Tage!"

Der Abend sollte noch eine erregte Debatte bringen. Die Gelehrtenrepublik war jetzt vollzählig versammelt, ein reicher Blumenstrauß des Wissens. Da unterschied man deutlich den Geißbart der Altphilologie, die blühende Distel der Mathematik, das Hundsveigerl der Anatomie, den Stechapfel der Jurisprudenz.

Es war ein förmliches Florenz! Ja, ein neues mediceisches Zeitalter wird für Pomo anbrechen! Denn wer gesellte sich jetzt zu den lebhaft diskutierenden Männern der Wissenschaft? – Niemand geringerer als Professor Weichmann, der still bei einer Portion Lakritzengefrorenem gesessen war, dieser Riese des Denkens, der der dankbaren Mitwelt das Buch geschenkt hatte „Die Reiher, von einem schimpflichen Vorurteil gereinigt!" War doch das Lebenswirken dieses großen Mannes der Ehrenrettung grundlos verdächtigter Tiere gewidmet, insbesondere der unserer gefiederten Sänger! Welch ein berechtigtes Aufsehen machte doch schon vor einem Jahrzehnt seine grundlegende Arbeit „Die Wiedehöpfe, wieder in guten Geruch gesetzt", für das ihm der „Maria Farina Gegenüber-Preis" wurde. Jetzt halte er, so erzählte der nietzschebärtige Mann mit den tiefliegenden Augen unter den buschigen Brauen den staunenden Kollegen im Tempel des Wissens, eine Koppel Gerberhunde, um sich durch Autopsie zu überzeugen, ob ihre sprichwörtliche Hinneigung zu schweren Nauseaerscheinungen durch die Tatsache gerechtfertigt sei oder nicht. Mit lebhaftem Interesse notierte er, dass Professor Hühnervogt einen Hahn allhier beobachtet habe, der „Papiä poudrä" krähte, während er früher schon aus männlichem Hühnermund das Wort „Nikaragua" und sogar den Namen der Altwiener Patrizierfamilie „Luckeneder" deutlich gehört habe. Professor Fehlwurst drängte ihn bald zur Seite und reichte seine neueste Broschüre herum, „Friedrich von Schiller, ein Tapetenschlecker?", die riesiges Aufsehen machen sollte, da doch niemand an das Ammenmärchen glauben konnte, dass Schiller, der bekanntlich eine schon wild zu nennende Leidenschaft für grüne Tapeten hatte, durch das bloße Einatmen der Schweinfurtergrün-Dämpfe gestorben sein könnte.

Von der Klassizität eines Schiller ausgehend, brachte Geheimrat Harnapf das Gespräch auf antike Mysterien und fragte den berühmten Slawologen Čwečko, ob er nicht in Dalmatien Forschungen derart betrieben habe?

Hier mischte sich unerwartet der treffliche Fehlwurst ins Gespräch und erklärte mit großer Bestimmtheit, dass wir nie über dieses Thema etwas Genaues wissen würden. Er verwies auf den „Aglaophamus" von Lobeck, wo klipp und klar nachgewiesen sei, dass man niemals etwas über die antiken Mysterien erfahren werde. Vielleicht sei es nicht schade darum, denn was zum Beispiel über die mit dem Dionysoskult eng verbundenen, sogenannten „trieterischen Nächte" durchgesickert sei, wäre in dem längst bis aufs letzte Exemplar vernichteten Werk des Maskalzonius Lopodytes „Rhodochoiroknismata" niedergelegt gewesen.

Sowohl Professor Mysliwetz von der Universität in Humpoletz sowie auch Professor A. P. Wewerka, die beiden letzten Gelehrten, die noch Einsicht in ein Exemplar dieses Werkes nehmen konnten, hatten einstimmig berichtet, dass es ein Buch gewesen sei, dessen Inhalt selbst Animiermädchen in Nachtlokalen zum Erröten zu bringen geeignet war. Dem Jesuitengeschnüffel war schließlich auch dieser Wälzer zum Opfer gefallen, der kostbare Codex, der seinerzeit aus dem Morgenlande nach dem goldenen Prag kam. Es geschah dies unter der Regierung König Wenzels des Stillen, wie ihn die damalige Umwelt allgemein nannte. Dieser große Herrscher, dem Böhmen so manches Kleinod dankte, erwarb das erwähnte Juwel spätgriechischer Literatur mit Hilfe des sogenannten „Časlauer Griffes", durch den die erste Epoche der altböhmischen Schule ihre Krönung fand.*

Bei diesen Worten nickte auch Miroslav Čwečko, ein hagerer, blatternarbiger Mann mit scheuem Blick und einem kleinen Messingring im linken Ohre. Quer über sein Gesicht lief eine feuerrote Narbe, auf die er sehr stolz war. Rührte sie doch von einem Handscharschlag her, den er einst bei der konstituierenden Sitzung der Akademie der Wissenschaften zu Kragujevac davongetragen hatte. Noch dazu hatte der Präsident den Schlag geführt.

Etwas Weniges sei zwar von Professor Anastasius Pulexander Wewerka gerettet worden, fuhr Fehlwurst fort. Doch da fiel ihm Čwečko ins Wort: „Professor Anastasius Pulexander Wewerka seie ein zwaar eetwaas sprunghafter Gelährter gewäset", dies die Worte des ernsten, etwas staubig aussehenden dinarischen Denkers Čwečko. „Er woolle nur aandeuten, daass späzielle die Pisidierinnen und gaar die herkulanischen Määdchen in lausiger!

---

* Sportliebenden Lesern diene es zur Kenntnis, dass es sich nicht um einen Griff beim Ringkampf handelt.

faalsch! herstellett! in launiger Stimmung. Ja! daas ist daas riichtige deitsche Wort …"

Aber er konnte nicht weitersprechen, da sich die Damen hinzugesellten und die Herren aufforderten, nicht immer fachzusimpeln. Bloß Professor Harnapf konnte es nicht unterlassen, Baron Zois auf seine hochbedeutsame Beobachtung von heute Vormittag aufmerksam zu machen. „Zuerst mal der Käfer! mit dem charakteristischen Namen! Dann die Narzissusrute! So außerordentlich selten! Warum, fragen Sie? Nun, antworte ich Ihnen, weil sie nur an den Stätten alten Astartekultes vorkömmt. Klarerweise."

Bébé hatte das von der Narzissusrute aufgeschnappt, natürlich ohne eine Ahnung von der wissenschaftlichen Bedeutung des Fundes zu haben. Sie ahnte nur mit dem treffsicheren Instinkte des lüsternen Backfisches, dass es sich im Zusammenhang mit diesem ihr fremden Begriffe um irgendeine geradezu leckere Obszönität handeln müsse, und fing furchtbar zu schielen an. Das Kind las eben viel zu viel und war leider! über den vom Geheimrat gestreiften Astartekult durch schlüpfrige Geschichten andeutungsweise unterrichtet worden. Man entzog ihr nach Kräften die Bücher, aber wie ein Verhängnis lastete es über dem sonst so gut behüteten Mädchen. Fiel da nicht unlängst, eben als sie eine Tüte voll Obst ausgefressen hatte, ihr Blick auf das Zeitungsblatt, in dem diese sonst so bekömmliche, noch dazu kühlende Nahrung eingewickelt gewesen war. Musste da nicht eine schlimme Sache von einem Sittlichkeitsverbrechen stehen, die vor verschlossenen Türen verhandelt werden musste! Seitdem konnte das Mädchen auch nicht mehr die harmloseste Türe betrachten ohne blutrot und ganz verwirrt zu werden. Auf Anraten des Arztes, Dr. Hodjemihičs, schränkte man ihr versuchsweise das Menü ein und entzog ihr vor allem erhitzende Speisen. Die Mutter war unglücklich und hoffte auf eine baldige Ehe für ihr überernährtes Kind.

12

Der Jahrestag, an dem Baron Baliol die merkwürdige Erscheinung gehabt hatte, die von so weittragender Bedeutung für die früher vom Schicksal hart verfolgte Familie Dandolo-Treo war und dem Luxus-liebenden Publikum einen der schönsten Erholungsorte schenken sollte, die die Welt kannte, nahte sich mit großen Schritten. Die letzte Woche vorher brachte der Baron mit Fasten und in tiefe Betrachtungen versenkt zu. Von so interessanter Blässe war er noch nie gewesen, und alle Mädchenherzen schlugen ihm stürmisch entgegen.

Zois fragte ihn, ob er nicht Säulenheiliger werden wolle. Für den Kurort wäre dies eine glänzende Reklame und würde für viele asketisch veranlagte Luxusmenschen als elegantes Vorbild dienen und Pomo einen Strom ganz neuer, höchst origineller Besucher zuführen, die klarerweise etwas mehr zahlen müssten, aber spottbillig unterzubringen und zu verpflegen wären. Warum solle man denn nicht dem Beispiel der großen Sanatorien folgen und dummen Leuten Gelegenheit geben, für leichte Misshandlungen, die sonst in Hotels nicht üblich wären, Geld auszugeben? Solche verrückte Burschen seien besser als die teuersten Blitzableiter, und aus dem Erlös, den ein einziger solcher Stylit brächte, könne man den leider recht verkommenen Onkel Lazzaro noch auf seine alten Tage in ein ländliches Erziehungsheim für verwahrloste Mittelschüler, oder noch besser in ein Kadetteninstitut stecken, wo man durch eiserne Strenge für die paar Lebensjahre, die ihm vielleicht noch geschenkt seien, ein nützliches Mitglied der menschlichen Gesellschaft aus ihm machen könne. Was habe man ihm gerade jetzt wieder für eine scheußliche Geschichte zu danken gehabt. Eine Geschichte, die noch dazu hart an Religionsstörung grenze! Da war vor nun genau 14 Tagen ein Kurgast aus Budapest angekommen, ein stiller, ernster Herr in den besten Jahren anscheinend, der sich aber befremdlicherweise im Meldezettel als hundertjährig eingetragen habe. Die Rezeption schüttelte den Kopf. Zois aber ließ ihn gewähren, da man kleine Schrullen diskret zu übersehen gewohnt war. „Lass mer ihm die Freud", hatte damals Michelangelo dem lautlos gleitenden Chef de Réception, Maurice Wedeles, gesagt. „Setzmer ihm dafür einen 10%igen Zuschlag ein! Das Alter muss man ehren!" Damit war die Sache erledigt. Dr. S. M. Eskelesz, so hieß der von ganz leiser Dubiosität umwitterte Patriarch aus der Metropole der Paprikahendeln, der Patriarch aus dem Lande, wo der Csárdás blüht und die Hunnenvanille, der Knofel, traumhafte Wälder bildet, bezog ein härenes Zelt, vor dem er mit ein paar Fuhren Sand etwa 1000 bis 2000 Quadratmeter „Wüste" aufschütten ließ, und packte dann still seine Sommerfrischhabseligkeiten aus, die in ein paar großen Kisten zugestreift worden waren. Die eine enthielt eine Harfe, Augsburger Arbeit der Frühbarocke, ganz was Veraltetes, die andere ein ausgestopftes Kamel, das aber aus zwei Hälften bestand, die Rückseiten mit Sperrholzplatten solid verkleidet. Den Namen der Möbelfirma Sandor Jaray konnte man mit Befriedigung auf dem Holz deutlich lesen. Diese besagten Attrappen, die mit dem wie beleidigt zurückfliegenden Haupte nicken konnten, wurden ohnweit des Zeltes aufgestellt und mit Staffeleibeinen gestützt.

Dann nahm Dr. Eskelesz, der nun auf feierlichen Plattfüßen watschelnd und in der Tracht des Alten Testaments erschienen war, mit schief nach abwärts gezogenen Mundwinkeln Platz, und probierte ein wenig die phantastisch gebogene Harfe, die ein sonderbar dumpfes, von den Fachleuten als „Czernowitzer Stimmung" bezeichnetes Timbre hatte. Dann begann er, im Sitzen sich emsig wiegend, die schwermütig ledernen Augendeckel halb geschlossen, auf diesem, übrigens von Wunderrabbis bei Beschwörungen gern gespielten Instrument eine klagende Weise zu harfen, eine selten fatale Melodie, die oft von dumpf gurgelnden, aber schlappsaitigen Trillern durchwebt war. Dazwischen wischte er sich öfter mit dem weiten Ärmel die lang herabgebogene Schafsnase, die infolge des leidenschaftlichen Spieles zum Nasswerden neigte.

Zu all dem schritt gar noch ein indigniert aussehendes Fräulein mit überscharfem Profil und pechschwarzem Scheitel, doch ohne jeden Hinterkopf, aus dem Zelt, kehrte dem fanatischen Harfenschläger den Rücken und hielt einen trostlosen Tonkrug auf einer Schulter.

Kein Zweifel: Das war der selige König David, wie er leibte und lebte. Nach und nach kam's heraus, dass er im Nebenberuf eine gutgehende Kanzlei für Hautkrankheiten bis zu der Therapie des Leidens herauf zu betreiben liebte, das die Berliner so nett als „vargniechte Hinterbeene" bezeichnen.

Weil er als erfahrener Arzt wusste, wie enorm Gesang das Leben verlängert, besonders wenn er mit Wiegemassage der Leber Hand in Hand geht, hatte er sich ganz dem obangedeuteten, frommen, ja erhabenen Sport verschrieben.

Anfänglich war er das Ziel vielfacher Spaziergänge. Natürlich hielt man sich diskret in ehrfurchtsvollem Abstand, nickte im Takt ein wenig mit dem Kopf und dirigierte besonders gern die gurgelnden Triller mit, um sich dann auf den Fußspitzen zu entfernen. Ein paar Viveurs hatten wohl auch verstohlen mit Opernguckern die Amphorenträgerin aufs Korn genommen, aber ausnahmslos das Glas sofort wieder versorgt.

Sehr bald aber ließ man Eskeleszen harfen und trillern so viel er wollte, da man die Bruch'sche „Kol Nidrei" über hatte, ebenso die Kantate „Jeremias in der Sommerfrische", von der Kenner wissen wollten, es sei das apokryphe Jugendwerk des alten Korngold. Was anderes konnte der König David nicht. Ja, um nicht zu lügen, ab und zu flocht er doch ein paar magyarische Liedeln ein, deren Text hier folgt:

„Auf der Puszta steht ein Haus,
Jud is sein Besitzer,
Mädel schaut zum Fenster raus:
Aranka ... Aranka ... Spitzer ..."

Übergetitelt: „Dasz Szonnenaufgang auf der Puszta"

Oder:
„Ainsz und ainsz ist zwai.
Dieszesz und noch mancherlei
lehrt dasz Lehrer sainen Kindern
um den Dummheit zu vermindern."
Übergetitelt: „Dasz technischer Hoch-Schule"

Doch das stimmungsvollste Liedchen lautet:
„Schari fahrt am Straßenbahn,
Laczy bietet Platz ihr an.
Fensterplatz jetzt hat sie
– Tascherl hat der Laczy."
Übergetitelt: „Das guter Erziehung"

Und sollte man es für möglich halten, dass selbst vor diesem Patriarchentreiben der alte Capitano Lazzaro nicht haltmachen würde?

Was geschah? Er und noch ein Kollege, ein noch jüngerer Mann, wohl ein Clown, der halb und halb privatisierte und den er, als blinden Passagier mitgebracht, vor der strengen Schwester in einer Dachkammer – unangemeldet natürlich – versteckt hatte, schlichen sich eines Spätnachmittags, als es schon dämmerte, von hinten ins Zelt des melodienreichen Königs. Sie kamen zu einer Spielpause zurecht.

Der Patriarch blätterte mit befeuchtetem Finger gerade sein Notenheft zurück, um wieder von vorne anzufangen. Da gaben sich in tückischer Weise die beiden Herren ein Zeichen, ihrerseits auf mitgebrachten Instrumenten anzufangen. Dandolo, den Violinbogen hoch erhoben, worauf der Clown unerwartet mit einer Posaune in das Spiel des Versunkenen hineinschmetterte und den König mit gräulich tosendem Spiel verjagte.

Jetzt sei Dandolo bald 70 und dabei ein wahres Früchtel, das seiner Familie nichts als Kummer und Schande bereite. Tagtäglich finde Rat Dodola seine Fliege im Kaffee, auf dem große Fettaugen schwämmen, oder der infam nach Leim röche. Vergipste Schlüssellöcher und zugeschraubte Toilettentüren gäben jetzt jeden Moment Anlass zur Beschwichtigung erregter Beschwerden, und große Herrenschuhe vor den Zimmern alleinwohnender Damen, neben die der wahren Inhaberinnen gestellt, brächten den Kurort in unverdienten Misskredit.

Léo wandte sich gelangweilt ab und ging seinen streng eingeteilten Konzentrationsübungen nach. Nachts kasteite er sich jetzt sogar zweimal mit einer eleganten, schwarzseidenen Geißel, deren Griff eine Freiherrnkrone schmückte, ein Instrument, das er sich aus einem angesehenen Sanitätsgeschäft in der Residenz verschrieben hatte, als auf einmal stoßweise Preiskurants über die seltsamsten Artikel an ihn kamen. Nicht genug damit: Er empfing auch sonderbare Liebesbriefe und einmal sogar die Zuschrift eines großen Heiratsbüros, dass eine weltbekannte Nilpferddompteuse sich für ihn interessiere.

Solche Sachen machten ihn im schroffen Gegensatz zu der demütig-schwärmerischen Selbstversunkenheit plötzlich ganz rasend und er kam sich vor, wie auf eine Schaukel geschnallt, die ununterbrochen auf und nieder flog. Klugerweise zog er sich so viel als möglich vom übrigen Publikum zurück, da Figuren wie Dodola, Frau von Horsky oder gar Charles Borromée Howniak zu einer schlimmen Katastrophe hätten Anlass geben können; von den Salonkorybanten gar nicht zu reden, deren verwehte Tschinellenklänge gerade jetzt häufiger zu hören waren.

Zu einem leichten Zusammenstoß war es allerdings vor einigen Tagen bereits gekommen. Man saß friedlich beisammen. Die älteren Aristokratinnen mit Strickereien, was damals hohe Mode zu werden begann, zählten Maschen. Es fing damit an, dass der servile Howniak einem davonrollenden Wollknäuel nachlief und mit den Bullys der Soubrette in irgendeinen Konflikt geriet. Wenigstens hörte man das unverkennbare Getöse eines Kampfes, der sich hinter einem Boskett abspielte: Geraschel von Zweigen und das taktmäßige Quaken der erregten Doggen. Die Strickerei der alten Ségur bewegte sich, dem Faden folgend, gegen das erwähnte Gebüsch zu. Vergeblich suchte die erschreckte Eignerin das fliehende Gewebe mit ihrem Krückstock zu haschen.

Nach wenigen Minuten erschien der keuchende Borromäus mit einem im Winde flatternden Hosenbein und blutendem Ohr, jedoch ohne den Knäuel. Die taube alte Dame machte den diensteifrigen

Gentleman für ihre Wolle verantwortlich; der entschuldigte sich umständlich, weitschweifig. Die misstrauische Greisin aber wollte davon nichts hören und verlangte eigensinnig ihren Wollknäuel, böse Beschuldigungen in den verkalkten Augen. Es sei Mohair gewesen, murmelte sie brummig. Der zu Unrecht Verdächtigte verteidigte sich mit gerunzelter Stirne über das Hörrohr gebeugt und begleitete alle seine Argumentationen mit stechendem Zeigefinger, ab und zu dumm mit starren Augen gen Himmel blickend.

Die Bullys, die inzwischen wieder erschienen waren, standen lechzend da und hefteten ihren blutunterlaufenen Blick auf das noch intakte Ohr des Pseudoaristokraten, taub für alles andere um sie herum. Da stand die Baronin Qualbrunn auf und reichte der aufgeregten alten Jugendschriftstellerin eine Bonbonniere, um durch diese Ablenkung auf taktvolle Weise der peinlich werdenden Szene ein Ende zu setzen. Umsonst! Howniak wies immer wieder alle halbausgesprochenen Insinuationen weit von sich und bewies haarscharf die Schuld der Hunde. Er war noch nie so beredt, so sachlich gewesen, trotz den schwarznasigen Hypnotiseuren, die ab und zu kampflustig mit dicken Köpfen gegen seine Beine stießen. Schweißtriefend richtete er sich endlich aus seiner über das Hörrohr gebückten Stellung auf und war überzeugt, jeden Zweifel an seiner Ehrlichkeit zerstreut zu haben. Doch die Gräfin ließ nicht locker, und die schwierige Unterhaltung wurde so laut, dass Baliol unwillig von seiner Zeitung aufblickte. Zum Unglück kam jetzt der Prinz Eschenlohe daher, setzte sich nachlässig zu Léo und öffnete ein Telegramm, das er ihm reichen wollte.

„Schrecklich", begann er, „denk dir, der Wummsi Robkowicz ist schon wieder g'stürzt ... beim Derby in Wimbley ... das ist heuer schon das zweite Mal, z'sammen mit dem P. O. W. ... dem Prince of Wales ... dem Sunnyboy ... weißt? Dann schreibt mir der Onkel Hugo, dass sich der Lauserl Bibesko mit der jungen Lusignan entlobt hat wegen dem Wasserkopf ... wo das doch der letzte Ausläufer von der Menage mit der Melusine ist ... so ein elegantes Gspenst! haben nicht alle ... Und die kleine Alodobrandini hat er auch sitzen lassen ... dreizehnte Entlobung ... die ist nach Paris in ein Tingeltangel durchgegangen. Weißt, das mit dem Wummsi Robkowicz ist schrecklich ... heuer schon 's zweite Mal ... wenn das nur nichts bedeutet!"

Da sprang Baliol auf, zerknüllte die Zeitung und versicherte den Prinzen irgendeiner schrecklichen Sache, wenn er den Namen des Fürsten Wummsi noch einmal in den Mund nähme! Er habe genug und bitte mit dem Gewäsch in Ruhe gelassen zu werden. Max sah dem Davoneilenden kopfschüttelnd nach.

„Gschpassig. Was hat er denn? Gschpassig, wo doch der Wummsi so nett is. Ja, wenn's der Woisleslav wär, sein Vetter von der dritten Linie ... wär verständlich ... Aber was gegen 'n Wummsi z' habn ... gschpassig." Er erhob sich und trat zur alten Dame, die gerade vorhin einen so schweren Verlust zu beklagen gehabt hatte. Er fand sie an einem Praliné zuzelnd vor, das ihr die Baronesse Qualbrunn verabreicht hatte.

„Denk dir, Tant' Ségur, der Baliol hat was gegen Wummsi! Was sagst!"

Die alte Dame aber schwenkte ihr Hörrohr dem Prinzen entgegen und antwortete gekränkt, dass es Mohair gewesen sei, den man eigens aus Triest kommen lassen müsse. Ob er auch ein Praliné wolle? Das hörte der just vorbeigehende Rat Dodola; er blieb stehen und rief: „Br!" Wie man Schokolade essen könne! Gerade die feinen Marken, die auf der Zunge zergehen, würden mit Pferdeunschlitt angerührt, dem einzigen Fett, das bei der Mundtemperatur am leichtesten zergeht! Er rühre diese Rosskonfiserien nicht an. Mit wildgesträubtem Schnurrbart trottete er weiter. Zum Prinzen Max, der etwas blöd dreinschaute, war ihm doch gerade ein Ideal zertrümmert worden, trat jetzt, vor Aufregung pfeifend, Charles Borromée.

„Um Himmels willen, was höre ich! Fürst Theowumms gestürzt?!"

„Nein, er heißt Theodor, nach'm Fürsten Hechingen-Leimsiedel. Der hat ihn aus der Tauf gehoben."

„Oh, verzeihen, ja natürlich ,dor' nicht ,wumms'! Aber die Aufregung! Glauben, Prince, diesmal Lebensgefahr? ... sollte eigentlich an sein Schmerzenslager eilen ... Kamerad vom Theresianum her ... verstehen?"

„Sie, tun S' das nicht! Er ist beim Herzog von

Northumberland in Twykenhamcastle untergebracht. Der alte Herzog sitzt Tag und Nacht an seinem Lager und pfeift den monkey-doodle ... 'n Wummsi sein Lieblingslied! Und schaun S', der alte Herr, der Stopwell, würde Sie töten, weil Sie rothaarig sind. Er meint's dabei gar nicht bös. Nein, er folgt da nur einer alten Familientradition, weil der zweite Herzog, der Geoffrey Knyvet, in der Schlacht von Wimblemoor an der Seite des schwarzen Prinzen kämpfend, von einem rothaarigen Ritter getötet wurde. Ich weiß das von einer Tante Sibyl Clacchet, der siebenten Herzogin von Essex."

Howniak war von so viel Vornehmheit ganz konsterniert, pfiff noch einige Male bewundernd mit der Nase, bemerkte endlich mit entsetzensstarren Augen sein defektes Hosenbein und verließ den Prinzen mit beteuernden Entschuldigungen. Gerechter Himmel, wenn ihn die hohe Bohnendame in einer solchen Verfassung gesehen hätte!

Er war jetzt mehr denn je hinter der reizenden Hortense her. Die furchtbare Blamage mit der Königshuldigung hatte er, auf den Rat Michelangelos, sich von selber abschwächen lassen. Sie ganz zu ignorieren, war das Beste, zumal auch van den Schelfhout und seine durchaus geschmackvolle Tochter selber nicht sehr erbaut von der gotisch-burgundischen, verzerrten Standeserhöhung waren. Ein Freund des alten Schelfhout, ein sicherer Mynheer van Hummeldrecht, hatte ihnen die Geschichte durch Unterschieben einer Bohne eingebrockt und sich diesen harmlosen Schwindel ein Viechsgeld kosten lassen. Sie standen da im schroffen Gegensatz zu ihren Landsleuten, von denen viele gern ihr halbes Vermögen dafür gegeben hätten. Ist es doch das, wenn auch dem Auslande gegenüber nicht gern eingestandene, Lebensziel jedes guten Holländers, gekrönter, wirklicher Bohnenkönig zu werden. Ja, mehr als das: Um den fortwährenden Huldigungen, Zeitungsnotizen, Serenaden und den Hofintrigen des sogenannten offiziellen, dem Ausland unverständlichen Königtums zu entgehen, hatten Schelfhouts den Sommer nicht auf ihrem prachtvollen Landsitz in Woum zugebracht, und waren auf die in Holland noch so gut wie unbekannte Adriainsel geflüchtet. Sie wollten keine Landsleute sehen. Selbst der junge, unermesslich reiche van Holzkoeter, dem halb Celebes gehörte und der die schöne Hortense liebte, wie nur ein leidenschaftlicher Holzkoeter lieben kann, hatte nicht hinkommen dürfen.

Rabenseifner freilich war die Wahl des Sommerséjours der besagten Herrschaften nicht entgangen. Wie dies manche Hochstapler tun, legte er sich aus Zeitungsnotizen eine Art Almanach an, der ihm eine möglichst große Übersicht über reiche Leute in fashionablen Modeorten gewähren sollte. Er teilte diese Kategorie von Lebewesen in zwei große Gruppen ein: in solche, die selbst mit großen Dummheitsdefekten belastet waren, und in solche, deren Anwesenheit genügte, andere reiche Trottel mit unfehlbarer Sicherheit anzulocken. Dass ihm sozusagen am Hofe eines Bohnenkönigs ein reiches Feld der Tätigkeit erspießen würde, war dem wackeren Rabenseifner sofort klar. Und der Erfolg gab ihm recht.

Dem alten Schelfhout gegenüber hatte Howniak verschiedene feine Andeutungen gemacht, dass ein junger Mann seines Standes im Allgemeinen keine Kaufmannstochter heiraten würde. Er aber sei vorurteilsfrei, obschon er ursprünglich zur diplomatischen Karriere bestimmt war. Dann fiel ihm nichts mehr ein, nur die Nase pfiff noch zweimal wie eine ferne junge Schwalbe. Auch van den Schelfhout sprach kein Wort, und Howniak hatte eine dunkle Vorstellung, dass somit stillschweigend eine prinzipielle Einigung zwischen dem Vater der Angebeteten und ihm erzielt sei. Blieb noch sie übrig. Jeden Tag kam er mit einem Riesenbukett; das war anfänglich. Später wiederholte er die Huldigung täglich dreimal. Das gab ihm jedesmal erwünschten Anlass, mit dem geliebten Mädchen zu konversieren, und da sie ihn gleichgültig-freundlich behandelte, ja manchmal sogar lächelte, wenn er etwas besonders Dummes sagte, schwebte der liebende Weltling in allen Himmeln.

Mitten in diesem sanften Schäferspiel war's wieder einmal der dämonische Rabenseifner, der wie ein Deus ex Machina aus der Versenkung tauchte und das Flämmchen des stillzufriedenen borromäischen Liebesglückes zur lodernden Flamme werden ließ. Was der sagte, war aber auch unerhört. „Ha", sprach er in der Howniak bekannten, kraftvollen Weise. „Ha! Haben mich – ich verzeihe von der hohen Warte meiner Menschenkenntnis herab alles – seinerzeit mit Gezweifel zu Unrecht beleidigt." Dabei machte er eine dämpfende Geste. „Bitte, musste mich als feinfühlender Mensch etwas zurückziehen. Arbeitete aber am übernommenen Werke weiter und komme heute mit glänzendem Resultat. Als Mann von Geist, mein Herr, haben Sie mir die kleine Finte mit der Königswürde ja längst verziehen, das weiß ich. Ich musste, heute kann ich's ganz offen gestehen, als Gentleman so handeln. Sie stutzen? Nun, hören Sie alles. Ich wusste einerseits, dass Sie niemals heruntersteigen würden ... l'amour sous le niveau bei Ihnen ausgeschlossen ... und Fräulein van den Schelfhout war's ja, die sich an mich gewendet hatte, ihr, die gelangweilt von den reichen Krämern, die sich um sie bewarben, einen hübschen, jungen Kavalier mit hohen Gaben des Gemüts und der Kultur alter Familien vorzustellen, einen jungen Idealisten, der in ihr nur das liebreizende Mädchen, nicht die Erbin eines unermesslichen Vermögens schätzen sollte. Sie pfeifen? Ja, Sie haben das Rechte getroffen! Van den Schelfhout ist der Eisenbahnkönig von Borneo! Nicht nur das! Er fischt Perlen wie besessen! Ganze Tankdampfer voll Vogelnestersuppe schifft er bis nach China! Jedes Kind in Europa isst seine Kopra am Butterbrot! Alle Amokläufer wiederum beziehen bei ihm ihre sportliche Ausrüstung. Das schöne Vorrecht reicher Leute ist es doch, volkstümliche Spiele zu fördern. Ehrendiplome? Ja, hat er auch. Nun hören sie weiter: Die Leute sind anders als zum Bcispiel wir in Wien. Das scheinbar steife Wesen bei Vater und Tochter darf Sie als Weltmann nicht befremden. Ist's doch in Holland Sitte, dass ein junges Mädchen in den meisten Fällen erst am Morgen nach der Hochzeit das erste Wort seit ihrer Bekanntschaft zum neuen Lebensgefährten spricht, seien sie auch jahrelang verlobt gewesen! Freilich gibt's auch Ausnahmen … aber die nimmt man nicht gesellschaftlich voll.

Nun … heute erfolgt der erste entscheidende Schritt!"

Rabenseifner setzte sich näher und fixierte Howniak, der förmlich einschrumpfte. „Ich komme", dabei erhob er sich mit einem wurmartigen Ruck, „im Auftrag van den Schelfhouts, mich nach Ihren Vermögensverhältnissen zu erkundigen, Ihr Curriculum Vitae entgegenzunehmen, in dem besonderer Wert gelegt ist, ob Sie ein adeliges Bildungsinstitut besucht haben und drittens die Versicherung, dass Sie alle Verbindungen, wie dies ja bei Leuten der großen Welt nun einmal ist, gelöst haben. Dies vom Vater. Und was die Tochter betrifft … hören Sie, Beneidenswerter! Also: Morgen nach Mitternacht … morgen nach Mitternacht … wird das herrliche Mädchen, rosengeschmückt, in elfenhafter Kleidung, sich im Walde einfinden, um sich im Mondschein nach Art der Feen zu ergehen!"

Rabenseifner atmete tief auf, machte eine Pause und besah stirnrunzelnd einen gelben Nikotinfinger. Dann fuhr er fort: „Staunen Sie nicht? so ist's der Wunsch der jungen Dame, die précieuse veranlagt, den entscheidenden Schritt ihres Lebens auch in ungewöhnlicher Form gemacht sehen will.

Vergessen Sie nicht, sie ist unermesslich reich, dadurch verwöhnt und etwas exzentrisch. Sie werden zur gegebenen Zeit mit verbundenen Augen hingeführt werden." Damit ließ er den Freudestrahlenden allein.

Ohne dass Baron Léo es ahnte, beschäftigte sich ganz Pomo mit seiner überirdischen Angelegenheit. Die Herren achselzuckend, die Damen nach außen kühl und abweisend, nach innen voll brennendstem Interesse.

Der große Tag kam. Léos Vetter Michelangelo hatte die Aufmerksamkeit gehabt, dafür zu sorgen, dass Baliol so viel als möglich unbeachtet blieb.

Gegen Abend des Jahrestages stieg seine Aufregung so weit, dass sich wieder das eigentümliche Gefühl in der Magengrube einstellte und etwas wie ein fernes psychisches Wetterleuchten um den Horizont seines Bewusstseins flackerte.

Die Nacht war traumschön, schwer von Duft. Mondlicht perlte funkelnd durch die Zweige der Zypressen und Zedern und zauberte strahlendes, nixenholdes Weben in das samtene Dunkel, das Léo empfand, wie holdes Gegenspiel zur Liebe, wie den Kuss des Todesgenius des Lichts, und doch positiv, wie chthonische Anmut.

Immer weiter drang er in den Zaubergarten, dessen Stille das schwache Brausen aus dem Reiche Poseidons noch hob. In einer Lichtung, deren Schönheit das unerreichte Ideal all der Künstler war, die in kostbaren Gärten Hieratisches zu prunkvollem Sein erstehen lassen wollen, überkam ihn, genau zur Stunde, zu der damals die traumschweren Fittiche wunderbaren Geschehens sein Erdenleben gestreift hatten, das Erinnern so mächtig, dass er in demütiger Andacht sich wieder zu Boden warf und mit aller Sehnsucht ein neues Nahen aus Paradiesesfernen erflehte. Da überkam es ihn abermals.

Wie eine dunkle Woge seidenweichen, duftigen, unermesslichen Donnerklanges kam's über ihn, und einen Augenblick lang sah er, wie greifbar aus schimmerndem Farbengefunkel geglitzert, das unnennbar Schöne vor sich. Voll Sehnsucht streckte er die Arme aus und erhob sich aus kniender Stellung. Da ... was war das?

Narrte ihn ein Trugbild? Oder war es holde Wirklichkeit? Hatte die Vision feste Formen angenommen?

Ja, jetzt sah er ganz deutlich, da er es wagte, schüchtern aufzublicken, dass ein Wesen vor ihm stand, holdselig in jugendlicher Anmut, umweht vom Hauch sonnenaufgangsfrischer Gotik und doch wieder auf die Frührenaissance eines Melozzo da Forli gestimmt. Den schlanken, formvollendeten Torso bedeckte gleich einem Panzer ein kurzes Silberschleierhemdchen; die strahlend schönen Linien der in lilienhafter Anmut geschwungenen Schenkel und Waden hob prunkvoll goldenes Bandwerk mit juwelenleuchtenden Mascarons gefestigt.

Das Antlitz, rosigbräunlich, vom Lichte beryllgrünen Mondlichts zu sinnbetörendem Ausdruck gebracht, war von bronzedunklen Locken umrahmt.

Große Augen blickten voll zärtlicher Schelmerei auf den knienden Adorateur nieder. Ein Strom von Narzissenduft ging von der Erscheinung aus, die im Lichte Dianas phosphoreszierte und schlangenhaft gleißte. Ein golddunkles Lachen erklang.

„Der du die Angeli suchst und die Archangeli, die Seraphim, Cherubim und die Thrones, die Ophanim und die Malachim und alle, die Dionysos Areopagita verkündet, wisse, man ist dir wohlgesinnt im Reiche der Sterne.

Doch vergiss nicht über dem Himmel die Erde! Nicht Levitation sollst du betreiben, sondern Foxtrott und Jimmy. Smoking und Frack sind keine Flügel ... Was bin ich? Bub oder Mädel?" Und wieder erklang holdes, schwebendes Lachen über dem Knienden. Immer mehr entzückt stand der schwärmerische Jenseitssucher auf und verbeugte sich verlegen vor der précieusen Donzella, die hochgestöckelt vor ihm stand und langsam gegen das Kegelbaumwerk der Myrten zurückwich. Vor Verlegenheit staubte er nervös mit spitzen Fingern an seinen Bügelfalten herum und suchte nach dem Monokel, das ihm die Sicherheit des Herrentumes wiedergeben sollte. „Also ... Fräulein ... Mal... filâtre ..."

„Gott sei Dank, dass die Frage gelöst ist: ‚Bub oder Mädel' oder weiß ich, was sonst noch! mir ist ein Stein vom Herzen!"

Da wollte es der „Zufall", dass man im selben Moment einen so deutlichen Knall hörte, dass die Donzella in komischer Befangenheit die Ohren spitzte wie eine junge Katze und mit einer beiläufigen Geste, wie sie Crivelli oder Melozzo da Forli bei seinen Pagen malt, nach dem Lorgnon tastete.

Auch Baliol war aufgefahren. Man vernahm deutlich erregtes, wenn auch gedämpftes Sprechen. „Mein Herr, belästigen Sie mich nicht!", klang es jetzt klar durch die Stille.

Mit einem Sprung war Léo zur Stelle und riss das Buschwerk auseinander. Da stand im grünen Mondlicht, zwar mit offenem Munde, doch mit einer Gardenia im Knopfloch und in tadellosem Evening Dress, Borromäus Howniak, Pseudobaron von Hausbesorgers Gnaden vom Scheitel bis zur Sohle, hielt eine Wange an der Hand und mit der anderen ein Riesenbukett fast wie einen Schild zwischen sich und Baliol. Hortense in einem reizenden Engelkostüm, das sicher ein Heidengeld gekostet hatte, konnte man grad noch im ungewissen Dämmer der Nacht verschwinden sehen.

„Was unterstehen Sie sich!", brüllte Baliol den zitternden Howniak an.

„Aber bitte, es war doch meine Br… Br…" Das „aut" verklang im Schalle einer heftigen Ohrfeige, so heftig, dass Borromäus' Einglas wie ein Riesenkäfer phosphoreszierend davonschwirrte.

Damit war Léos wochenlang aufgespeicherter Groll entladen, aber inzwischen war, vor Aufregung atemlos, auch die Adonaïde herbeigestürzt und rief: „Warten S'! Ich auch! ich auch! lassen S' mich ihm eine herunterhauen! Heut ist Damenwahl!" Doch der Bedrohte brach flüchtend durch die südländischen Sträucher und ließ das schöne Bukett am Kampfplatz zurück.

„Die Watschen leg ich ihm aufs Eis!", kam es noch grausig von den schönen Lippen der Silberbehemdeten. „Mir tut das Engerlspielen nicht gut. Andern, mir scheint's, auch nicht!", setzte sie, arrogant lächelnd, hinzu. Doch abermals blieb sie staunend, mit offenem Mund stehen.

„Ja, ist denn heut Thomasnacht? Heilige Bolikana! was ist denn das?" Denn dort, weiter vorn, brach's durch die Macchie, dass eine Garbe von Myrten- und Azaleenblüten aufstob. Eng verschlungen wälzte sich am Blumenteppich ein mondgrünes Mädchenpaar, von denen dann eines mit einem Riesenfittich auf strampelnde, üppige Waden und noch höher gelegene Formen losdrosch. „Ich werd dir geben! Ja, du ungetreues Wesen ... alles sag ich der Mama!" Mühsam trennte man diese erhitzte Koppel Backfische und stellte unschwer fest, dass die sich schamvoll mit den rosa Händen das Gesicht Verhüllende Bébé Kličpera war, während mit schmollenden Lippen Clärchen Tümpelfinke die Malfilâtre von oben bis unten musterte. Dann warf sie ihr den etwas nach Naftalin duftenden Schwanenfittich vor die Füße und verschwand.

„Schlafen gehen! Marsch!", hörte man noch die energische Soubrette. Dann war alles still. Und Léo saß wie eine geknickte schwarze Lilie im Mondlicht.

13

„Stankowitsch", sagte Baron Zois zum Kammerdiener, der ihn gerade rasierte, „was gibt's heute Neues?"

„So ... lassen S' mich grad noch die paar Haar auf der Nasen ... so, Herr Baron! ... weg... nehmen. Ja ... und unter die Augen ... so ... was ham mer denn im Ohr? Aha! wern mer gleich ha... ben ... so! Jetzten schaun mir aber auch aus, wie ein neigebornes Kinderpopotscherl, bitte gehorsamst! Ja, was mir Neiches haben! Sehr was Neiches, Herr Baron! A kleiner Malteser lauft seit gestern herum!"

„No, lassen S' ihn herumlaufen. Hat er a Marken?"

„A Marken, bitte? Herr Baron! Z' was soll er denn a Marken haben?"

„No, weil er a Pintsch is!"

„A Pintsch? bitte gehorsamst! Belieben zu scherzen! Herr Baron!"

„Also lassen S' mich in Ruh! Ich mag alle diese langhaarigen Ziefer nicht. Sie stinken!"

„Jö, jö! Herr Baron! Stinken! Der hat doch a Glatzen!"

„Pfui Teufel! also ist der Kerl räudig! Veranlassen Sie sofort, dass das Mistvieh vertilgt wird! Rufen S' den Skrabal! Das könnt noch fehlen."

„Aber Euer Gnaden! bitte, er ist doch gar kein Pintsch nicht! Warum soll man an Gnäherrn vertilgen, weil er a Glatzen hat! No, wo käm man denn da hin. Er ist halt a neicher Kurgast und kein Pintscherhund nicht, so wahr ich auf Boleslav getauft bin!"

„Ein Kurgast? Ein Herr … in … Malteseruniform? Na, hören Sie … am helllichten Tag!?"

„Ja, Euer Gnaden. Es ist nicht anders. Hab mich eh schon g'wundert, wo ich doch so lang beim Erbgrafen Thursenheimb, fälschlich genannt Waldhengst, Kammerdiener war. Wo wir doch Bailli waren! Wär uns aber *nie* einfalln, so spazieren zu gehen! Überhaupt war Seine Erlaucht eher scheu …"

„Ja, ich weiß …!"

„Weil wir aber auch aus der Ferne wie r' an großes Nachtkastl dahergeschaut ham."

„Ja, ja, guter Stankowitsch! Seine Erlaucht waren ein wenig viereckig, ich weiß schon."

„Halten zu Gnaden, Herr Baron, das war ja auch die Ursache, warum wir Malteser geworden sind! Denn ursprünglich haben wir doch die Gräfin Paternion-Feistritz geliebt … sind aber nicht erhört worden. Und die Bauern, wo er mit ihnen 'trunken hat, ham ihm immer bloß ‚Herr Graf' gsagt! Und da hat er ihnen bedeutet: ‚Guhte Möhner, üch bün woit, woit möhr! Üch bün Örlaucht!' Und da ham s' ihm immer bloß ‚Herr Lauch!' gsagt …"

„Ja, ich weiß … ich weiß … er war auch wirklich ein wenig unsoigniert …"

„Leider, leider! Und immer hat uns ein Zuckerspagat aus der Taschen zu hängen geruht, wie 'm

Herrn Erzherzog Salvator gottselig, wo in Mallorca daheim war …"

„Um auf den Fremden zurückzukommen; Sie, am Ende ist er ein Schwindler?"

„Da wer'n wir halt nach Fenedig telephonieren. Dort wär ja unser nächstes Großpriorat … Oder, glauben Herr Baron, dass er am End zu die ‚Beiden Süzülien' g'heert? Da hättn mir in Gagliardi, wo bei denen an Rezewär macht; oder solln mir sich gleich an an Herrn Baron Ceschi wenden, nach Trient? Er ist Großmeister! Aber sie heißen eam dort ‚Grammaistro'! Oder, wie wär's, wann er am End zu die Böhm g'heert? Da schreibet i im Grafen Brandis … wär vielleicht's Gscheiteste?"

„Ja, ja, ja! warum erzählen S' mir das alles?"

„Weil er sich bei mir bschwert hat! Der Howniak tanzt um eam d' ganze Zeit umanand. Dreht er sich um, dreht der Howniak Scharl sich aa um! Und koane halbe Stund is' her, hat der fremde Ritter gegen ihn zu einer Watschen aufgrieben, nur gut, dass er grad noch hat in a Gebisch beiseite hat springen können, was der Howniak Scharl is …!"

„Das ist ja grässlich!"

„Geltens! Es war a Rhododentrostauden, hibsch a große. Und wie der dadadrin ghaust hat! Er hat Plattfüaß wie die Christbaumbrettln, der Herr Scharl, und wie er sich derfangen hat, siecht er drüben in Herrn Prinzen Max. Da is er gleich üwrigrudert durch die Blumenbarderres. Aber, es scheint, dass Seine Hoheit auch zu einer Watschen aufgrieben hat. Denn die Spur vom Herrn Scharl geht wieder zruck durch das Barderre."

„Sie, Stankowitsch, was erzählen S' mir denn das alles?"

„Ja schaun S'; wegen der Schand, wo mir hätten haben können! Denken S' Herr Baron, den Schgandal, was dös gebet und was s' in Rom dadazu sageten ... oder in ‚Beide Züzülien' ... oder, wo er sonst hingheert, der fremde Ritter ... An Herrn Grafen Ceschi treffet der Schlag, wie r' ich eam kenn ... Dees wär die zweite Schand, wo i mit oan von dieselbigen hätt. Wenn i dran denk, wie meinen seligen Herrn Erlaucht damals in Trient a Hund ..."

„Ja, ja, Stankowitsch! verlieren Sie sich nicht!"

„No jo, wo er mit an Herrn Statthalter 'sprochen hat, was a Vetter vom Baron Ceschi war. Und i hab eam kaum trocken kriegt!"

„Stankowitsch, es sind die schlechtesten Früchte nicht, an denen Wespen nagen!"

„Websen? Euer Gnaden? a Neufundländer ist's gewesen, wie r' an Kalb so groß ... der Selige ist gestürzt ... So! grad noch das Haar da ... bitte!"

„Das kommt, wann man so unsoigniert ist. Aber, Stankowitsch, jetzt geben S' a Ruh ... ich werde ... Herein!"

Wer erschien in der Türe? Mit arrogant zurückgeworfenem Kopf, sehr vollen Backen und von oben herab blinzelnd? Charles B. Howniak! Von dem ihm liebenswürdig angebotenen Stuhl machte er keinen Gebrauch, trat vielmehr zum Rauchtischchen, trommelte mit den Fingern auf die Mahagoniplatte und ersuchte Zois durch die böhmelnde Nase, den Stankowitsch zu entlassen. Dies geschehen, erklärte er kurz und abgehackt, dabei das Monokel fallen lassend, er sei gestern nachts heftig geohrfeigt worden. Pause.

„Nachts? gestern nachts?", hörte man den frisch aus dem Toilette-Ei gepellten Kärntner Freiherrn. „Ich dachte, heute Vormittag? Irren Sie sich nicht?"

„Was heißt Vormittag?", muffte Howniak „ich bin doch kein aktives Mitglied mehr einer nichtschlagenden Verbindung, dass mir das passiert!"

„Also, das mit dem Malteserritter war nichts?"

„Aber ich bitte Sie! Was wissen Sie davon! Da ich nicht einmal weiß, ob der Mann … satisfaktionsfähig ist, kann ich es gar nicht so weit kommen lassen. Sein Auftreten stimmt mir nicht … der Sache muss nachgegangen werden … Übrigens bitte ich mich mit solchen Tratschereien in Ruhe zu lassen!" Wieder trommelte der Vollwangige nervös.

„Humhum", machte Zois. „Also, die ehrenrührige Sache erfolgte nachts. Von einem Herrn oder Dame?"

„Beides."

„Wo?"

„Im Mondschein."

„Sakra, sakra, das ist erschwerend! zweigeschlechtige Backpfeife mit lunarem Einschlag … wissenschaftlich neu!"

„Bitte, machen Sie keine Witze, Baron, ich fordere Blut!"

„Sagen Sie mir: Warum kommen Sie zu mir? Wer

wird denn eine Watschengeschichte an die große Glocke hängen? Das gibt man schweigend zurück … die Sache ist geregelt … so hält man's bei uns auf dem Land … auch in der besten Gesellschaft. Ich könnte Ihnen da erste Namen nennen!"

„Ich bin nicht vom Landadel!", murrte Borromée, „und ich komme zu Ihnen als arbiter elegantiarum von Pomo … und in Dingen der Élégance und der guten Manieren verstehe ich keinen Spass." Dabei warf er den Kopf so weit zurück, dass man bloß noch die dumm geformten Nasenlöcher sah.

„So kommen Sie doch wieder zu sich", beruhigte ihn der kluge Zois. „Wie wollen Sie die Blutwäsche vornehmen?"

„Ich wiederhole: Machen Sie keine Witze!" Die farblosen Augen des jungen Diplomaten versuchten durchbohrend zu werden. „Nur Blut kann die Schmach abwaschen! Ich bitte Sie, mein zweiter Sekundant zu sein. Prinz Max zu Eschenlohe wird mein anderer Kartellträger sein!"

„Wer ist der Beleidiger? Der männliche, meine ich!"

„Ihr Vetter Baliol!"

Baron Zois pfiff leise auf. Er ließ sich alles haargenau erzählen. Dann aber legte er ihm ruhig und klar auseinander, dass er, offen gesagt, alles kommen gesehen habe. Das war unausbleiblich.

„Dass ich geohrfeigt werden würde?"

„Nein, bitte das nicht! Ist ja bloß eine nebensächliche Sache, ein auslösendes Moment. Nein, aber das Duell! Jeder fashionable Kurort hat sein erstes Duell, leider meist seine Bluttaufe. Es sind alles Moloche, ob sie nun Ischl oder Vichy, Franzensbad oder Bocktschingel heißen. Ein Rencontre habe man schon gehabt! Oilenhoy – Afftenholz. Beide haben verschlafen. Das zweite: Sie und Léo! o, verflucht, verflucht!" Nervös ging der Vollbart auf und ab.

„Léo schießt auf 50 Schritte ein brennendes Licht aus! Herr! Im Säbelduell hat er bis jetzt jeden getötet! Daher seine melancholische Stimmung. Begreifen Sie? Herr!"

Jetzt war's Howniak, der sich umgruppierte. Er schoss heftig mit seiner ganzen geistigen Artillerie, wie das bei Rückzugsgefechten üblich ist, und erreichte eine Art ehrenvollen Rückzuges, in der Form, dass ihm sozusagen eine schriftliche Art von Ehrenerklärung von seiten Baliols in Aussicht gestellt wurde. Das erreicht, wurde der vollwangige Gent wieder frech.

Nein, er habe eine andere Idee! Baliol müsse schreiben, dass er ihn in der Finsternis für ganz wen anderen gehalten habe … etwa für den Großindustriellen Smrdal aus Popowetz bei Hohenmaut. Gerade heute habe er zufällig den Namen in der Zeitung gelesen, und den er ohnedies nicht leiden könne, ohne ihn je gesehen zu haben. Bloß des Namens wegen, weil sein Ästhetikprofessor, der ihn so sekkiert habe, denselben Namen geführt habe. Vielleicht könne man die interessante Duellgeschichte, für ihn schön gefärbt, sogar ins „Salonblatt" durchsickern lassen? Und Borromée rieb sich die Hände. Zois billigte diese Lösung.

„Ja richtig!", setzte er noch hinzu, „dem Prinzen Max, der ums Mitwirken beim Duell gekommen ist, kaufen S' eine große Schachtel Mexicains. Da hat so ein Trottel lang zu zuzeln dran, und sagen S' ihm, dass er a Ruh geben soll!"

Also, das war erledigt.

Gerade als er ins Vorzimmer rufen wollte: „Boleslav! Wo stecken S' denn?", erschien Frau Kličpera auf der Bildfläche und nahm, den Baron stechend ansehend und die Unterlippe weit vorgeschoben, nach und nach Platz. Sie beschwerte sich, dass ihre Tochter Bébé gestern nachts von der nichtswürdigen Tümpelfinke brutal verprügelt worden sei.

„Wo?"

„Auf das Gesäß!"

„Das zu untersuchen wollen wir uns für später aufheben. Ich wollte nur wissen, wo das geschah?"

„Im ... an ... also ... Mürthenhoin."

„So, sagen Sie mir: am Ende auf das *nackte* Gesäß?" Er wolle es nicht hoffen, setzte er mit drohend glitzernder Brille hinzu, und mit der bloßen Hand, einem Schirm, gar einem Stock, Ast, Stativ, ausgezogenem Fernrohr oder Fächer?

„Nein, sie hat doch meiner Tochter zuerst einen Flügel ausgerissen, das rohe Mensch, das wo noch dazu eigentlich Pospischil heißen soll, weil der Vatter davon um Germanisierung des Namens ..."

„Was? *Ihre* Tochter hat Flügel?"

„Na ja, sie ist ohne mein Vorwissen als Engel ausgegangen ... hinten am Busenhalter waren s' ... der ist auch dabei tschali gangen ... vom Salon Bloch in

Wien … der was so teuer ist … aber geschlagen hat sie diese rabiate Person nicht auf das … bloße … Gesöß", aus Scham verfiel die dicke Frau ins Tragödinnendeutsch des Burgtheaters, „noin! Die Böbö hat schon ein … Kokettierhoserl anghabt, wie das die Backfische halt tragen heutzutage, wann s' abends allanig ausgehn ohne der Mutter!"

Ob sie das bestimmt wisse, grollte der nunmehr ganz finster Aussehende und klopfte bei jedem Wort mit einem Falzbein auf den Schreibtisch. Denn das würde dieser Pseudopospischil den Hals brechen! Entblößung intimer Partien – sein Falzbein klopfte fürchterlich – könne die Kurverwaltung auch im diffusesten Mondlicht *nicht* dulden … nein, sie könne nicht! „Ent-blö-ßungen sind un-trag-bar!" Sein Klopfen wurde rasend.

Alsdann, da sie, Cleopatra Kličpera, mit einer solchen Bagage nicht mehr verkehre, habe er alles zu ordnen.

Michelangelo war sprachlos. Dann schnaubte er: „Glauben Sie vielleicht, dass Sie ganz einfach das Wegräumen aller moralischen Fäkalien so mir nix, dir nix meinen Händen aufbürden können?"

Aber die, besonders von hinten, arg verfetteten Ohren der herausrollenden Kličpera vernahmen nichts mehr. Zois wurde es vor Wut so schwarz vor den Augen, dass er gar nicht sah, dass Léo vor ihm stand. Der hatte die Stirne, ihm Vorwürfe zu machen, dass er die verfluchten Weibsbilder nicht eingesperrt hätte, wo er gewusst habe, dass gestern die Neujahrsnacht … ach, Blödsinn … die Jahrestagsnacht gewesen sei, wo er die Vision gehabt hätte.

„Waas!", grollte es aus dem frischgebrannten, feingesalbten Buschbart heraus. „Was erlaubst du dir eigentlich! Glaubst du vielleicht, ich bin ein ... wie soll ich sagen? ... ein Zwuschperlbeschließer? Also, das geht zu weit!"

„Weißt du aber auch, was ich ausgestanden habe?", muffte der elegante Spoekenkieker. „Das war das scheußlichste Hollywood ... der reinste Sommernachtstraum in einer Rox-Trops-Spektralanalyse ... das brauch ich mir nicht gefallen zu lassen ... wenn schon den Rindviechern, die Ballette zusammenstellen sollen, nix einfallt, hätten s' gestern Stoff genug ghabt ... aber ich will da ungeschoren bleiben ... und in was für ein Mysteriengeflüster ich da hineingekommen bin! Scheniert hab ich mich für die Menschheit ... scheniert, sag ich dir ... Dante als Saccharinschmuggler! So stell dir das etwa vor!"

„Du, Léo", sprach Zois mit der letzten Selbstbeherrschung, „an allem bist du schuld! Ein wahrer Gentleman hat die verfluchte Pflicht und Schuldigkeit, daran zu arbeiten, nicht interessant zu sein! Bist du ein Zigeunerprimasch? Ein Buschköter? Fehlt grad noch, dass du dir eine Paderewskifrisur z'sammwaxen lasst! Ein verwöhnter Frauenliebling à la Menjou ist fast so eine gesellschaftliche Missfigur wie ein Nasenbohrer!" Also: Er solle an sich arbeiten! Und wenn schon mit dieser Kakao- oder Kopra- oder Guano- – oder was weiß ich – Millionärin nichts würde, solle er endlich einmal Ruhe geben und meinetwegen! noch eine reichere heiraten! Er entwickle sich nachgerade zum zweiten Schandfleck der Familie mit diesem, also … schamlosen Interessantsein! Nächstens würde er sich beim Bisenius in Wien, dem Zauberapparatengeschäft, ein aufstellbares Pfauenrad anfertigen lassen, hinten zwischen die Frackschößeln!

„Aber, wenn ich Visionen hab!", raunzte der interessante Vetter.

„Ein anständiger Mensch hat auch keine Visionen zu haben! Kreuzteufel überanand!", polterte der Vollbart. „Schau dir nur die Leut an, die über so was klagen! Da haben wir: A) einmal Trinker im fortgeschrittenen Stadium. Mit dem Doppelsehen fangt's an. Sie bitten zwei Meter neben dir um Feuer. Dann kommen die weißen Mäus dran und die Millionen Schwabenkäfer am Kaffeehaustisch … Denk an den Thassilo Seehundsheimb, den Quackerl Sonnenburg, den Bruder vom Majoratsherrn, und an den alten Feldmarschallieutenant Kapfenberg, den Exlenzherrn!"

„Aber schau, Mischi, ich seh ja nicht doppelt! Ich …"

„Du hast überhaupt nix zu sehen! fromme Visionen mein ich! bist kein unfähiger Konzeptsbeamter, dass d' auf die Art vielleicht avanzierst. Du arbeitest schon sowieso nix und hast dein gutes Auskommen! also gib a Ruh! Aber wie gesagt, so fangt's an. Dann kommt alles Weitere von selbst: 's okkulte Karfiolvereinstum mit Kasteikränzchen und innerer Versenkung, Mittwoch und Samstag; die mystische Bruderkette, und alle Wochen kannst einmal mit an Fakir Mariage spielen. Der kann auch Feuerfressen in den Pausen, lasst sich die Hand an die Klosetttür nageln, ohne dass er schreit; der Ober ärgert sich, weil der Lack hin is, und du kannst den Anstreicher zahlen, weil du ein Trottel bist. Dann sinkst tiefer: Fangst an mit blöden Geistern zu plauschen, so kommst mir nix, dir nix auf Du und Du mit Idioten aus dem Jenseits – wer redet schon mit dir! Kurz, bist Spiritist! Denk an den Beatus Attila von Ampossegg, der den schönen Titel hat ‚Reychserbtrompeter von Breysach' und der so lang Spiritismus getrieben hat, dass es auf seinem Schloss Feigenstein so gespukt hat, dass es unverkäuflich wurde und seine 17 Mädeln dasitzen. Weil dir aber dann doch die ganze krauperte Mystik zu fad wird, kommt der Umschlag ins Gegenteil: Ballettmäderln! dann gehst mit ganzen rhythmischen Tanzgruppen soupieren, dann sinkst wieder tiefer: Verhaspelst dich im Zirkus ... Akrobatinnen, bitte! um schließlich das Opfer von ein, zwei Schlangenmädchen zu werden! Und die können üble Dinge! Lass dich warnen, Cousin!

Dann bist du mittendrinnen im Manègemilieu, wie so viele verfallende Aristokraten, die zwischen den Rossknödeln herumstolpern, bis ihr Wappenschild zerbröselt. Halt dir da immer den Altgrafen von Hohenembbs vor Augen, weißt, den Gackerl – aber freilich hast ihn gekannt! den tollen Gackerl hat ihn doch jeder genannt! – und den Lallo Wallenstein, den sie schließlich nicht einmal mehr im Herrenhaus haben brauchen können!

Ja, dann geht's dir wie ihnen! Nächte durchzechst du mit johlenden dummen Augusten, die nicht einmal abgeschminkt sind, du, ein Baliol, auf den der Thron von Schottland heimlich wartet ... gähnend hält er die Hand vor den Mund, wenn's niemand sieht. Aber er wartet ... Er weiß, einmal kommt wieder seine Stunde. Es ist ja richtig, aufgewärmtes Sauerkraut ist besser als aufgewärmte Monarchen. Aber, für dich wär's ein Glück. Da würdest du sparen lernen! Denn deine Untertanen würden dir eine Zivilliste geben, dass d' den ganzen Tag als dein eigener Gardekorporal herumlaufen müsstest, damit dir die Köchinnen überall etwas z' essen geben!

Aber jetzt sind die dummen Auguste deine Freunde! In den obskursten Beiseln zechst du! Deine arme Mutter lässt sich – gegen ein Trinkgeld – ein Guckloch durchs gefrorene Fenster kratzen ... sieht dich und schluchzt in ihr Tüchlein. Aber, am anderen Fenster hat sich der ‚Verein Katholischer Edelleute' auch ein Guckloch kratzen lassen, seufzt tief, huscht weg und steckt die Schweinerei brühwarm deinem Regiment. Ja, erbleiche lieber Vetter!

Der schneidige Korporal, der in der folgenden Nacht neben dem Schanktisch zecht ... trau ihm nicht! Der nadelspitze Riesenschnurrbart, den er zwirbelt, ist – falsch! Er ist ein Rittmeister, den du nicht kennst. Aber er kennt dich! Ebenso der Invalide neben ihm mit dem Pflaster über'm Aug und dem Stelzfuß, der auf ein normales, kerngesundes

Bein geschnallt ist ... jedes Kind muss ja lachen! ... das ist der *Auditor!* Schau! Zwei Chargen um *die* Stund – das allein sollte dir zu denken geben. Aber du denkst nichts! Hast ja zwei Zirkuselevinnen auf den Knien ... morgen werden's schon viere sein ... übermorgen sechse!"

„Ich bin doch kein Käfer", brauste Léo auf.

„Du würdest bald froh sein, wenn du ein Käfer wärest, mein Lieber! dass d' dich verkriechen kannst wegen der Schand, die dann über dich kommt. Denn deine nächste Waffenübung machst nicht mehr als fescher Sechserdragoner in Enns mit, nein, du musst als ganz ordinärer Trainlieutnant, als Tschihü peitschenknallend mit dem Fahrküchenpark den halben Sommer in Krummnussbaum um einen angenommenen Pivotpunkt herum Karussell fahren. Traaab ... kurzer Gaaalopp ... Traaaaaabbbb ... Hü! Halt! ... Wisztaha ... mit siedendem Powidl oder was weiß ich!

Und dann sinkst du von Stufe zu Stufe. Jeu! Zuerst mit Fahrküchenkameraden, ehemaligen Piccolos, jetzt Hotelierssöhnen und dergleichen. Dann, im Herbst, vornehmer Club in der Residenz. Dort fällst du selbstverständlich Hochstaplern zum Opfer. Dann sinkst du weiter! In Wien bist ja unmöglich! Also du gehst nach Paris, von dort nach London. Am Schluss verkehrst du gar noch mit rumänischen Bojaren ... o mei, o mei ...!"

Lautlos erhob sich Léo und ging bedrückt weg. Glaubte er doch, eine Träne in Zoisens Bart glitzern gesehen zu haben.

Aber er wurde beiseite geschoben. Professor Tatterer rumpelte an ihm vorbei ins Sprechzimmer und machte gesträubten Bartes, feuerrot vor Erregung, gegen den heftig luftschluckenden Michelangelo beschwörende Gesten, die er jäh unterbrach, um auf einen kleinen Zettel mit nervösem Blei zu kritzeln, er habe keinen Atem.

Aber als er den Atem wieder fand, als er den Atem wieder fand ... machte er dem Freiherrn eine Eröffnung, die diesem die Nasenflügel blähte. Der Generalausschuss der beeidigten Stotterlehrer habe soeben telegraphisch angefragt, ob jetzt Platz sei für den Ferialausflug mit den bravsten Schülern und der Vereinsfahne, mit dem Porträt des einzigen, bisher wahrhaft geheilten Patienten darauf, der in Wirklichkeit ein Simulant gewesen war. Es seien 700 Personen, meist prächtige Sänger!

Man hörte, wie Ohrenzeugen später berichteten, ein einsturzähnliches Getöse aus dem zoisischen Sprechzimmer, und noch am selben Nachmittag verließ Schionatulander Tatterer von Tattertal unter mühsam hervorgestoßenen Verwünschungen, unter Schielen und ratternden Schnalzlauten die Insel. Seine sieben Töchter begleiteten ihn, gleichfalls wutschielend. Voran schritt die Mutter. Vier von den Töchtern trugen eine Hühnersteige, in der Schnaxel tobte.

14

Dafür brachte der Gegendampfer einen lieben Gast: den alten wackeren Großwachter, der sich bald alle Herzen erobern sollte.

Lang blickte der freudig erwartete Ankömmling Baron Zois in die Augen, dann schüttelte er minutenlang, vor Rührung noch immer keines Wortes fähig, die Freundeshand, um ihn endlich innig zu umarmen und auf beide Wangen zu küssen. Die Freudentränen aus den guten, alten Augen wischend, ging er neben seinem Führer die Marmorstufen hinan und ließ es sich nicht nehmen, selbst seine Reisetasche zu tragen, auf der Genoveva die Hirschkuh bat, ihre Kinder zu säugen.

Zois blickte die Tasche an.

„Net schimpfen, net schimpfen! Ist d' letzte Überraschung, die was die Kathi Fröhlich gottselig dem Grillparzer Franz gestickt hat! Die dazu passenden Schlapfen hab i aa. Seltene Stückln! Und wunderselten, dass ma Paareln derwischt! Oanschichtige Schlapfen ... ja, die findst in jedem Museum! Aber Weiberln und Manderln – da musst fruah aufstehn, mein Lieber, eh dass d' welche findst! Heit abends", er atmete wohlgefällig aus, „zieh ich s' zur Tabletoh an, dass d' Leit aa was Schöns zum Sehen kriegen! Jo! Stell dir vor: Am rechten Schlapfen, am Manderl, weißt! ist der böse Ritter Golo drauf ...

... Ja, was wär denn jetzt döös! Ja, Willy! Du hier! Naa, die Freud!", und er eilte auf Rat Dodola zu.

„Was? der Horsky Franzl ist aa da? grau geworden? Ja, ja, mir werden alle net jünger!"

Zois ließ es sich nicht nehmen, den lieben, alten Herrn selbst zu installieren, der sich des Lobes und der Bewunderung über die Pracht und Sauberkeit nicht genug tun konnte. „Mehr als z'frieden, mehr als z'frieden", lautete die begeisterte Anerkennung seinem Freunde gegenüber. „Und was für saubere Stubenmadeln ihr habts! Koane schieche drunter! Und die netten weißen Hauberln! Nachm Essen muss i mir a bissl 's Kuchelpersonal anschaun gehn … man muss doch wissen, was für liebe Patschhanderln einem das gute Papperl bereiten!"

Nach dem Souper ließ der Ankömmling, der in Gehrock und Zylinder erschien und dessen ungewöhnliche Fußbekleidung riesiges Aufsehen gemacht hatte, sich an verschiedenen Tischen vorstellen. „Unser lieber Großwachter" schüttelte allen herzlich die Hand und wendete sich vor allem einmal an die Gelehrten, „die lieben Freunde aus dem Genielande".

Neckisch lächelnd ließ der heitere Greis die Anwesenden in seinen Zylinder blicken, besonders die Damen, von denen die meisten mit einem Aufschrei zurückfuhren. Auch Michelangelo schaute hinein, zog die Augenbrauen hoch, schaute schärfer, holte die Brille hervor, schaute noch einmal, schüttelte den Kopf und wendete sich fragend, aber immerhin lächelnd an den stolzgeblähten Inhaber der interessanten Angströhre. „Gelt, da schaust?", protzte Großwachter mit schmalziger Stimme.

„Von der Theres Krones! nach der Natur gemalen vom seeligen Anreiter! A seltenes Stückl, werd allgemein beneidet! Der Staat hat's seinerzeit net erwerben mögen … habn halt ka patriotisches Gfühl net … wer hat's um seinen letzten bluatigen Hunderter kaufen müssen? der gute Tschapp, der arme alte Blasius Großwachter, der was sich's besagte Geld am Mund hat absparn müssen! Aber, wann in Großwachter amal d' Wirm gfressen haben, kriegen d' Preißen 'n Huet! Jo!"

Dann musste er Platz nehmen und bekam sogar ein Schemmerl für die Gichtfüße. Denn ihm zu Ehren bliesen die zwei begabtesten Solisten der Kurkapelle eine Schöpfung des berühmt werdenden Tertullian Obexer, Moppelwuzzlers begabtester Schüler. „Apollo und Daphnes silberne Hochzeit" hieß das vielleicht stellenweise etwas hölzerne Musikstück, unterbetitelt „Ein Mysterium für zwei Querpfeifen und diskrete Trommelbegleitung". Nur einmal griff ein schellenklingendes Tamburin ein, das die Auszahlung der verspäteten Mitgift untermalen sollte, und ein Trumscheit – auch Nonngeige genannt –, das vereinzelte Liebesseufzer pikant kolorierte.

„Is des a Musik! Dees spürt man förmlich auf der Zunge!", lobte hochenthusiasmiert der erfahrene Großwachter. „Meiner Seel, dees ist schon koa Musik mehr, dees is a Delikatösse! Dees is – ja, wie soll i mi nur ausdrückhen? – dees is wia 'r an 'blasener Schnepfendreck! So viel dölikatt! Die müssen uns dann noch a Portion blasen. Aha, da wo s' eana schwer geht – horchen S', jetzt – das sind die Croutons!" Kopfnickend sah der originelle Denker im Kreise herum. „Also, da wird die vierte Sinnenkunst lebendig", dozierte er dann später. „Sehn S', die ewige Furcht, über die Dreizahl in den Künsten nicht hinauszukommen, wird hoffentlich hinfällig." Und er entwickelte so geistvolle Hypothesen, erging sich in so schillernden Paradoxen, dass alle wie gebannt an seinem Munde hingen. „Aber, das ist euch jungen Leuten vorbehalten", wendete er sich an die Jugend und lächelte wohlgefällig der schönen Malfilâtre zu, der es gar nicht eingefallen war zuzuhören.

So klang dieser erste Tag, der Großwachtern gebracht hatte, harmonisch aus. Wahrlich, Jupiter selbst schien den Wackeren gesendet zu haben! Ja, wir wiederholen: Glück heftete sich an seine Fersen, wenn sie auch des Abends nicht in festlichen Pumps einhergetänzelt kamen. Die einzige Frivolität, die er sich kostümlich gestattete, war eine lange, aber schneeweiße Krawatte zum Gehrock. Ja, nochmals: Glück heftete sich sichtlich an seine Fersen.

Denn am nächsten, golddurchfluteten Morgen konnte man den animierten Zois hören: „Denk dir, Maxl, eine große Neuigkeit! Weißt, schon vorige Woche hab ich den kleinen Marmorteich, da vorn neben dem Treopavillon, der so nett von Erdbeer- und Zitronenbäumen umstanden ist und links die fesche Trauerweide hat, an an neuen Kurgast recht günstig mit voller Pension vermietet. Wir kriegen eine Riesenattraktion, sag ich dir!", und der animierte Vollbart rieb sich vergnügt die Hände.

„Aan Teich?" Der Prinz bekam vor Staunen leichte Fischaugen. „Gwiss a passionierter Fischer!"

„Keine Spur! Der Herr – ein alter Oberst – Quapil Edler von Wasserwehr heißt er, hat bei den Pionieren in Klosterneuburg gelegen und ist nach 50-jähriger Dienstzeit mit dem Adel – wie oben – behaftet worden. Von seinem seligen Vattern hat er noch dazu den Taufnamen Wenzel Danubius, bitte! mitbekommen. In seinen Freistunden hat sich Oberst Quapil leidenschaftlich mit dem Studium der Fabeltiere beschäftigt und sich bei einem ganz großen Unternehmen, ich glaube bei Bisenius Ltd. London, das jetzt so mit der Kriegsrüstung überlastet ist und die speziell auch unsere Kriegsaufrüstung fast zur Gänze übernommen haben soll, sehr einen feschen Fischschweif mit Uhrwerkbetrieb anmessen lassen, natürlich ein ausgesprochenes Prunkstück, man kann schon sagen: direkt einen Theaterschweif! Gestern ist der Herr Oberst eingetroffen und hat, wie alles geschlafen hat, bloß vom Skrabal assistiert, geprobt."

„Waaan wird er denn die Eröffnungsfahrt maachen?"

„Jetzt um 11 Uhr!"

„Charmant, charmant. Da *müssen* wir hingehen."

Und sie gingen. Durchquerten ein fröhliches, natürlich äußerst distinguiertes Menschengewühl und konstatierten zu ihrer größten Befriedigung, dass ein alter Herr, den Oberkörper in einem schwarz-gelben Ruderleibel, flott im Bassin herumschwamm, elegante Wendungen machte, auf einem Muschelhorn altösterreichische Signale blies und mit wirbelndem Schwanz stoppte. „Das ist rührend schööön." Prinz Max war ganz ergriffen. „Auf was nicht alles ein pensionierter österreichischer Offizier kommt! Das macht uns keine Aarmee der Welt naaach. Schau dir die schönen Dekorationen an, was der am Ruderleibel trägt! Sein zwar lauter Schnapskreuze – ich bitt dich! Klosterneuburg! –, aber er hat nicht mit Sidol gespart. Wie s' glanzen ... du, schau ... jetzt fahrt er wieder ... gschpassig ... mit was er nur hinten raucht ... wo er doch bloß a Uhrwerk hat ... gschpassig. Die zwei Herrn, was mitlaufen, sind gwiss Schurnalisten?"

„Stimmt! Kann dir auch die erfreuliche Mitteilung machen, dass Seine Lordschaft, der Earthquake, vor freudiger Erregung ganz richtig gebebt hat! Er besteht darauf, dass die Gschicht da als neuer Sport in England stante pede eingeführt wird! Oxford gegen Cambridge! Hoffentlich schickt er den Teppen, den Vulcanus, hin. Wäre ich froh, wenn ich den verkotzten Lackel los wär! Der andre Sohn – Belial haben s' ihn gheißen – ist gestorben. Soll der Nettere gewesen sein. Aber wenn wir schon von der englischen Kolonie reden: Schaad, dass der Humhal so kurz da war! Der so schön gsungen hat! Das war a wirklich zivilisierter Engländer! Wie hat er nur mit'n Taufnamen gheißen? Richtig! Aaron haben s' ihn gerufen! ... ,Lord Aaron? Gehn S', singen S' noch was!' Wie oft hab ich ihm das gsagt!"

„Gschpassige Vornamen, ham s', die Rostbifischen", nörgelte Max, „Belial!"

„Jo, jo, a seltener Nam. A hibsch a seltener Nam", pflichtete Großwachter bei, der auf seinen Ritter-Golo-Patschen unhörbar näher getreten war. „I woaß amal in Linz koan, der was sich Belial schreiben tät." Seine Stirne war in regenwurmfarbenen Falten ganz hoch hinauf geschürzt. „Auch wären die Art Namen bei uns verboten, Seine Eminenz, der Herr Wischof", so weich sprach er das Wort aus Devotion aus, „erlaubet so was net!"

„Wieso?", fragten die beiden Herren.

„Weil's ... weil's", kam es gepresst heraus, „oaner von die Nam ... aus'm Kalender von die Teifel is ..." Der Herr im Gehrock, einer übergroßen Wurst in Trauerkleidung nicht unähnlich, sah sich scheu um. Dann nestelte er aus der dicken Brieftasche einen verschwitzten, mehrfach gefalteten Zettel, und reichte ihn mit den Worten: „Hier ist das Verzeichnis", abgewendeten Antlitzes dem Prinzen.

„Da is ja a Aaktphotographie draufgepickt! Gewiss a Nichte von Ihnen!"

„Geben S' es zrück ... geben S' es zruck ...! dees is nur der Proportionskanon vom Professor Liharzik seelig. Am Totenbett hat er mir'n noch ans Herz gelegt und hat mit brechenden Augen und ersterbender Stimme gsagt: ‚Blasius, tragen S'n allweil bei Ihnen!' ... weiß wirklich nit, wie das ... in mei ... Brieftaschen ..."

Und Maximilian zu Eschenlohe las: „Geburtstäge der p.t. Teifel, wo seinerzeit in Linz von der schwarzen Loge, getarnt unter dem Namen ‚D' lustigen Kaasstecher', als Heiterkeitsklub von der k. k. Statthalterei genehmigt, verehrt wurden: Azazel, Apis, schau, schau! Baomnesta, Belphegor, Drufus, Hulwelesz, Kubala, Kubub, Hahal, Gnupal, Grigri, Hahem, Joibeles, Kaypura, Kustapiel, Mekrikax …"

„Das ist doch mein Schuster in der Wasagasse!", schrie Zois förmlich vor Schrecken, „der die vielen eingwachsenen Nägel aus Gips und die schrecklich deformierten Fußabgüsse in der Auslag hat … sein Vornam is Wenzel …"

„Stör nicht!" Maxens Stimme klang streng. „Höre weiter: Nawratil, Nitigreindisch, Nysrok, Omnibor, Papus, a da schau her! Pfarzup, Pikeles, Robelzark, Vistrschpupek, Seiriček …"

„Das heißt doch Quargl auf böhmisch!"

„Pscht! kannst nicht Ruh geben? Also weiter: Zukkor, Benoth, Wischerup, Viboldanek …"

„Den kenne ich auch!", sprudelte Zois hervor. „Er war bei der Tramway, die Frau hat a Trafik, 's Madel is beim Ballett … das hätte ich den Viboldanekischen nie zugetraut!"

Max sah ihn länger strafend an. Dann setzte er fort: „Wimlazar, Xaperlina, Xundelpatan … Zuypopo. Das ist ein Teil der 562 in Paris hochverehrten Feuergeister, die als Legionchefs qualifiziert sind. Die Quersumme gibt 13." Max ließ verekelt das dreckige Blatt sinken.

„Jo, dees san die Abteilungsvorstände der Hölle." Große Schweißperlen glitzerten dem düstren Rat an den Regenwurmfalten, die sich noch immer nicht geglättet hatten.

„Das ist ja schreecklich", stöhnte heuchelnd der junge Standesherr. „Woher wissen Sie das? Und warum sind auf dem Dokument so viele Fettflecke?"

„Döös san koane Fettflecke nicht, sondern döös san Tränenspuren. Und wissen tu ich's daher, weil mir an kloan Kreis von Freidenkern ghabt ham, nit in der Stadt! naa, in Urfahr drübn, wo sonst auch allerhand Klumpert beieinand is. Die ham's auf der Folter gestanden. D' phonographischen Aufnahmen hätt i z'haus, in meiner volkskundlichen Sammlung in der Bethlehemgassen – auf Waxplatten –, 's Stuck zu zehn Pfennig, wissen S' – mehr is die Bagasch nit wert, naa, mit bestem Willen nöt ..."

„Und das hat die Stirn gehabt, sich ‚D' lustigen Kaasstecher' zu nennen?"

„Geltens? nit wahr? Denn schaun S', Hoheit, das war's ja auch, was uns immer z'denken geben hat: Wie, frag i, kann a Kaasstecher überhaupt heiter sein? Fragen S' umanand, wo S' wolln, und jeder wird Eana sagen: 's gibt gor koane lustigen Kaasstecher nicht, 's kann auch koane net gebn! Dees is sehr a heigle, sehr a örnste Beschäftigung, wo nur von beeidigte und gsetzte Männer, denen 's Ziddern fremd is, ausgeübt werden kann. Mir kennt s' schon von der Weiten, dieselben! Und in der Finster schmeckt mir dieselben. Und es is a sehr a verantwortungsvoller Beruf. Denn, wenn amol a Kaas schief angstochen is ... dann: Pfiat di Gott, Kaas!

Und der wo schief gstochen hat, könnt nie mehr a öffentliches Öhrenamt bekloiden." Und mit der Miene eines Konduktansagers murmelte er weiter: „Jetzt stechen die nimmer Kaas ... Jetzt hatschen s' alle krump daher, soweit s' nit verzogen san ... nach Salzburg die oanen, nach Graz, nach Klagenfurt. Dorten hätten s' ötliche Kollegen, wo in gewisse Mondnächte am Zollfeld tanzen! Und natürli san d' meisten in d' Weanastadt! Da soll's heut noch 60 bis 80 Freidenker geben. Übrigens", fuhr er flüsternd fort, „hier is auch a Herr, der was mir gar net gfallt ... Rabenseifner schreibt sich derselbe!" Und der Rat sah seine Gesprächspartner bedeutend an.

„Ja", bemerkte Zois, „irgendetwas ist mit dem nicht in Ordnung. Allerdings glaube ich nicht, dass er ein Satanist ist, nein, aber ein Hochstapler! Schaun S', da kommt er übrigens! Wie der in der Luft mit den Fingern rechnet! aha, auch hinunter bisserl nach dem Quapil schauen! Alles ist begeistert! Übrigens haben die Herrn das Schilfhütterl gesehen? das Ding da unter der Trauerweide? Nein, Maxl! das ist kein Hundskobel! da schlaft der Herr Oberst und dort wird ihm auch serviert ... weibliche Bedienung im nassen Schwimmkostüm ... mit froschgrünen Aufschlägen, wie sein Truppenkörper. Aha, jetzt spielt er Leier! So ein Sturm der Begeisterung! Wie die Leut jubeln!"

Bloß der blattersteppige Čwečko, der gemessenen Schrittes herangewandelt war, fand Worte des Tadels. „Eines ernsten Kriehgsmahnes dieses isset uhnwürdig, Tschinakel zu fahren mit faalschem Hintern wie Fisch hat. Er verlieret seinen Ziemer."

„Ä! Ziemer?", fragte Graf Oilenhoy und fletschte sonderbar die Nase, dabei mit der kraus geschürzten Oberlippe nervös zitternd, wie gereizte Hunde dies tun, denen das Herrchen in falscher Pädagogik „putz weg!" kommandiert hatte. „Ä, Kerl kann ja gar keenen Ziemer haben!"

„Dooooch, so isst es. Und isset niecht Kerl, wie wer wo was traaget Kraaxe, verschniertes Paakel, ooft vieelleicht auch bloß Staange oddr so, sondern Hobberst, wo verteilet hat Schnjaps an die Wojjaaken, dass sie mit Handschar aufschlietzen Feind Bauch und dergleichen."

„Begreife nich, was der Blatternonkel da mit dem Ziemer will!" Dabei fletschte der bockbeinige Graf im Kreise herum.

„Er moant halt", beruhigte der würdige Großwachter den nervösen, aber tiefschürfenden Erbherrn auf Hüsterlohe, „er moant halt, dass dieses, wo jener betreibet, sich nicht ziemet!"

„Ä, hätte Kerl doch gleich richtig, ohne Umschweife, sagen sollen. 'n rechter Quatschkopp! Sieht übrigens aus, wie 'n jewesener Wilddieb!" Damit wollte er sich zum Gehen wenden.

„Sagen S' dös net! sagen S' dös net!" Des Großwachters Stimme klang ernst. „Derjenige ist koa Wilddieb nicht! Derjenige ist vielmehr oane Zierden einer dortigen Akademie! Hat in Titel eines Goisteswoiwoden! Selbst in Temeschwar, also schon in Ungarn drüben, einige Gelehrte rechnen das schon zu Europa, streuen die Kinder Blumen, bitte, wann er kommt, ja! Auch spricht man denselben mit Hospodar an!"

„Stimmt", verstärkte Zois diese Worte. „Bitte, er ist ein Stolz der angedeuteten Akademie! noch mehr! man könnte ihn geradezu als Parnassien bezeichnen! Jawohl! Stellen Sie sich etwa Victor Hugo, entsprechend verwildert, vor, dann haben Sie ein Bild dieses bedeutenden Mannes."

Graf Oilenhoy schüttelte, noch immer „putzend", den Kopf und klemmte ein Monokel ein, um Čwečko zu betrachten, der nunmehr etwas weiter weg einen Kreis neuer Zuhörer belehrte. „Taanzen soolte diesser. Wenn schon in Sohmerfrische ist. Ja, dieser, wo ohne Uhnterlass rund cherum schwimmet. Taanz ist würdig eines Kriegsmahnes, der nijchts hat zu tun. Abber mit einem wildfremden und noch dazu falschem Arsche zieret man sich niejcht als Hobberst. Noch dazu zuhm aufziehn. Und wie Fiisch chat. Staatt dehsen zieret man sich weit behsser mit Orden, wo auch aus Mätal sind. Deren wie viele" – tadelt der Gelehrte weiter – „hätte man aus jenem Ar…"

Eine betäubende Duftwolke, die ein sanfter Zephir von den gold-besonnten Blumenparterren herüber brachte, machte das Weitere unverständlich. Deutlich merkte man, dass ein Für und Wider unter den Lauschern entstand, die sich nun lichteten. Nur Gräfin Oilenhoy blieb am Bassin stehen und starrte förmlich auf den verloren tutenden Triton, als einen welchen man den neuen Kurgast wohl bezeichnen durfte, zumal er sich unter der Rubrik „Titel und Charakter" in diesem Sinne im Meldeschein aus freien Stücken eingetragen hatte.

Ihr nervöses Spiel mit dem Sonnenschirm hätte Seelenärzten zu denken geben können. Aber es befand sich keiner davon unter den leichtsinnigen Genießern, die dem Weltenherrn auch diesen Vormittag stahlen.

„Ja, mit'n Tanzen is dees a eigene Sach bei die Südschlawiener", dozierte der schönbewestete Linzer Gelehrte. „Schaun S', lieber Zois, da steht in der ‚Ehre des Herzogtums Krain', das der Valvasor geschrieben hat, dass es a Liedl gibt ‚Tannanina, tannanina, tonnanina – na – nannanana – na', das die Krabathen – so hat man s' damals gheißen, sofort hupfen macht! So steht's wörtlich in dem Werk, das als klassisch angesprochen wird."*

„Ich weiß, ich weiß!", bestätigte der distinguierte Rübezahl. „Schon uns in Krain juckt's manchmal ganz scheußlich in die Füß. Aber wir haben unsere – geheimen – strengen Dienstvorschriften. In jedem Büro sind s' angeschlagen! Das ‚Nicht tanzen!' können S' über jedem Schreibtisch sehen, gleich unterm Bild vom Kaiser! Die k. k. Statthalterei in Laibach

---

* Leser dieses Buches seien gewarnt, obiges etwa an den in Frage kommenden Zollgrenzen während der Revision zu trällern! Die Abfertigung würde unnütz verzögert. Auch der interne Verwaltungsdienst könnte leiden, da man auch hinter den verglasten Abteilungen höhere Finanzorgane, sich an den Schultern haltend, paarweise tanzen sehen könnte.

versteht in dem Punkt keinen Spass! Was willst du denn, Maxl?"

„Du, Michelangelo, jetzt war ich grad dabei, wie der Skrabal den Herrn Obersten aufgezogen hat. Das ist sehr luustig. Der Herr Oberst hat hinten einen eisernen Bürzel, wo die Kurbel eingesetzt wird. Aber, dass man 's Loch nicht sieht, drüber eine Epaulette. Denk dir! Raaffiniert! Waas? Und die sitzt zwischen zwei Schößeln, mit so ungarische Goldverzierungen, wie s' die Husarer am Waaffenroock tragen. Vitéz heißt man's ... Heeldenschnüre! Und das Ruderleibel geht dir so diskret und distinguiert in die Schößeln über, dass man gar nicht glauben kann, dass er ein Klosterneuburger is. Muss eine eerste Firma gmacht habn. Schad, dass man 's Einjährigenjahr nicht bei so was machen kann. *Ich finde das noch viel fescher als wie bei die Husarer.* Ja, und denk dir! Was für ein schönes Harfenmotiv er spielen kann – auf der Lyra – der Herr von Quapil! Smetana. Und der Skrabal hat beim Aufziehen ein Gesicht gemacht wie der Girardi, wenn er an Affen singt.

Schön is dir das alles ... schöön ... wann nur nix passiert ... es is wie a Aabendrot ... so melancholisch schön das Ganze." Und der Prinz wischte seine bei freudiger Ekstase stets etwas feuchten Hände ungesehen und ganz nebenbei hinten an Großwachters Gehrock ab. Leider sollte ihn seine leise wehmütige Ahnung nicht betrogen haben.

Wären die drei Herren am Teich des goldbeschößelten Tritonen gewesen, wäre es ihnen bei ihrer scharfen Beobachtungsgabe sicher nicht entgangen, dass die beiden malfilâterischen Zwergbulldoggen mit schiefen Köpfen, die Stirne ungewöhnlich gerunzelt, den emsigen Schwimmer betrachteten und keine seiner Bewegungen zungenlechzend außer Acht ließen.

15

Ein buntwolkiger Abend krönte diesen reichen Tag. Das Bild des Parkes ward zur Paraphrase einer kostbaren chinesischen Stickerei, von zärtlich schönen Details belebt. Voll seidiger Pracht süßroter Azaleen, feuerfarbener Lilien und aller Arten von Blumen in allen erdenklichen Tönen. Voll von triumphierenden Geschmeiden von Rosen und Orchideen und schneeweißen Wogen von Phlox und von Glutlanzen der Canna.

Dort war kupfriger Lichthauch über geschwungene Marmorbänke gegossen, deren eine ein reizendes Mädchenpaar trug. Die eine der schlanken Preziösen war in milchweiße Seide gehüllt, der das zerstreute Licht aus dem Füllhorn der Abendgöttin Töne von Pfirsichblüten verlieh. Ein Hauch von Topas tuschte weich die reizvolle Plastik ihres Gesichtes in einer schmeichelnden Gegenbeleuchtung. Neben ihr die Gefährtin in saphirblauer Bluse, tiefenzianblau in den Schatten. Ihre goldenen Locken wehten im sanften Hauch der Adria um ein statuenhaft regelmäßiges Antlitz, dessen Rosenteint von sanftem Violett überhaucht war. Sie plauderten und wiesen mit spielerischer Grazie zu einer Marmorexedra, der zur Hälfte der Silberspiegel der See, zur Hälfte edler Taxus eine Kulisse bot, schwarzgrün, mit Karmin überstaubt, goldpunktierten Indigo in den Tiefen.

Die Frührenaissance Ferraras liebte es, in Gemälden zu prunken, wie ein solches sich jetzt darbot. In der Mitte, auf leicht überhöhtem Sitz, Großwachter, den Freunde und Bewunderer in malerischer Staffage umgaben. Denn ob man wollte oder nicht: Hier wurde alles zum Bild, nicht von geschmacklosen Regisseuren gestellt, nein, zum zeitlosen Kunstwerk.

Man wollte weiter von ihm hören, dem vielleicht etwas altväterisch gekleideten Mann, am Webstuhl der Paradoxe.

„Gern, gern", vernahm man den Geschmeichelten. „Von was sein mir nur gestern gleich ausgangen?", und sein Auge streifte misstrauisch den Zylinder, der still neben ihm am Boden stand, einem der missverstandenen Spucknäpfe der Goethezeit nicht unähnlich, die man damals, im Ausklang einer ehernen Epoche, bedauerlicherweise aus Gusseisen zu formen liebte. Ein blaues Sacktuch verstopfte die Mündung dieses stillen und ernsten Manneskopfschmuckes vollständig. Es war ja auch besser, das Tuch nicht zu entfernen.

„Vom geblasenen Schnepfendreck!", schwirrte es dem biedren Onkel Blasius entgegen, wie man ihn vereinzelt schon zu nennen begann. Ja, von dort sei seine frei gesprochene Abhandlung über das Wesen einer kommenden Kunst ausgegangen, über welches Thema speziell die Professoren, der treffliche Zois und selbst der oberflächliche und süffisante Eschenlohe mehr hören wollten. Sogar Oilenhoy hatte sich eingefunden, der, einem wetterleuchtenden, aber distinguierten Hund nicht unähnlich, auf den doch ganz harmlosen Großwachter „putzte".

Die Damen aber übertönten den Chor der Herren, da mit dem imaginären Schnepfendreck nun doch einmal das Küchenthema angeschnitten war.

Wie gern blieben da die abendherrlichkeitumfluteten Gesandtinnen der Engelswelt auf Erden weg, dort auf der Bank im Blumenparterre, deren Steinblock ein malerischer Segler aus Paros gebracht hatte. Und sie wurden überdies noch für ihre Zurückhaltung vom fraulichen Pflichtkreis reich entschädigt durch ein Extradouceur aus der Büchse der Pandora männlicher Abteilung!

Ein junger Beau im Tennisanzug kam stockenden Schrittes herangetänzelt, jeder Zoll ein junger Groß-Meseritscher, oder gar Mährisch-Ostrauer craque-cœur! Ein ganz netter Junge, obschon sein Gesicht irgendwie – ganz leicht – mit etwas um die Kartoffeln herum zu tun hatte.

Er trug ein Heft mit sich, das er bald knapp vor die Augen hielt, bald hinten mit sich führte, dabei zum Himmel murmelnd. Also ein werdender Schauspieler, der aber mit der sonderbaren Absicht hergekommen war, bei dem Mistvieh mit den zwei dunkel geströmten Pfnuseln, der berühmten Soubrette und Tänzerin, irgendwie Stunden in moderner Dramatik zu nehmen.

Bei den beiden Schönen angelangt, klemmte er ein Monokel in seine Bramborivisage und prüfte den Stoff der Milchweißen. „Ganz ä guter Crêpe de Chine. Zu siebeneachtzig", murmelte er. „Wohrscheinlich vom Spitzhütl oder von Dewisch & Rittmann." Dann hatschte er mit Kothurnschritten weiter, blieb jäh stehen und fing so an: „Alsdann, jetzt bin ich", er zog einen Taschenspiegel heraus, in den er deutete, „der Gallenstein. Der Gallenstein? Nein! warten Sie! ... Waldhäusel! Stimmt auch nicht. Aha! in der Mitte liegt's: der Wallenstein. Nun, fang mer an: Schmex! Geh nicht von mir! Nein ... muss falsch sein ... Schnax! is schon richtiger. Schaun mer lieber nächlein! Aha! *Max!* ganz richtig! Max gehn S' nicht von mir ... Natürlich: ‚Max'. Schmex wäre eine ausgesprochene Falschmeldung gewesen. Hätte Polizei riesig irritiert. Riesig." Unversehens schlug der Beau einen jähen Haken, stach mit dem Finger jählings auf eines der zwei Bonbonkatzerln, so herzig waren sie, neben denen messingfarbene und kornblumenblaue Lilien wuchsen, und dröhnte rollend und sich überstürzend: „O fürchterliches Durchhaus! O mille Bombardement! ich bitte um Vergiftung! ich verganz Gas ... Nein, nein, nein ... O fürstliche Durchlaucht! o mille pardon! ich bitte um Vergebung! ich vergaß ganz! jetzt ist's richtig! wie fehl ich gung als ich gang ... falsch! a, was, läuten mer a bissel: gong, gang, geng, gung ... ging! Richtig, *ging* heißt das dumme Wort! bitte: Ging! ist das nicht zu blöd? also, als ich ... ging ... einher um anzuschäulein, was sie haben. Siebene neunzig! kostet die Qualität! nicht achtzig! So wahr ich Max Pallenberg heiße."

Während nun am Abendhimmel neben Strahlen

königlichen Purpurs, wie Byzanz in dieser Pracht ihn liebte, und kurzgebrochenem goldenen Getäfel ein Stückchen Blau erschien, von einem Leuchten und einer Intensität, dass dieser Ton nur auf Silberemail zu erreichen ist, und die beiden Holdseligen, die frechen Näschen gleichgerichtet, dem Pallenberg nachsahen, der neben einem Marmorapoll die Stellung des Gottes studierte, brach auf der bewussten Exedra ein leichter Misston aus.

Die Frau Parnassien Čwečko war es, die mit plumpberingter Golatschenhand dem Thema der Damen Schweigen gebot. Sie, eine geborene Gongovich, hatte in jungen Jahren in Dalmatien einen Anstrich erhalten, der geradezu abendländisch war. Sei es in Krk bei den Sœurs de Sion, oder in Zirona, oder war sie gar in Smrdelje, Gerichtsbezirk Scardona, ohnweit Žažvič, nicht ohne Mühe poliert worden? oder am Ende in der neuerbauten Lehrerinnenbildungsanstalt von Malibrotschanatsch, da herum, wo bei Clissa oder Castel Vitturi, wo sich die Pädagoginnen selbst mit den schwarzen Tasten am Klavier und mit der Handhabung dieser verfluchten neumodischen Waterclosets nie recht auskennen lernten und sich auch immer und immer wieder in die scheußlichsten Fauxpas verhaspelten, besonders wenn sie sich vor einer eisig schweigenden und streng blickenden Kommission zu produzieren hatten.

Immerhin war einzig diese besagte Dame schöngeistig genug, um am Thema der Herren teilzunehmen, ja mehr noch, um die Konversation überhaupt an sich zu reißen. Und ebenso steht es fest, dass der nie anders als verstaubt aussehende Čwečko, dieser Doyen der dinarischen Geistesriesen, in ihrer Gegenwart ganz zum Schweigen verpflichtet war. Wehe dem Blattersteppigen, wenn er auch nur gemuckt hätte! Sie hätte ihn mit dem metallenen Ikonostas, samt der ewigen Lampe, die davor brannte, jämmerlich verdroschen, hätte ihm das dicke Leben der heiligen Slawenapostel Method und Cyrill um den kahlen, niedriggestirnten Affenschädel gehaut oder die russische Ehrennagaika ihm um die frostbeschädigten, aber souffleurkastenähnlichen Ohren tanzen lassen, von denen das eine, das Steuerbordohrwaschel, ohnedies einmal bei einer Polemik mit anderen Gelehrten gebrochen worden war.

Das gleiche galt auch für ihren Sohn, Casparangelo Čwečko, den sie zum größten bildenden Künstler des geistig noch so unterdrückten Inselvolkes herangebildet sehen wollte. Daher auch sein venezianisierender Vorname, der dem großohrigen, vogelstirnigen und, man konnte am treffendsten sagen, wie die Mumie eines verhungerten ägyptischen Drehorgelmannes aussehenden Jüngling dereinst den Weg in die westlichen Salons bahnen sollte.

Die ungemein massige Frau war sehr eitel und behauptete, als verehelichte Čwečko sowohl als auch als geborene Gongovich, verwandt zu sein mit den fünf feinsten Patrizierfamilien von Ragusa, diesen stolzen, ungekrönten Fürsten der agavenumsäumten Republik, den Gondolas, Pozzos de la Cisterna, und wie sie alle heißen.

Kaum dass man ihr Interesse zeigte und ihr zuhörte, sagte sie wohl, wie jetzt, zu Frau von Horsky gewendet, mit einer Stimme, die wie gusseisernes Kochgeschirr beim Abwaschen klang: „Lois und wir waren die sechste von diese fimf Familien! So wahr meinen Mann der nächste Haifisch fressen möge! Und denken S' Ihnen, Lois, auf seiner zweiten Reise sind Ihnen mit demene Columbus, der sich iebrigens, wenn er auch nur ein bissel slawisches Nationalgefiel hätte, richtig ‚Gulumbitsch' schreiben müsste, weil er ein durchgegangener Leichtmatrose aus Nevidjane, Gerichtsbezirk Zara, is, ja sind s' mit jenenem vulgo Columbus, sieben Brieder Čwečko mitgefahren, tollkiehne, aber arbeitslose Ritter, um ihm einen nähernden Weg zu zeigen nach Amerika, wenn er ihnen einen Schnjaps zahlt. No, Columbus hat sich denkt: spar me Kohlen und Schmierehl und hat s' mitgenommen. Alle sind s' aber verschollen, wahrscheinlich, damit er ihnen keinen Schnjaps zahlen musste. Man kennt das." Hier nickte der Parnassien ernst. „Blosz den meinigen Urpapagrosz seiniger ... njicht! ... Grasuhrpappo! selig sein Vorfahr ..."

„Falsch!", fiel da Čwečko ein, der mit großem Adamsapfel zugehört hatte. „*Uhr-graspopo* heißet ees. Muhs es haißen." Er warf ägriert das Haupt zurück.

„Grasuhrpopo!", brüllte unerklärlicherweise förmlich wutschäumend Baron Zois, und seine Augen funkelten rötlich und bitterböse. Aber im nächsten Moment hatte er sich einer Meute der verschiedenartigst fassonierten Vollbärte und fächerdrohender Damen zu erwehren. Und seine unglückselige, wenn auch wohlgemeinte und so total danebengegangene Richtigstellung war das Signal zu einer Flut der widerwärtigsten und peinlichsten Zwischenrufe.

„Uhrgroßgras", „Grosgrasuhrpopo", ja selbst „Uhrpopograsgros", was doch vollkommen sinnlos ist, schwirrte es über die innerlich ratlos gewordene Menge. Man sah sich mit formversuchenden, tonlos wackelnden Mündern an. Denn es war jener abscheuliche, würdelose Zustand eingetreten, dessen Ursache stets die Anwesenheit moralisch verlotterter, grundböser Menschen ist, die sich mit Vorliebe und mit seltenem Geschick in Leichenbegängnisse und in Konzerte einzuschmuggeln wissen, in denen ernste und langatmige Passionen zur Darbietung und Erbauung gebracht werden. Besonders wenn da ein gezierter Tenor in selbstgefälliger, vorzugsschülerhafter Würde süß und salbungsvoll und in eitlem Lamento etwa erzählt, dass sich zum Beispiel Moses zum Felsen begibt und den Stab erheben will, um nach Wasser zu klopfen ... da kann das Malheur losgehen.

Das fängt dann gerne so an, dass ein dicker Herr schlaftrunken unter Gerumpel von der Bank fällt, oder dass ein gleichfalls aus tiefem Schlaf jäh erwachter Bahnhofportier anfängt, gellend zum Einsteigen aufzufordern.

Wer so was noch nicht miterlebt hat, weiß ja überhaupt nicht, was wahre Musik ist.

Der erste, der die Konsequenz aus besagtem Wortgräuel zog, war Harnapf, der jäh und vor Wutbeben etwas schief, in die Höhe schoss. Er könne nicht zusehen, wie das größte Heiligtum der Familie durch den Staub gezerrt werde! Und wenn ihn, Harnapfen, in diesem Augenblick die liebliche Adonaïde geküsst hätte, nicht ohne vorher, als gewitzigte Meisterin in Liebeskünsten, mit dem Rosenzüngelchen den unregelmäßig gesträhnten und etwas verpickten Schnauzbart weggehoben zu haben, traun, sie hätte einen bitteren Geschmack vorgefunden. Doch wir alle, die wir, zuweilen schweratmend, der Erzählung bis hierher gefolgt sind, dürfen sicher sein, dass das schöne Mädchen auch nicht im Entferntesten daran dachte, Harnapfen ihre Liebkosungen aufzudrängen.

Also, der erwähnte Mann der Wissenschaft, gefolgt vom würdigen Hühnervogt, dem sich auch noch unser Fehlwurst, Hadrian Fehlwurst, grau und farblos wie immer, anschloss, verließ die Versammlung, ohne sich um deren Präsidenten, Großwachter, zu kümmern, der fortwährend verzweifelt die derfrörten Hände rang und sich in den Pausen scheu versicherte, ob sein dunkler Pöller noch neben ihm lag.

Nach geraumer Zeit konnte man abseits die drei Herren bemerken, die ernst auf und ab gingen, die Arme sinnend verschränkt. Ja, Harnapf hob einige Male die zitternde Hand drohend zum finstern Himmel. Seine Brille leuchtete fahl.

Als die würdelosen Wortfetzen sich gelegt hatten,

fuhr die historien-schwangere Blähfigur von einer Frau Čwečko fort: „Also ... meinem ... Uhr... gro... groß..." „Pscht! Pscht!"-Rufe erklangen. „Also ... demene ... halt sein Vorfahr, der Ritter Prschibislaus, der auch bloß ein Ohr gehabt hat, is sich iebrigg blieben, weil ihn die Wilden ham stehen lassen, weil er der Familienüberlieferung nach gar so nach Knofel gschmeckt hat, grad so wie mein Mann, der Čwečko, bsonders an sehr heiße Sommerabende und wenn geistig inntenssiwisch tättig is gewesen. No, und der hat damals einen Juden so lang gehauet, bis der alles auf echten Prrgament niedergschrieben hat. Noch oft kommen die Ältesten zusammen, betrachten den Prrgament, schmecken alle dazu, loben es, tanzen ein wjennig um es herum, trinken Kaffee schwarzen, auch Raki, essen ein bizlein Kohnfitiere mit Haamelfett und gehen wieder, bevor man den Hund, den Bemborsch, losbindet."

Alles staunte mit offenem Munde. „Kürzeren Weg ...? Zeigen? ... nach ... Amerika?"

Die Élégants summten durcheinander; und hatten auch schon vorher, den Mund alle offen – wie oben erwähnt –, gar nicht bemerkt, wie der umsichtige Grollebier, geschwind herumblickend, stumm signalisierend, durch ein Rudel lautlos hin und her jagender Kellner fürsorglich und verschiedentlich Tische aufstellen ließ, da er in vorbildlicher Umsicht für die hierher Gefesselten das Souper in die Exedra zu dislozieren gedachte. Wie erwähnt, summte man erregt; und immer wieder tönte es: „Kürzeren Weg? ... wieso kürzeren Weg?"

„No freilich! No, wie denn nicht?", sprach ernst die Plumpberingte. „Was die Dalmatiner sind, haben ja längst mit die dortigen Wilden Handel getrieben. Aber gsagt haben s' es niemand. No, warn doch nicht auf Kopf, was oben haben, gfalln. No, und wo hätten denn die Häuptlinge drüben in Newwjork und so, ihren Maraschino herghabt und die goldenen Opanken, frag ich, und die bosnischen Messer zum Ohrwaschlabschneiden? He? Und wer hat denn die behmische Musikbanda hiniebergfiert, die was den Columbus bekanntlich empfangen hat: Tschinderassabumm! bitte, am Lidostrand von Guanohani? Offiziell begrießt! So sehr es auch die Pseidowissenschaft leignet! No, und wir die Namen? Glauben S', dass vielleicht Giupana vis-à-vis von Draschindro eiropäische Namen sind, oder Hvar, wie die Insel Lesina richtig heißt? Oder Babadol, oder Bodjahani? und Bobowischje, wo jetzt die Franken die große Papierfabrik gebaut haben? No, und was sagen S' zum Kap Lewkine? und wenn Ihnen das nicht genug ist, hätten wir auch die Ansiedlungen Michanitschi, Dexiko, Ygalo, Tkon und Hadžciič! Dort soll der Schnupfengott sein Heiligtum gehabt haben und noch heut werden ihm im Geheimen verirrte Touristen geopfert. Und sind die Bunjevacen vielleicht kein Indianerstamm?"

Stolzgebläht schwieg die dicke Frau. Wie spitzte da Professor Giekhase die buschigen Ohren und machte Notizen aufs Gummivorhemd. Er, der hauptsächlich heruntergefahren war, um Studien für seine Sprache – das Giekhasische – zu machen, fand heute reichste Ausbeute. Diese Namen waren für ihn wie glänzende Käfer, und er blickte auf die mit vereinzelten Bartstoppeln bestandenen Wulstlippen der umfangreichen Dame mit bewundernder Andacht.

Bloß Großwachter saß schweigend, in tiefes Sinnen versunken, auf seinem Thronsessel und nickte starr vor sich hin, nickte starr vor sich hin. Die anbrechende Dämmerung verhalf ihm zu Lenbach'scher Größe. Wie weich wurden seine Konturen! Wie nebensächlich erschienen die Hände behandelt, die aus kaum bemerkbaren Stützerln herauswuchsen. Wie wurden die Füße des Sinnenden fast zu gleichgültig, nur oberflächlich hingehauten Klumpen, an denen nicht einmal große Hahnensporne aufgefallen wären! Welch ein Geschummer erfüllte immer mehr die gehöhten Partien des Gesichts! Aber jetzt: Jemand fing eine Zigarre zu paffen an. Da war's, als wenn der kurzsichtige Meister unsichtbar herangetreten wäre und mit rapidem Geklecks, die Augen nervös verkniffen, die Glanzlichter hinzauberte. Selbst die Tränensäcke und die feierlich verteilten Wimmerln bekamen ihr verschmiertes Gegenlicht.

Angesichts des Beifalls, der noch immer nicht abflauen wollte, konnte auch Vater Čwečko nicht an sich halten, sich bemerkbar zu machen, um Lorbeer auf sein Haupt zu sammeln. Der wie beleidigt Blickende holte eine Gusla hervor, klein wie ein Kochlöffel, und begann sie mit einem großen Bogen, den er geschickt verborgen im Hosenbein getragen hatte, emsig zu streichen.

Kein Wunder, dass da auch der eitle Zois einfach nicht zurückstehen konnte, um auch seine Kunst bewundern zu lassen. Unerwartet holte auch er Gusla und Bogen unterm Gehrock hervor, ging in den Türkensitz und fiedelte, ohne Unterlass kopfwackelnd, wie toll darauf los.

Jedem Kenner der krowottischen Psyche musste klar sein, dass beide Herren jetzt Heldenlieder über Heldenlieder anstimmen würden. Und richtig! Aus Zoisens lieblich gebuschtem Vollbart erklang es, wie die Treos und ein paar Bekannte, die gerade auf ein Schnäpschen gekommen waren, bei den Isole Spalmadore ganz allein einen Seesieg gegen die Republik Macarsca gewonnen hätten, nachdem Fiametta Pakor, eine Kurtisane, die den Dienst in besagter Republik und einigen benachbarten Bergstädtchen auszuüben liebte, alles ausgespäht hatte. Zanne Boccaččio, der damals als Briefträger dort wirkte, hat ihr später in seinen gesammelten Werken ein liebenswürdiges Denkmal für die Untergymnasien gesetzt. Denn sein Beruf war ja angetan, ihm einen tiefen Einblick in das Wirken des buntbeflitschten Knaben zu gewähren, in dessen Maske sich zu hüllen irgendeine rosenknospige Elfe für gut befunden hat, eine Maske, die von Rechts wegen auf die Schulbank gehört, und an der der absolute Mangel an Unterwäsche immer wieder unangenehm auffällt.*

---

* Bei dieser Gelegenheit müssen wir zur Steuer der Wahrheit bemerken, dass der Olymp ganz reizende Dessous für Amor

Heute noch werden Boccaččio zu Ehren von verliebten Köchinnen gerne die sogenannten Grammelpogatschen gebacken, die bekanntlich ein leider sehr populäres Aphrodisiakum sind.

Der finstere Čwečko hingegen feierte den Großfürsten Krschiwoslaw Krschiworschschkralekowitsch, den letzten Despoten von Almissa, wie der 1810 vor den Franzosen das Staatsarchiv in einer Zigarrenkiste von Clissa nach St. Petersburg rettete. Pane Čwečko sang, wie verloren die Gusla streichend, dass der Zar den Ankömmling auf die Stirne küsste und nach langem Sinnen sprach: „Wisse Bruder! Trotzdem ich Alexei Romanow bin, möchte ich auch am liebsten Krschiwoslaw Krschiworschschkralekowitsch heißen! Bei den Gebeinen Iwans des Schrecklichen!"

Er bat lange. Aber der weit her Geflohene stellte sich taub. Dann aber schüttelte er das Haupt und verneinend die Hand, wobei er den Wutky umstieß. „Dein Weib soll neuen Wutky bringen, Kaviar in Honig, und Hummerfisch, roten!", grollte er.

Der Zar jedoch bedeutete ihm hochnäsig, dass die Zarewna dies nie tun würde.

„Du schlägst das Mütterchen zu wenijg mit dem Leibriemen!", tadelte der Despot. „Odrr mit dem

---

bewilligt hatte, reizende Dessous deshalb, weil seine Erscheinung nicht ganz zweifelsohne war! Also: für ES, dieses liebliche Abbild der großen Dyas. Aber Venus hatte die stipulierte Summe dem eigenen Trousseau zugeführt und ihrem reizenden Sprössling zugemutet, abgelegte Schleier ... aber, lassen wir das.

Chosenträger, wie die Franken. Abbr, jädesfahls musst du sie eifrig schlaagen. Weil sie muss traagen die Last als Weib. Dähn, sie ist die Schwächere."

Der Selbstherrscher aller Reußen zertrat nachdenklich eine Wanze mit dem Szepter.

„Daass ich dir die Wahrcheit sage, Bruder", sprach nach langem Schweigen der weit her Geflohene, „wie ijch bien froh, daass ich dir nijcht chabbe getutet Gefallen. Dähn, du biest kein guter Slawe."

Da drehte sich der Zar unwillig um. Das benutzte der Despot, um sich hinten in den Krönungsmantel hineinzuschnäuzen, was später den Zaren sehr gegiftet hat. Um seine Wut auszulassen, hat er von dem Tag an angefangen, das Mütterchen Zarewna fleißig zu prügeln und war fortan ein guter Slawe.

Čwečko besang diese im Westen viel zu wenig bekannte Geschichte in äußerst klangvollen Versen. Dann tanzte er stumm weiter. Als er zu singen aufgehört hatte, begann wieder Zois mit süßlicher Stimme und den Bart anmutig streichend, seinen Ahnen Alois Perikles II. zu preisen, der der großen Maria Theresia in der Not des Siebenjährigen Krieges, den Old England angezettelt hatte, um die französischen Kolonien zu stehlen, zwei Fregatten schenkte, die er in seinem Schlosspark zu Stein im Innerkrain bauen ließ, ganz aus Zirbenholz natürlich, die Marienglasfenster mit geöltem Buntpapier hinterklebt. Für seine Kaiserin war ihm nichts zu teuer. Im Winter dachte er sie auf Riesenschlitten ans Meer zu bringen. Doch beide blieben im Gebirge stecken. Nachdem die Kanonen von den Wilddieben gestohlen waren, wurde aus der einen nach und nach eine Wallfahrtskirche, aus der anderen ein Gasthaus, noch heute, im Verfall, eines der wenigen halbwegs komfortablen Hotels in Österreich.

Immer toller und toller tanzten die beiden Herren. Dann tauchte unter Zähnefletschen, über dem Kopf einen Säbel schwingend, ein gewisser Baron Morpurgo auf, ein Herr aus der großen Masse des Kurpublikums, und besang die erste Generalversammlung des Österreichischen Lloyd von 1834.

Nach ihm erschien, wild hupfend, ein typischer alter Beamter in schlecht sitzendem Frack, der wie ein Rasender langbequastete Tschinellen schlug und die erste, leider misslungene Eröffnung des Triester Südbahnhofes feierte. Und dann besang noch ein anderer, der irgendetwas von einem riesenhaften, fahlen Moskito hatte, mit kläglicher Stimme in grauenhaften Vierzeilern die abscheuliche Geschichte, wie die Engländer 1859 in Triest zwei Schiffsladungen Charpie, das für die Verwundeten in der Lombardei bestimmt war, für die Papiererzeugung aufkauften, weshalb sich der Feldmarschallleutnant Baron Eynatten erschießen musste. „Tschinn!" machte an dieser Stelle der Herr mit den schwarz-gelb bequasteten Tschinellen und putzte sich dann besorgt die Brille. Der fatale Sänger aber knackte jetzt ein furchtbares Fandangothema mit Totengebeinen, die er aus allen möglichen Taschen hervorholte. Überall wimmelte es jetzt plötzlich von niedrig herumhockenden, verloren fiedelnden Guslaren im Smoking, wohin man blickte.

Mitten hinein in diese makabre Klage war unerwartet die magische Figur der Malfilâtre wie aus dem Boden emporgezüngelt. Drei schwarze Trompeter in spanischer Tracht um sie. In einem schimmernden Panierkleid aus Silberblütenbrokat war die Adonaïde erschienen, ein faszinierendes Lächeln auf den geschürzten Lippen. Einige anmutige Bewegungen, dabei etwas Mondlicht auf dem Rosengoscherl, und unerwartet schwebte jählings ihre Silberhülle als phantastische Glitzerwolke gegen den tiefschwarzen Himmel empor und verschwand in der Krone eines hohen Lorbeers.

Gegen das samtene Dunkel gleißend, schmetterten die Messingtrompeten ohrenzerreißend zu diesem Bild eines seltsamen Deshabillers.

Nun stand das Mädchen da, schlank und graziös in ein Goldbrokathemdchen gepresst. Mit wildem Schwung begann ihr Tanz, toll, hemmungslos, um den Reigen der Männer herum, die sie, die bracelettenklirrenden Arme erhoben, mit glockenhellem Jauchzen und dem Gekrach der baskischen Trommel zu immer orgiastischerem Toben anfeuerte.

Das gab das Signal zu einem schnellen, doch gedämpften Getrappel, das von den Blumenparterren herüber anhub. Einen Moment wurde es heller. Der Mond spendete Licht durch das schwere, schwarze Gewölk, das sich gegen Venedig zu ballte. Da sah man, dass der Pavillon Dandolo seine Mädchen und Buben entsendet hatte. Von wo anders kamen Fackelträger und immer mehr Musikanten gelaufen, auch immer mehr Publikum in festlicher

Kleidung, das seltsame Bild zu sehen und selber aus den eigenen Reihen Tänzer in dieses Bacchanal zu entsenden, das die Dandolomädchen, glitzernden Tropenvögeln gleich, zu wahrer Traumpracht steigerten.

Noch nie, auf keiner Bühne der Welt hatte man die Malfilâtre, diese bizarre Charitin, so bewundern können. Ihren kostbaren Brokat immer mehr zerfetzt, wand sie sich wie eine Schlange durch das Tanzbild, zum Donner dumpfer Pauken, zum Klang von Flöten und Fagotten, zum dunstigen Klingen der Tromba marina.

Immer mehr und mehr begann sie, ihre körperlichen Reize zu enthüllen. Denn bald flatterten nur noch blinkende Goldfetzen um den schmalen Leib dieses Mädchens, dessen Name mit dem gotischen Hexenberg des arelatischen Königreiches zusammenhing, und die mit wilden Griffen alles zerfetzte, was sie noch am Körper trug.

Michelangelos Gusla schmetterte sie um die Ohren des Čwečko; dem Triester Rhapsoden zerbrach sie den Säbel. Mit einem phantastischen Jiujitsugriff wirbelte sie die schrill gackernde Horsky über die Schulter und schleuderte geekelt das derangierte Paket unbeschreiblicher Dessous ins krachende Staudenwerk. Dem Graf Palaversich sprang diese tollgewordene Ballerina mit dem Knie gegen den Rücken, packte ihn am Kragen und riss dem wildstrampelnden Herzensbrecher das Frackhemd über den Kopf. Wie ein Spitalbajazzo, die Hose krampfhaft haltend, schwebte der fesche Ungar hilflos herum.

Dann kam der Gruseltänzer an die Reihe, der sich irgendwo abseits auf einem Fleck drehte und totenbeinknackend das Wirken der Cholera besang, die 1889 im Juli Borgo Erizzo, Gallovaz und Zapuntela nahezu entvölkerte. Zum Glück hatten tosende Becken und murrende Bässe bisher diesen Unheilsvogel mit dem quäkenden Krawatteltenor übertönt, den jetzt Fräulein Adonaïde, dicht neben ihm radschlagend, so treffsicher streifte, dass er, Knochen verstreuend, irgendwo in einem Blumenbeet endete. Dies getan, umschlich sie zuerst einmal, phosphoreszierendes Licht in den Mandelaugen, den Tisch, auf dem dionysisch-verloren der würdige Großwachter jubilierte, und verschwand wieder leise.

Ja, Großwachter hatte, wie gesagt, gerade zu jubilieren angefangen. Denn auch diesen abgeklärten Gelehrten hatte der bacchantische Rausch gepackt, ihn, der nachweisbar der bedeutendste Denker war, den Linz jemals gebar. Er war, etwas zittrig zuerst, auf besagten Tisch geklettert, nachdem er vorher ein Paar weiße Zwirnhandschuhe mit schwarzen Raupen über die stets „derfrörten" Klebeln gestreift hatte, weil er das, was sich um ihn herum abspielte, für ein Ballfest hielt.

Zuerst patschte der immerhin ein wenig weltfremde Mann selig in die Hände und schwang, verklärt gen Himmel blickend, seinen der Venus geweihten Zylinder, mit der Linken aber als Thyrsos seinen Schirm, an den er vorher mit erregt zitternder Hand eine Knackwurst gespießt hatte, ein

Labsal, das er gegen plötzliche Schwächeanfälle stets mit sich zu führen liebte.

Da raste es gleißend aus dem Dunkel heran. Es war Demoiselle Malfilâtre, die nun auch die reizende Brust wie bei den Luperkalien voll entblößt den verloren tanzenden Privatgelehrten auf den Tisch drückte, einen Fuß auf der großwachterischen Gummibrust, den bewussten, sittlich leider nicht ganz einwandfreien Zylinder schwang, und dann mit besagtem Kleinod hochaufjauchzend davonstob.

„Mei Huet, mei Huet!", jammerte unser Linzer Freund, der zitternd mit allen Vieren am Tisch stand. „I verkühl mich ... i muss 'n haben ... in Huet ... 5000 Markeln hätt i schon kriegt für eam ... i muss 'n haben!"

Jäh kam der tobende Reigen zum Stehen. Einen Moment lang hörte man die paar noch übriggebliebenen Guslaspieler schrill auffiedeln; den meisten war ja das verwilderte Mädchen auf den Nacken gesprungen und hatte sie so in den Staub gedrückt und die Guslen zertreten.

Dann stob alles lachend auseinander, der schönen Bühnenkünstlerin nach, die mit dem Girren eines fremdartig lockenden Sphinxrufes im rauschenden Lorbeer und zwischen Blumenkaskaden verschwunden war.

Unter den schnellsten waren Léo Baliol, die Treomädeln und -buben. Die schwüle Nacht erklang von Geschrei und Gekicher, von Kreischen und vom Brechen der Äste. Irgendwie war man außer Rand und Band gekommen. Empört ging Afftenholz schlafen, den man schon bei der fatalen Stelle, der zu immer größeren Defekten führenden Goldhemdfetzerei, nervös aufstampfend den Zwicker putzen sah. Großwachter schlurfte jammernd herum und suchte Trost selbst beim steifen Grafen Oilenhoy, der ungeduldig des Gelehrten weißbezwirnte Hand von seinen Gehrockknöpfen losnestelte und den kläglich wimmernden, plötzlich um ein Jahrzehnt gealterten Mann mit eisiger Gebärde von sich wies.

Bei anderen Leuten ging es ihm nicht besser. Immer wieder konnte man ihn nach Čwečkos Arm haschen sehen, den der jetzt wirklich Staubbedeckte ihm immer wieder unwillig entzog.

„Herr von Harnapf", hörte man den Hutlosen klagen, „Herr von Harnapf … ja … ja …! i tu Ihna ja nix … was soll i nur machen? … is' nit hart, dass oans, wo's net nötig hätt, an alten, hilflosen Mann die letzte Zier, wo er noch aufz'weisen hat, vom Kopfe raubet, und selbigen Maan, wo eh voller Notdurft is, erst recht in dieselbe stürzt!"

Doch Harnapf zischte erregt, dass er über alles genau unterrichtet sei, und ließ den Händeringenden und vor sich Hinstierenden mit dem Wort „Schwein" stehen.

Endlich brachte Grollebier dem Verzweifelten und das blaue Sacktüchel Auswindenden eine Fackel, mit der er die schwüle Nacht nach seinem Amorettenbijou durchstreifen konnte.

Nach seinem Abgang war einen Moment Stille.

Aber dann hörte man den Großwachter, dessen Spur man am hin und wieder aufglühenden Fackelschein verfolgen konnte, plötzlich ängstlich aufschreien. Der Ahnungslose war dem Primaverakleeblatt Hedwig, Modeste und Frieda, die heute frivole Panisken spielten, in die Hände gefallen, wie später zögernd herauskam.

Auf dem Marmorperron stand bloß noch Harnapf, die Arme verschränkt, im wechselnden Licht eines fernen Wetterleuchtens und sprach halblaut für sich: „So stark ist noch immer allhier die Macht des Genius Loci! Die Rute, die Bohne, der Käfer! Ei, ei! die Funde hätten doch zu denken geben müssen! Nun ja: Einige Worte, unbedacht entflossen dem Mund eines harmlosen Weibes, und der Dionysos regt sich! Das Mädchen da mit den Goldfetzen im Mondlicht, in der schlummert die Urwelt. Gut: Heute zahlt sie Steuern, Pönale meinetwegen auch. Und doch sind sie immer die gleichen Brandfackeljungfrauen, Nonnen der Venus und des Adonis ... und immer sind sie das primum agens, das pfirsich-flaumige und rosenrote Lager, in dem die Weltachse läuft, sind sie die ‚Säule Babylons‘, um die sich, siebenfach gewunden, alles dreht, wie sich die Wissenden des Bauhüttengeheimnisses auszudrücken beliebten. Nie lassen sie die Welt in Ruhe kommen, die, die das Lustrum von 16 bis 21 darstellen. Tja. Da streicht so'n alter Pseudodenker vom Balkan so'n bisschen Löffelgeige ... ein österreichischer Staatsbeamter! – 's is ja hanebüchen! geigt gegen jedes Reglement mit ... auch auf so 'nem meskinen Insektenchello – ja, das ist das Wort – und die Blutdünste steigen auf aus dem uralten Boden da, diesem Rest einer Vorwelt, wo Millionen Bewaffneter erschlagen wurden und phantastische Prunkbauten, Bildwerke aus Gold und Elfenbein, und wer weiß was noch für Wunder der Schönheit zu Schutt verrauschten.

Ein Gehops hebt an, Gehopse harmloser Gehröcke: Aber das frisst sich weiter, zwergfiedelt und tanzt … Na, sollten mal bei uns preußische Geheimräte zu schlafender Nachtzeit in immer neuen Kolonnen Hand an Hand die Friedrichstraße runterquadrillieren! Tja. Und dann geht endlich so'n alter Titularhofrat als jammernder Korybant mit einer Fackel spazieren durch die rosenduftende Nacht … und quiekt dann plötzlich so wunderlich. Tja, Tja. Wann wird denn da mal Licht in die Finsternis kommen?" Steifbeinig stelzend verschwand auch er in der Finsternis.

Und stärker werdendes Wetterleuchten zuckte um die Insel, dass die noch immer heißen Marmorsäulen und Bronzegötter im fahlen Lichte erstrahlten.

16

Der schwülen Nacht folgte ein glühender Tag. Durch hellen Dunst brannte wie geschmolzenes Silber die Sonne. Kein Lufthauch regte sich. Den Gästen klebte die Wäsche am Körper und Rat Dodola war von trägen, zudringlichen Fliegen begleitet, wohin immer er auch flüchten mochte. Man sah den dicken, halslosen Herrn ungelenk fuchteln, und die regelmäßigen Schläge seines blauen Sacktuches waren die einzigen Töne, die die Stille durchbrachen. Alles war wie gelähmt. Bloß einmal hörte man, dass heiße trockene Steinchen rollten. Aus dem dürstenden Myrtengebüsch tauchte ein Faun auf, der ein nasses Taschentuch am Kopf trug. In der Hand hielt er einen verbeulten Zylinder, über den ein Zeitungsblatt gesiegelt war. Den setzte er vor Baron Zois auf den Boden und beschwerte sich heftig, dass so etwas vorkomme. Heute früh habe er – nur ein Glück, dass er Frühaufsteher sei – vor der Tür, statt des gewohnten Korbes mit Schwammerln, diesen schamlosen Zylinder gefunden, den er mit Mühe vor seinem neugierigen Töchterchen, die immer an ihm heraufgesprungen sei, durch Hochhalten konfisziert habe. Im Übrigen nehme er öffentliches Ärgernis und bestehe darauf, den Namen des Besitzers zu erfahren.

Nur schwer konnte Michelangelo den sittlich entrüsteten Faunus beruhigen und stellte heimlich den Hut dem freudestrahlenden Großwachter zu:

„Dös hätt i mir nimmer von der Malfilâtre erwartet! von aner örnsten Kienstlerin. Jo, die jötzige Jugend! Wann i denk, wie r' i erzogn worden bin! ‚Du bist a Großwachter', hat's g'heißen, ‚und wann man aner is, hat man sich auch zu benehmen darnach! A Großwachter is ka Springginkerl! Punktum!'"

Übrigens war Dr. Lyons nicht der einzige Empörte. Das Hörrohr der Komtess Ségur kam nicht zur Ruhe und Baron Qualbrunn ließ die Koffer packen, die Master Vulcanus prompt anspie, ohne dass ihn ein Mensch mit ein paar netten Worten, ja nicht einmal mit stummen Gesten, dazu aufgefordert hätte. Qualbrunn, ein steifer Formenmensch durch und durch, war empört, dass Master Vulcanus, ohne das besudelte Gepäck eines Blickes zu würdigen und ohne ein Wort des Bedauerns oder der Entschuldigung, die Hände in den Hosentaschen, davongeschlendert war. Seiner Meinung nach hätte natürlich der allgemeine spiritus rector, Michelangelo, auch das auslöffeln sollen. Da der aber gerade telephonierte, wendete sich der so unappetitlich geschädigte Baron an den Lord Vater, der jedoch von seiner Times nicht aufblickte.

Wie aber ein Unglück, das eben paarig ist wie die Würsteln und die Ohrfeigen, nie allein kommt, stürzte der inzwischen nicht sichtbar gewesene Malteserritter auf den eben auftauchenden Zois zu, ein Zeitungsblatt in der wutzitternden Hand. Er sei, schnaubte der Wütende, der Großindustrielle Smrdal aus Popowetz in Böhmen, und fordere Aufklärung, wieso er da im „Salonblatt" unter

„Aus Sport und Gesellschaft" infam verschimpfiert sei?

Zois war ganz richtig entsetzt. Die vorige Woche war so aufregend gewesen, dass er keine Kurliste in die Hand genommen hatte, und auf das gewiss nicht alltägliche Auftreten des vornehm uniformierten Gastes hatte er, ehrlich gesagt, trotzdem vergessen.

Das hinge irgendwie mit dieser schnofelnden Missgeburt, mit dem dummen Watschengefrieß zusammen, grölte der Industrielle. Auf die Frage des Barons, wie er zu dem Kostüm komme, murrte er, dass er als Bürgerlicher ganz ausnahmsweise Ehrenritter der böhmischen Provinz wäre. Übrigens sei er erwachsen und gehe im Sommer herum, wie er wolle. Aber, der Pursche – er sagte „Pursche" – müsse ihm vor die Pischtole! Dann soff er eine vom nächsten Tisch gerissene Karaffe Wasser aus und brüllte, tropfenden Mundes, Stankowitsch an, den Howniak zur Stelle zu schaffen, sonst würde er ihn unterm Bett hervorholen.

Aber der Diener kam unverrichteter Dinge zurück. Allerdings habe er Herrn Scharl im Rokokoparterre lustwandelnd und da und dort an einer Glyzinie riechend getroffen. Doch als er ihm seinen Auftrag mitgeteilt und vorgemacht habe, wie der fremde Herr tobe und aus dem Mund tropfe, habe Howniak Fersengeld gegeben und sei ganz einfach durchs Unterholz gebrochen.

Die gestickten Frackschöße steil abstehend, raste Ritter Smrdal in die angegebene Richtung, ein makabrer Anteil an irgendeinem bedrohlich näherkommenden Allgemeinbild düstren Charakters.

Und keine Viertelstunde später kam's zu einem neuen, sehr bedauerlichen Zwischenfall.

Ob der bleiernen Hitze soff nämlich Rat Dodola still an einem Marmortischchen, in den Pausen geschlossenen Auges die Stirne trocken wischend. Parallel dazu tanzte in der Ferne Schindelarsch, die Hand zagend am Spitzbärtchen. Wie gerne hätte er dem fetten Rat Gesellschaft geleistet, um ihn über die reizvolle Montgomery auszuhorchen. Denn offenbar musste Dodola sie intim kennen. Hatte er doch ganz kürzlich beobachtet, wie der Herr Rat eine unterwegs ganz beiläufig aufgeklaubte Unterhose gegen sie schwenkte und die Göttliche mit den Rufen „He! Pst! Ja! Sö! Freiln!" zum Stehen brachte. „Ja, Sö ham was verlorn! … dö Gattyahosn da …", so viel konnte der liebeskranke Schindelarsch noch vernehmen. Allerdings wehrte das hochelegante junge Mädchen ab. Aber der halslose Herr trabte in eifriger Suada neben ihr dahin, immer wieder mit einem Wurstfinger auf das himmelschreiend ordinäre Dessous deutend.

Um den fetten Rat lag aber heute eine solche Wolke von ausgesprochenster Unwirschheit, dass es dem hochsensitiven, zartbesaiteten Schindelarsch jedesmal förmlich einen Schlag gab, wenn er den Versuch machte, diesen Bannkreis zu durchbrechen. Und das war des Schindelarsches Glück! So wurde er blasser, zitternder Zuschauer der Katastrophe, die sich jetzt abspielen sollte.

Den Rat, der ein wenig getunkt hatte, irritierte nämlich auf einmal etwas. Denn als er die Augen aufriss, sah er, dass Master Vulcanus, der echte unbekümmerte Sohn Albions, die Füße auf seinen, Dodolas, Tisch gelegt hatte; große Füße, in breitsohligen, absatzlosen Schuhen von einer vielstelligen Nummer.

„Geben S' d' Füß weg, Sie Lackel Sie", murrte der kurzhalsige Rat. – Nichts. – „Werden S' stantapé eanere verstunkenen Trittling weggeben!", brüllte jetzt der siegellackrot gewordene Armenvater aus der Siebensterngasse.

Und als auch diese Anforderung resultatlos blieb, geschah etwas Furchtbares. Der aufgedunsene Herr, der plötzlich im Gesicht einer grauenhaft verzerrten Lackschnitzerei, einem japanischen Gott des Schreckens, zum Entsetzen ähnlich sah, winkte und brüllte wutverschleimt auf den Zigarrenmann, der vor Eifer förmlich radschlagend herantollte.

„Nicht effnen! ... so hergeben!", kam es krachend von dem Augenrollenden, dem es aus den chinoisierenden Mundwinkeln nur so troff. Mit stechenden Augen furchtbar nach innen schielend, hob der völlig halslos Gewordene den geschlossenen Kasten hoch und schmetterte ihn dem schläfrig glotzenden Tischgast an den Kopf, mit dem Erfolg, dass bloß noch das fahlhaarige Schädeldach des jungen Globetrotters heraussah.

An den Nebentischen war man aufgesprungen. Zwei im Diskant bellende Staubknäuel rasten vorbei. Die Malfilâterische Meute, die den verwirrt tanzenden Vulcanus geiferspritzend umtobte.

Zwei bleiche Baroninnen mit zu großen Nasenlöchern sanken in Ohnmacht. Altgraf Oilenhoy verkrampfte fortwährend die Nase wellenförmig, die großen, gelben Schneidezähne schaurig entblößt. Der ehrliche Großwachter machte mit den Augen blaue Spiegeleier, wurde fast ein Lenbach'scher Bismarck und murmelte halberstickt, so was könne er nicht sehen, „bsonderscht nicht in den Ferien!"

Auf der erhöhten, von Marmorbalustraden eingefassten Terrasse entwickelte sich wieder einmal eine Art lebendes Tiziangemälde, noch dazu aus des Meisters bester Zeit. Das Zentrum: die in Ohnmacht gesunkene, gerade heute recht aufgedonnerte Gräfin Ségur, née Rostopchin. Irgendeine rasch vorüberhuschende Hand hatte ihr, in Ausübung einer späteren, originellen und charmanten Überraschung, mit Hilfe eines grünlichen Stampiglienkissens verfrühte, aber höchst malerisch wirkende Totenflecken ganz leicht aufs fahle, verkrampfte Antlitz gedrückt. Das war die Hauptfigur.

Neben ihr, in einer prachtvollen, tänzerischen Stellung erstarrt, die Malfilâtre, ein Bild graziösen Niederbeugens, um die vornehme Greisin vor dem nach rechts hinten Umsinken zu bewahren. Das verführerisch schöne Mädchen hatte die vollen Lippen – rosig verheißend – geöffnet, wie um die kraftlos Gewordene mit dem, in diesem Falle völlig unangebrachten, sinnlichen Fluidum ihres Kusses zu laben.

Die ganz leicht schiefgeschlitzten Mandelaugen, in den Winkeln pervers zwetschgenblau schattiert, waren erst halb geöffnet. Denn sie hatte, weiß der Teufel wann, Lessing gelesen* und wusste, wann das – erlogene – volle, mit Schrecken gemischte Mitleid in ihrem absolut falschen, aber bezaubernd schönen Blick, einzusetzen hatte.

Von der anderen Seite Prinz Max, in auch eisig erlogener Bemühung, mit der Rechten gelangweilt auf das Häufchen Elend in Alençonspitzen deutend, mit der Linken einen im Laufschritt erstarrenden Kellner heranwinkend, der diskret keuchend mehrere Mokkas am silbernen Tablett gebogenen Armes schweben ließ.

Von rückwärts blickte Dr. Lyons als neugieriger Faun durch leicht geöffneten Lorbeer, seine Trabuco, die durch sein Zittern einem Doppelflötlein nicht unähnlich wurde, in der Hand. Bébé Kličpera starrte mit schwülem Blick auf die seltsam erregende Linie, die sich von der schlanken Hüfte der pagenhaft Graziösen abwärts zum Amorettennestchen der Kniebeuge zog. Rechts im Vordergrund stellten die grauen Gelehrten Fehlwurst und Hühnervogt eine Disputation dar, Fehlwurst sogar mit einer Hand, vom Röllchen behindert, auf den noch immer beklommen tanzenden Sohn Seiner Lordschaft deutend.

---

* Vielleicht einmal bei einem Liebesabenteuer, in einen Bücherschrank eingesperrt, beim Schein eines elektrischen Taschenlämpleins?

Ausnahmsweise, wie durch das Walten eines gütigen Geschickes herbeigeführt, war diesmal auch, trotz der tropischen Hitze, die uns schon angenehm bemerkbar gewordene Fragonardgruppe erschienen, heute noch dazu im reichen Kostüm des venezianischen Cinquecento! Was als ganz besonders glückliche Fügung notifiziert werden muss. Sie waren im Vordergrund um die noch immer nicht aus der Ohnmacht erwachte née Rostopchin bemüht. Das Edelfräulein Montgomery, betörend schön in der Pracht tizianroten Gelockes, erhob eine ohne ersichtlichen Grund mitgebrachte Goldschale zur leise jappenden Greisin und blickte dabei über die opalisierende linke Schulter zu ihrem Galan. Im dargebotenen Prunkgefäß befand sich bloß ein ausgestopfter Kanari, von ganz nebensächlichen Schminkaccessoires umgeben, sonst nichts.

Der besagte Junker, das sonnengebräunte, scharfgeschnittene Antlitz eines ausgesprochenen Romeo, von rabenschwarzen und etwas wirren Locken gekrönt, blickte, in tiefes Sinnen versunken, auf die Erkrankte. Mit Befriedigung konnte man an seinem halb von der Scheide befreiten Dolche, dessen Griff er nervig umklammert hielt, ein Fieberthermometer bemerken, das sich gerade heute, infolge eines freundlichen Zufalls, der Toledanerklinge zugesellt hatte.

Mehr links von der rotgelockten Donzella mit der Goldschale war ihre Spielgefährtin, ein Südtiroler Komtesserl, in drachengelber Romainetoilette der Epoche, höchst malerisch hingegossen, aber so, dass sie von dem süß-perversen Reiz der Malfilâtre nichts überschnitt. Sie tändelte, die herrlichen Saphiraugen dem Adriatischen Meer zugewendet, verträumt mit dem Hörrohr, das der distinguierten Kranken zum allgemeinen Bedauern entglitten war. Ihre juwelenstarrenden Elfenbeinfinger hatten das besagte Rohr der Bresthaften bereits mit Asfodelos bekränzt.

Als Gegengewicht gegen die tiefsinnige Gruppe der disputierenden, durchaus mausfarbenen Gelehrten, sah man ganz links einen jungen Gent, etwas gegen das Zentrum gebeugt, mit großer Geste auf den Zigarrenkastentänzer mit beiden Händen deuten. In seinem Monokel funkelte die Sonne, die sich schon gegen Italien neigte und deren Strahlen uns das ganze, prunkhafte Bild mit warmen Goldlichtern da und dort konturiert hatte. Es fehlte noch, dass in kurzgehaltener pfirsichfarbener Gloriole Baron Zois als Vater der Götter erschien, neben ihm etwa Frau Miroslav Čwečko als Juno, einen Pfau auf dem dicken Finger.

Der einzige unangenehme Fleck war eine schummrige Figur: der höhnisch lächelnde Rabenseifner, die Arme mit den nikotingelben Fingern düster verschränkt.

Zwei große Falter gaukelten vorbei und hatten offenbar von den regieführenden Genien des Ortes Befehl erhalten, das erstarrte Bild zu lösen. Vielleicht auch nicht. Aber jedenfalls verließ man zum Teil die Terrasse, wo Gräfin Ségur von zwei pompefunèbre-ähnlichen Figuren weggetragen wurde, und zwar zum Klang eines fernen, gestopften Bombardons, das im Verein mit einer näselnden Ziehharmonika und befreundeten dumpfen Trommeln den „Bolero" von Ravel spielte.

Genießerisch nickend schlug der eine oder andere Cafégast geschlossenen Auges den Takt dazu. Andere wieder gaben sich realeren Genüssen hin, wie zum Beispiel der Romeo mit dem krachend zurückgeschobenen Dolch, der einen zweifellos vergifteten Mokka schlürfte, wobei ihn die Saphiräugige kalt lauernd betrachtete.

Das rotgelockte Edelfräulein, das einen Moment, wohl um die festliche Stimmung zu steigern – wer kann da klar sehen? – sogar noch eine rosige, reizende Busenknospe flüchtig zur Schau brachte, nippte einen Sherry-Cobbler, den ihr Baron Zois eigenhändig servierte.

Man flüsterte.

Auch sonst herrschte eine leichte Unruhe. Der Umstand, dass der makabre Zug mit der siechen Greisin unerwartet wieder auftauchte – der ferne, dumpfe „Bolero" war nicht zu Ende – trug auch nicht bei, die Gemüter zu beruhigen.

Den ersten Anlass hatte bestimmt ein leichter Applaus gegeben, der einsetzte, als die entzückende Schalenträgerin sich die erwähnte kleine Unart, die ach so gern gesehen wird, zuschulden kommen ließ. Der Verdacht fiel allgemein auf Großwachter, dem man als nachgewiesenem Linzer allein diese provinzlerische Huldigung zutraute. Verschiedenen Beobachtern war schon früher das Verhalten des

Gelehrten aufgefallen, der mit gerunzelter Stirne nachdenklich die ohnmächtige Aristokratin betrachtet und besorgt „vapeurs, vapeurs" gemurmelt hatte. Jäh war aber das Murmeln abgebrochen, als er bei einer zufälligen Wendung des Kanaris gewahr wurde. Großwachters Blick weitete sich starr. Sein rasch und ganz nebenbei benetzter Finger zitterte erregt gegen die goldgleißende Schale. Die Unrast des Verwirrten wuchs dann so, dass sein sonderbares Benehmen allgemein auffiel. Förmlich leppernd umschlich der Rat das Prunkgefäß, das die jausnenden Herrschaften neben sich gestellt hatten, und zwar mit einer Geste, wie magisch angezogen, immer und immer wieder hineingreifen zu wollen. Doch stets zog er voll Selbstbeherrschung die zitternde Hand zurück, mit der er dann wie verbrannt schlenkerte.

Dem Romeo, gestört beim Kaffee, war das nicht recht. Aus seinem düsteren, entschlossenen Blick konnte man unschwer lesen, dass er den Kanari bis zum Letzten verteidigen würde.

Mit Fug und Recht konnte man sagen: Noch nie sah man einen so wunderlichen Buhltanz um etwas Ausgestopftes.

Alles schüttelte den Kopf. Nicht zum mindesten Prinz Max, der fad schlenkernd die Stufen aus Skyrosmarmor herunterschritt, an Graf Oilenhoy vorbei, der noch immer nicht aufgehört hatte, die Nase wellenförmig zu verkrampfen, die großen, gelben Schneidezähne schaurig entblößt.

„Lassen S'n fleetschen", beruhigte der schläfrige

Prinz die beiden Professoren, die, kurzbeinig, nicht Schritt halten konnten und als graue Schattenfiguren mithüpften. „Es ist besser, als wenn er sich in die Poolitik mischen tät. Er ist ein Trootel. Glauben Sie mir. Die Zähnd wärn nicht schleecht. Aber sonst ist er irgendwie mauvais sang. Übrigens, kein häufiger und ganz ein fescher Tic. Brauchen Sie nicht zu notieren, meine Herren. Ah! Schauen Sie! Dort kommt der wilde Böhm, der Dodola, dieser unsoignierte Berserker in Zivil, zurück! Und schaun S'! Der alte Lord Earthquake hat bloß noch zwei Timesresteln in den Händen! Liest in der Mitten, wo nix is. Gibt nicht nach. Typischer englischer Konservativer. Also, da is auch was passiert. Ja, wenn so ein böhmischer Mestiz wie der Dodola wild wird! Schaun S' ihn gut an! Wie der nur schwach überweißte Mongole bei ihm durchbricht! Also, wenn der nicht der ganze japanesische Gott Swoboda oder sein Collega Hrntschirsch ist, der Cousin von der Choleragöttin Kali, will ich Veiglstock heißen! – Was schreiben S' denn schon wieder?"

„Eschenlohe will Veiglstock heißen!"

„Streichen S' das aus! Schaun S' ihn lieber an! A ganzer Hussit … diese Powidlmarodöre, die einfach die Gotik wegen ihrer schlanken Élégance nicht verputzen konnten und alles krumm und klein schlugen, was nicht innerlich und äußerlich bunkert war."

Die Gruppe um den lässig dozierenden Prinzen vergrößerte sich. Sogar ein schofarförmiges Hörrohr war auf ihn gerichtet.

„Dass er uns nur nicht Amok zu laufen anfaangt", murmelte besorgt der Prinz.

„Amok?", fragte eine Stimme. „Ein Herr kaiserlicher Rat Amok?"

„Was kaiserlicher Rat! Sogar böhmische *Hofräte!* Ja, das kann vorkommen. So einer ist oft jahrelang ganz brav. Kaum dass man merkt, was für ein Landsmann er ist. Ab und zu lässt er vielleicht ein Würstel in einem Akt liegen. Grad gern sieht man das ja oben nicht. Aber schließlich! was ist dabei? Auf einmal bricht's aus. Vielleicht an einem heißen Tag mit viel sekkanten Fliegen! Wer weiß das? Und das Unglück nimmt seinen Lauf. Deshalb werden s' auch von seiten des jeweiligen Präsidiums im betreffenden Ministerium wie die rohen Eier behandelt. Man *hat* dort geheime Instruktionen! Ich weiß es vom Onkel Statthalter und vom Montschi Sternberg. Der hat zwar an hoher Stelle das Ehrenwort geben müssen, dass er's nicht ausplauscht. Aber einmal war er wieder sternhagelvoll besoffen im Jockeyklub und da hat er alles haargenau erzählt. Das wär ja an und für sich nicht so schlimm gewesen, weil die paar Herren, die da waren, die Geschichte beim ersten Mal Erzählen ohnehin nicht begriffen haben, und dann is er ja gleich eingschlafen, der Montschi. So is er. Aber, er hat ein Dutzend Dienstmänner hinaufb'stellt und jedem fünf Gulden gegeben. Schweigegeld? Oder, dass s'es weitererzählen? Das weiß er heut nimmer, und das quält'n fuurchtbar. Immer wieder muss er drüber naachdeenkn."

Man hörte einen Bleistift kritzeln. Dann eine Stimme: „Bitte, mit was laufen die Herrn Hofräte Amok? Mit dem Kris, bitte, wie das Vorschrift ist?"

„Nnein. Mit Gollaschsaft. Das ist auch schrecklich. Deshalb schrein s' bei uns in den Ministerien – auch in den Statthaltereien – nicht ‚Amok! Amok!', sondern ‚Womatschka, prosim!', das heißt ‚Sauce, bitte!', wissen S', wie in den mehr ordinären Restaurants die Kellner, wann s' Eile haben und sich Platz schaffen wollen. Dann schaut man höheren Orts, dass so einer ... nicht der Kellner! ... gschwind Sektionschef – also Unterstaatssekretär – wird, weil man die Erfahrung gewonnen hat, dass Sektionschefs nie mehr Amok laufen. Vielleicht in der anderen Reichshälfte. Aber bei uns herüben *nie!*

Sehen Sie, so kommt's, dass so viele Böhm' bei uns in leitenden Staatsstellungen sind, wo kein Mensch begreifen kann, wie s' da hinkommen."

Nachdenklich fuhr der Prinz fort: „Schaun S', zwei, drei solche Amokläufer könnten ohne weiteres alle Kabinette Europas davonjagen und die Weltgeschichte hätte ihren Sinn verloren. Das Wort ist übrigens nicht von mir. Entweder vom Pallenberg oder vom Rathenau Walter. Gnau weiß ich's nicht."

„Sehr a gscheiter Bub, sehr a gscheiter Bub!", konstatierte zufrieden der Großwachter Blasius. „Merken S' Ihnen das, meine Herren! Auch die Herrn Wissenschaftler! Es ist durchaus beherzigenswert, und war, wie auch sonst das meiste, von den berufsmäßigen temporären Geschichtskennern bisher übersehen worden. Jo."

„No ja", warf Eschenlohe ein, „die glauben immer, Österreich ist ein Gämsbart am Hut. Nnein! Das ist ganz und gar oberflächlich geurteilt. Wir tragen den Gämsbart *innen*."

„Innen? bitte!", hörte man die Stimme von vorhin. „Aber, das ist doch gar nicht möglich!"

Maximilian zu Eschenlohe sah den Fragesteller lange mitleidig an. Dann fuhr er fort: „Bitt Sie, das bisserl was draußen ist … Ja, und wenn der Moontschi Sternberg nicht auch amal, wie er zum Minister hat wollen, zufällig von oben bis unten mit Gollaschsaft angschüttet worden wär, würden noch heute die paar Leute, die's wissen, im Dunkeln tappen.

Adieu, meine Herrn, ich geh baaden."

17

Während der soignierte Prinz seine Zeit der Reinlichkeit opferte, rieb sich Rabenseifner die zweifelhaft sauberen Hände. Nicht um Epithelschuppen oder unbedeutende Speisereste auf diese Art zu entfernen. Nein, er gab so seiner Freude Ausdruck.

Sein Weizen blühte! Wo sich eine sittliche Lockerung im gesellschaftlichen Gefüge zeigte, da war der Moment seines Eingreifens gekommen. Der Plan, den dämlichen Howniak mit der stolzen Niederländerin zusammenzukuppeln, war misslungen. Hortense war geschickt ausgewichen, sich von dem schnofelnden Troubadour in ein Ehebett voll zweifelhafter Freuden kirren zu lassen. Also gut, das war danebengegangen. – Was Howniak?! Selbst zugreifen, das war das Richtige! Ha! Bewerber aus ihrer eigenen, langweiligen Sphäre hatte sie genug. Fade, fade Burschen, die zwischen jedem Gang schwülstig überfetteter Mahlzeiten noch einen Liter Kakao soffen. Na, wenn er nur an Fraans van den Boomstkoeter dachte!

Da musste eben was anderes kommen! Etwas, das sie noch nie geahnt hätte! Ein Genie, mehr, ein Mann, der fast Halbgott wäre, der das Unmögliche zur greifbaren Realität werden ließ, der sichtbar die Kräfte des Kosmos sich untertan machte! Und das wollte er tun. Ihr in Hypnose – ein guter Hypnotiseur war er ja, oder noch ein bisschen mehr vielleicht – ja, er lachte hohl, eine Huldigung zu Füßen legen …

so delikat und gewaltig dabei ... so ans Herz der ... Holländerin greifend, dass sie, überwältigt vom Takt in der Dämonik seines Tuns, als schlichtes Weib zu ihm emporflüchten sollte, zu ihm, dem Mahatma! Mahatma. Ja, das war das Wort. Kühl, gut, das war sie. Die Männer sagten ihr wenig, ihr, der Verwöhnten. Dass sie Baliol suchte, sich so weit vergessend, das bestätigte besser als alles sein Urteil. Das Besondere war's, was sie suchte! Nicht der hübsche Bursch mit dem gutsitzenden Smoking, nicht der hatte es ihr angetan. Nein! der Ekstatiker, der Mann, den eine Lichtwelt der hohen Genien so sichtbar ausgezeichnet!

Eine verwandte Seele schlummerte hinter all dem Eis in ihrer Brust. Die wollte er wecken, das Virginal-Mystische in ihr aufflammen lassen, ihr den Weg zeigen zum Palladischen! Ha! Rabenseifner ... und ... Pallas Athene ...

Nun, Rabenseifner hatte es leicht, Hände zu reiben. Wie konnte ihn Baron Zois beneiden! Denn hätte er geahnt, was ihm heute noch blühen würde, wäre er bestimmt im dumpfigen Büro geblieben, wo er gerade die Nachmittagsarbeit beendet hatte, und hätte sich, meinetwegen, noch besser in die große eiserne Kasse verkrochen.

Aber der gute Michelangelo stelzte doch lieber ein wenig durch den Park, wo ihm gerade vor einem halben Stündchen das rotgelockte Edelfräulein bei ihrem Sherry so sehr in die Augen gestochen hatte! Nein, diesem Farbenwunder konnte er nicht widerstehen! Den Bart graziös zum Fächer entfaltet, begann er Süßholz zu raspeln und in einer Weise zu flirten, wie man es einem Staatswürdenträger des ehemaligen Illyrischen Kreises nie zugetraut hätte!

Aufs Liebenswürdigste kam ihm seine reizende Partnerin, Geraldine Montgomery, entgegen. Diesen vornehmen Namen führte das mit zyprischen Lilien parfümierte Mäderl, das – wie sollten wir es auch vergessen haben – gar nicht lange vorher mit einer kleinen, geschickten Wendung in so charmanter Weise zur Hebung der festlichen Stimmung beigetragen hatte.

Welch galanter Weihrauch wallte aus Michelangelos Worten! Und da glühen auch noch die prachtvollen Klangwogen der Turandot auf! Escamillo Schindelarsch, der an einem Nebentischchen sitzt, turnt mit dem Adamsapfel in stillem Weh; denn jetzt streut Geraldine feierlich frivol gelbe Rosenblätter über Bart und Haupthaar des Adoreurs. Der wiederum heischt nach des schönen Mädchens Zigarette, um sie als sogenannter Tschiktroubadour weiterzurauchen.

Der bleiche Schindelarsch aber blickt bedenklich und schüttelt stirnrunzelnd das wehe Haupt. Die Turandot erhebt sich zu betörender Wucht. Die Feuerlockige blitzt ihr vollbärtiges Opfer mit schneeigen Zähnen aus Korallenlippen an.

Amor aber über den Wolken streicht sich eine Locke aus der Stirn und mustert goldenen Auges die Pfeile im silbernen Köcher am blauen Band. Der gequälte Schindelarsch ist halb aufgestanden und fährt sich mit der Hand in den Kragen. In seinen Nasenlöchern bläht sich die Verzweiflung.

Amor hebt prüfend den Pfeil, buntbefiedert in den Farben der Montgomerys.

Zois scheint mit einem gewagten Kompliment gleich um ein paar Felder vorgestoßen zu sein. Ein etwas verwahrloster, wenn auch immerhin halbverschleierter Blick der Montgomery zeigt ganz genau, dass sie weiß, dass der schmachtende Gehrock da vis-à-vis bereits unrettbar in ihre parfümierten Reize verstrickt ist, schon durch die Wollust der Nase.

Jetzt ist der Moment ganz nahe, wo er sich coram publico hinknien und das von einem Cellini gestöckelte Schühlein der Circe lösen wird.

Von einem schon vorher herbeigewinkten Garçon eilends bedient, wird er den von Pommery überschäumenden Pantoffel der rotlockigen Kokette mit einem Zug leeren und sich den reizenden Fuß auf den Nacken setzen lassen! Ja, mitten am helllichten Nachmittag!

Die Musik schluchzt wie eine Assemblée chinesischer Nachtigallen unter rosig blühenden Teestauden.

Der Wurm am Herz des Schindelarsch nagt so wuchtig, dass des Wurmes bleicher Eigner sichtlich bebt.

Vereinzelte Töne knacken fremdartig um das Liebespaar. Löffelklingen. Bewegung auf Korbsesseln. Fetzen von Worten.

Die erglühende Gitsch macht schlampige Augen trotz aller distinguierten Contenance.

Und da knarrt und wischt es: Stankowitsch bricht durch die Menge, die nur noch ein Auge für die zoisische Liebestragödie ist und allerorts die Tassen starr in der Hand hält. Keuchend deutet Stankowitsch nach rückwärts. Aber auch Escamillo ist jäh aufgesprungen und sticht, den Mund töricht geöffnet, mit einem vibrierenden Finger in die gleiche Richtung.

„Herr Baron, Herr … Ba… ron …", keucht der schweißgebadete Lakai, „ru… ru… fen S' … die Feuerwehr …"

Jäh fuhr der balzende Freiherr herum.

„Ja, d' einzige Rettung … und mit der Dampfspritzen! Jesischmarja! da kommen s' schon … schaun S'! da der Herr Ehrenritter … und da … der Howniak … da sein s' schon … Marandjoseph …"

Zwei stumme, wie Blasbälge keuchende Männer. Beiden stehen hinten die Kragen weg. Howniak ist flink, wie ein übergroßer Hase hinter Geraldines Sessel gesprungen und glotzt schnaufend rechts und links hinter den roten Locken hervor. Sein Aufzug ist unbeschreiblich! Sein Odeur befremdlich. Die Beauté ist herumgefahren und starrt den offensichtlich toll gewordenen Idioten offenen Mundes an, während der rasende Ritter Smrdal, eines der reichgestickten Frackschößeln beraubt, hinter Michelangelos Sessel in der Hocke herumtanzt. Ein Tobsüchtiger, ohne Zweifel.

Alles umringt die Gruppe.

Mehrere Herren haben bereits, die Zähne zusammengebissen, die Ärmel aufgekrempelt. Ihre durchwegs ehernen Blicke bezeugen, dass sie bereit sind, den Herrn in der unbekannten, ungewöhnlichen Uniform mit eisernem Griff zu packen und zu knebeln.

Da taucht der kernige Eichfloh auf. Seht! Der umsichtige Eichfloh trägt ja einen roten Minimax vor sich her und setzt ihn drohend hinten an den tollen Ritter an, der sich vor ungebärdiger Jagdlust die Lippen leckt, während Howniak, die Haare gesträubt, sich so niedrig am Boden bewegt, dass ein antiker Bildner – etwa ein Praxiteles – ihn ohne weiteres als einen Schutzsuchenden im Banne der Venus Kallipygos dargestellt hätte. Übrigens schrie Geraldine empört auf, da ihr ungebetener Klient bei ihr diese Partie als Schild hin und her schob.

Welch eine ungewöhnliche Entweihung jungfräulicher Reize!

Kaum hatte aber der Ritter mit dem Mordblick das kalte, grässliche Eisen gespürt, war er plötzlich ernüchtert und ließ sich widerstandslos von zwei Gentlemen ins Hotel führen.

Brennend vor Zorn stampft Zois ihm nach. Hinter ihm stöhnt Stankowitsch, der den jetzt ganz kragenlosen, bloß noch wankenden Howniak stützen muss.

„Jesischmarja, je, je. Jejeje! Das wenn Seine Exzellenz, der Herr von Grammastro, in Trient wüsste, dass wir die Feuerwehr haben zu Hilfe rufen missen! Gegen an Öhrenritter! Er ist halt vollblietig, derselbige. Ja, wenn man aber auch nit zu weit nach Pilsen hat ... Das is halt a Biererl ... Aber, Sie reizens auch alle Welt!", tadelte er den Stolpernden. „A Schand is', wie S' Ihnen aufgfiert habn. Nächstens werdn S' dem rotschopfeten Madel unter die Kittel kriechen. So, jetzt freuen S' Ihnen!" Damit schob er ihn auch in das Privatkontor des Freiherrn, den man gleich darauf dumpf aufschimpfen hörte. Lang, lang, lang fluchte rollend der wütende Illyrier auf die beiden Herren, die sich nicht zu mucksen wagten. Auf den Fußspitzen schlich alles schadenfroh vor der Bürotüre herum.

Plötzlich teilte der hagere Čwečko, mit noch kleineren Augen als gewöhnlich, die Lauschenden und sich schadenfroh stumm Zuwinkenden und trat mir nichts, dir nichts in die Höhle des rasenden Löwen. Ein Moment Stille. Dann ein furchtbar anschwellendes, dröhnendes Gebrüll und Čwečko flog im Bogen in die Halle. Michelangelos Fuß war einen Moment sichtbar gewesen.

Geraume Zeit brachte man aus dem beleidigten Parnassien, der leise staubte, nichts heraus. Nach und nach legte sich der Staub, der krummnasige Tschitsch beruhigte sich und begann mürrisch und misstrauisch zu erzählen.

Er müsse sagen, hier sei ihmene daas uhnerwaartet passieret. Uunter Fraanken biitte. Das letzte Mal habe ihn Seine Heiligkeit, der Patriarch Rajacic von Semendria in Syrmien über die Stiege gewoorfen. Eigenhäändig! Biitte! Da habe es sich aber um eine ganz schwierige kirchenslawische Lesart aus den Schriften des Johannes von Tschesnitze gehandelet, den die Schwobe bleederweise Janus Pannonius neenen.

Nachdenklich rieb sich Čwečko das Gesäß und zündete seinen Tschibuk an, den er vor Betreten der zoisischen Kanzlei vorsorglich in einem Schirmständer untergebracht hatte. Er rauchte lange mit ernster Miene. Dann sprach er: „Höret! Zuerst chabben wir Kaffee schwarzen gepichelt: 20, 30 Taassen. Und Schlibobitz. Daan ich chabe ihn beim Baarte gezauset. Aus den Haaren des heiligen Mannes ich chabe machen gelasset spätter Ohrwaschelringel für meine Nada. Die Jüngste.

Ich spreche die Wahrheit. So sie nie bekohmen kahn Stockschnupfen."

Wieder rauchte er ein Weilchen, in Schweigen versunken. Aus dem Büro hörte man das Getöse eines umstürzenden Bücherschrankes. Dann fuhr Čwečko fort: „Der Patriarch noch hat lange die Stiege hinunter geschimpft und mein Großmuter verfluchet und sogar die Steinkohlen von Zug, wo mich heimführet. Hat niix genutzet." Er schüttelte den Kopf. „Sonst verwienschet er sehr gut. Bauersfrauen oft zahlen acht bis zehn, sogar zwölf Kraiczar für Fluch einzigen.

Aber der Maan, den er hat schließlich aangespucket, war nijcht ich, soondern ein fremder Hospodar in Gala. Derselbe Hospodar ist daan erst die Stiege hinaufgeeilet, hat den Patriarchen mit Spazierstock geprieglet und hat sich daann erst hingekniet und den Patriarchen um seinen Segen gebittet. Ich spreeche die Wahrheit."

Mürrisch erklärte er weiter, er habe vorhin bloß das gesetzlich neuerdings vorgeschriebene tschechische Wort für Klavier, das er Collega Giekhase bekannt zu geben versprach, bei Baron Zois zu treuen Händen deponieren wollen. Es sei in dieser Lesart von einem Gelehrten namens Skrkarka und zwar unweit von Kladrup ersonnen worden, wofür dieser beneidenswerte Geistesriese, eben jener Skrkarka, auch eine Medaille heimgetragen habe, und laute „Prstocklapacilibobrunčtruhlik".

18

Genau zur selben Stunde, als Čwečko wieder einmal für die Wissenschaft leiden musste, betrachtete sich Drumsteak Rabenseifner, einen düsteren Talar malerisch umgeworfen und mit einem vernickelten Taschendrudenfuß verloren tändelnd, im Spiegel.

„Ha!", rief er halblaut. „Ha! ich wiederhole: Rabenseifner und Pallas Athene! Es bleibt dabei!" Noch einmal warf er einen zufriedenen Blick in den Spiegel, wandte sich aber dann zu seinem Schreibtisch und blätterte mit gerunzelter Stirne und wiederholt befeuchtetem Finger in seinem Grimoire, der kleinen Taschenausgabe des „Höllenzwanges" von Nostradamus, der für reisende Schwarzmagier sogar im Baedekereinband erschienen war. Beigegeben war dem Werk das „Raisonnierende Verzeichniss der Erdnabel und der archimedischen Punkte, von denen aus die Erde aus den Angeln gehoben ... etc ... etc ..."

Ja, nun musste er allen Ernstes die Sache angehen. Ein Zurück gab's nicht mehr!

Dass es ihm aber ungemein leicht passieren konnte – die tolle Hypothese zugegeben, die sich sein Hirn, das eines schurkischen Spatzen, ausgeheckt – also, leicht passieren konnte, dass eine – wie lächerlich! – Pallasseifner und Rabenathene draus werden würde, das kam ihm in seiner törichten, kaum genug zu verdammenden Eitelkeit nicht in den Sinn.

Denn er, der immer irgendwie, wenn auch nur ganz schwach, nach Naftalin roch und schon so seine Bindung an die schofelste Kategorie der Höllenfürsten dokumentierte, an die Abteilung der „Bröselteufel", adäquat dem „Neapolitanerabfall" des letzten Kleinhandels, also, er war höchstens! als Ausschussmagier, schlimmer nämlich, als „25 Kreuzerbazarmagier" anzusprechen. Denn was sind selbst unsere anerkanntesten, hochgraduiertesten Schwarzmagier mehr als schwarzrotzige Lehrbuben einer düsteren Spiegelwelt aller Ausschussdämonie!

Doch verlassen wir dieses verabscheuungswürdige Thema und wenden wir uns lieblicheren Dingen zu, die das Tageslicht nicht zu scheuen brauchen.

Da gleich eines davon! Wer ist der stille, wie zu Gallerte zerflossene Mann in Hemdärmeln, der immer wieder nach Fliegen schlägt? Natürlich wieder Rat Dodola! Sein blaues Sacktuch klatscht auch heute wieder in regelmäßigen Schlägen, wie so oft, wenn er sich dem Genusse eines Bierchens im Freien hingibt.

Jetzt schlendert Prinz Max, ganz beiläufig die langen Beine setzend, heran, nimmt Platz, aber immerhin gut berechnet im Luv des dunstenden kaiserlichen Rates, der ganz infam nach Einmachhuhn riecht, und sagt in seiner leutselig-nonchalanten Art zum dicken Herrn, der das allzu warme Bier eben brummend wegschob, etwa Folgendes: „Dieses

Bier da ist viel zu lau. Schon fast mehr ein Warmbier. Das kann Ihnen ja nicht munden. Und unter solchen Umständen auch unmöglich bekommen. Rühren Sie wenigstens etwas Zwetschgenkompott und ein paar Zibeben hinein."

„Brr."

„Wie recht Sie haben, wenn Sie ‚Brr' sagen. Ja, Ihnen ist die Gabe der Rede gegeben! Aber, das ist einmal im Süden so. Denn das Kunsteis …"

„Ganz richtig", fiel Dodola ein, „dös Judengfrast, dös z'sammpantschte, kühlt lang net so, als wie's echte, richtige Donaueis, des was s' immer früher ghabt habn."

„Wie recht Sie haben, Sie biedrer Mann mit der fertig gekauften Krawatte. Aber, da gibt es ein probates Mittel: Sehen Sie, man wirft eben eine Schlaange ins Bier …" Dodola fuhr mangels eines Hauptschmuckes mit gesträubtem Schnurrbart in die Höhe.

„Ja, eine Schlaange. Das kühlt das Bier auf null Grad ab. Natürlich nur, wenn sie ganz drin is." Dodola ächzte. Der Prinz schaute kalt und fischhaft auf den in Nervenkrisen sich Windenden und fuhr gelassen fort: „Haben Sie denn noch nie etwas von Kühlschlangen gehört? Sonderbar. Aber um auf null Grad zu kommen, muss sie, wie gesagt, ganz drin sein. Besonders im dunklen Bier können Sie's *nie* sehen. Schaut aber auch nur das Schwanzspitzerl heraus, fällt die Temperatur bloß auf plus ein Grad. Übrigens, woher das Bier das nur weiß? Finden Sie nicht auch?"

Aber Dodola saß nicht mehr neben ihm, sondern wankte bereits weit weg im Grünen herum und verschwand hinter einer reizvollen Marmorgruppe, einem Faun, der eine schlankfüßige Nymphe im Gebrauch der Flöte unterwies. Übrigens stritten zu Füßen des Marmorbildes zwei Herren miteinander, die Zylinder weit in den Nacken geschoben. Jedes Kind erkannte in ihnen die beiden Doyens der Advokatenkammer, die Doktoren Lyons und Natanael Schimpelzüchter, die sich erbittert an den Rockknöpfen beutelten.

Sinnend sprach der Eschenlohe vor sich hin: „Meerkwürdig. Wie kann einen nur so vor Schlaangerln grausen? Sind doch so liebe Viecherln. Haben was wirklich Aristokratisches. Der Mann da hat eben nur bürgerliche Empfindungen. Na ja, crapule." Kopfschüttelnd latschte der Prinz weiter. Horch? Was war das? Das Smetana'sche Harfenmotiv? „Muss doch einmal nach dem Quapil schaun!"

Stelzbeinig durchquerte er die blühenden Gesträuche, um abzukürzen, blieb aber, von üppiger Flora versteckt, stehen, ein neugieriger Lauscher. Denn was sah er? Gräfin Oilenhoy warf dem gefälschten Fisch mit den goldenen Aufschlägen Brötchen zu, unter halblautem, hysterisch girrendem Lachen, sie, die eiskalte, unnahbare Aristokratin, die diesen glutheißen Tag benutzt hatte, ungestört zu füttern … oder was das sonst bedeuten sollte! Das war ja toll! Donnerwetter … Kaviarsemmeln sind das, denn eine dieser knusprigen Venustauben hatte sich in der Luft zerteilt und ihren verworfenen Inhalt sehen lassen. „Na, gehen wir ... überlassen wir diese ... Pseudosodomitin? oder wenigstens am besten Wege dazu Seiende ... ihrem Schicksal." So Prinz Max.

19

Der Gluthauch, der immer stärker von der Ionischen See her sich wälzte und feinen Wüstenstaub brachte, drückte auf die Gemüter und ließ die Widerstandskraft erlahmen. Am hohen Mittag schien die Sonne fahl durch den Scirocconebel. In den Lüften war's wie ein Klagen.

Das war so das rechte Wetter für Escamillo Schindelarsch, der fliegengefoltert in einer Baumkrone hockte und die Fragonardmädeln lechzend belauerte, die sich heute nur in weitmaschigen Goldnetzen – noch dazu tief dekolletiert – bloß für Momente sehen ließen.

Am Scheidepunkt dieses Tages sollte sich das Unerhörte ereignen.

Lang saß tout Pomo in der schwülen Nacht noch auf den Terrassen. Die Kristallgläser funkelten auf den blütenweißen Tischen und der Glanz der Bogenlampen brach sich zu Blumengarben in den Diamanten der Damen und erfrischte die Nerven, die immer wieder zusammenzuklappen drohten.

Blechern erklangen die Schläge der Mitternacht: Zwölf. Aber da, noch ein Ruck: Dreizehn! und die Bogenlampen verlöschten.

Alles war empört über die Schlamperei, denn dass da etwas Drohendes dahinterstecken könne, auf das kam vorerst niemand. Im Gegenteil, man war im Tiefsten erfreut, dass ein Anlass da war, zu schimpfen, denn die gereizte Stimmung suchte irgend einen Ausbruch.

Doch was war das? Ein unheimlich drohendes, langgezogenes auf- und abschwellendes Heulen lag in der Luft, das sich zu einer furchtbaren Höhe steigerte und alles erbleichen ließ. Dann ein aus tiefster Tiefe des Meeres dröhnender Donnerschlag, wie ihn noch niemand vernommen. Als der Schlag vergrollte, wehte urplötzlich eisiger Moderhauch herüber, dass die entsetzten Damen fröstelnd die Schultern verhüllten.

Vereinzelte irrsinnige Schreie lenkten die Aufmerksamkeit aller auf einen zerfetzten, zackigen Riesenschatten, der sich unheimlich dräuend wie ein Spielwerk des Satans von der See herüberschob und das marmorne Bad mit gespenstigem Formenwerk erfüllte.

Ein dunkler, fremd und verhängnisvoll aussehender Dreimaster war es, mit getürmtem Heckaufbau, zerfetzten Segeln, die sich hoch oben im Dunkel verloren, und zerrissenem, unübersehbarem Tauwerk, das wie schwarze Flammen züngelte. Ein klagendes Summen erfüllte unaufhörlich die Luft. Kein Zweifel … das war der Fliegende Holländer!

Totenstille des Entsetzens lähmte alle und ließ die Herzen zusammenkrampfen. Nur die Ségur sprach und sprach weiter, ganz allein. Saß mit dem Rücken gegen das Meer und hatte nichts vom grauenhaften Spukbild gesehen. Bemerkte aber, dass alle Augen in eine Richtung starrten, drehte sich neugierig leppernd um und fiel gieksend in Ohnmacht. Kein Mensch rührte eine Hand, um die unterm Tisch Verschwundene zu suchen. Da, mitten in der tiefen Stille, da man nur das Knacken der Frackhemden der angstatmenden Herren hörte, erklang langsam und deutlich die gleichgültige Stimme des Prinzen Max: „Kann man das Schiff besichtigen?" Das löste die Spannung. Ein Stimmengeschwirr begann: „Lächerlich ... warum denn nicht?" „Haben S' Angst vor'n Wauwau? Schwimmende Momos gibt's nicht ... die sein wasserscheu ..., bitte, heraufspaziert, meine Herrschaften!"

Zaghaft zuerst, dann frecher, turnte man am taifunzerfetzten Tauwerk empor, stellte Verbindungen her und bald stiegen mehr und immer mehr Herren und Damen auf dem seltsamsten Bauwerk der Welt umher.

„Je, wenn ich an den seligen Reichenberg denke! ... So singt ihn keiner mehr", hörte man einen alten Opernhabitué. „Und an den Winkelmann. Die feuchten Füß hat man seiner Stimm förmlich ankennt, die er vom bloßen Zuschaun ghabt hat, wo er dabei doch bloß den Jäger Erich gsungen hat und gar nicht im Ozean gestanden ist! Ja, das waren Künstler ... und trotzdem hat der Wagner wie oft auf ihn aus 'm Orchester mit dem Pracker gedroht ... jawohl ... Pracker ... nur weil er so kralawatschet dahergschaut hat, wie der selige Hanslick ... Und weil er als Lohengrin ausgschaut hat wie ein vernickelter Schneider ... und doch sind die Backfische wegen ihm dutzendweise in die Donau gegangen ..."

So fluteten die Kunstgespräche durcheinander. Jüngere, ergo anspruchsvollere Theaterfreunde wieder hörte man: „Schaun S' Ihnen die hatschete Chaluppen an ... dees will a Gspensterschiff sein ... so was Verkrachtes ... des is ja der reinste Donaudampfer ohne Würstelkochvorrichtung, die s' dort für a Dampfmaschin halten ..."

Überall schwirrte Lachen. Reizende Mädchenköpfe guckten aus den Stückpforten heraus; gezierte Gents, blasiert und sonor schnofelnd, hinter ihnen. Auf dem Canon royal – dem Hauptstück – saß sogar rittlings die schöne Geraldine und rougierte sich die Lippen, während zu ihren Füßen der unselige Schindelarsch aus einer Art eisernem Kanalgitter, das er nicht aufbrachte, zu ihr emporschmachtete. Unter Gerumpel verschwand er schließlich nach unten vollkommen, während Zois, einen an Deck gefundenen Schlapphut auf dem Kopf, hinter den schwarzen Fetzen eines Focksegels aus dem Dunkel heraus dem dämonisch beleuchteten Mädchen das erste Glas Sekt servierte. Das gab das Signal zu bacchantischem Treiben, das aus einer im Handumdrehen aufgemachten ungarischen Csárda heraus das Schluchzen fiedelnder Zigeunergeigen und das süße Dudeln eines Tárogatós kolorierte. Es wurde direkt gemütlich, hatte man doch mit Befriedigung konstatiert, dass das Schiff ohne seine Eigner gekommen war.

Das einzige wirklich Unheimliche waren hier und dort aufzüngelnde blaue Flämmlein, über die Rat Dodola eine Viechswut hatte und über die er wahnsinnig schimpfte, weil er sich an keinem die Zigarre anzünden konnte.

Auf der obersten Marmorstufe der Seeterrasse stand Rabenseifner und rieb sich die Hände, die in viel zu kurzen, mit Tinte nachgefärbten Trauerhandschuhen steckten, und putzte dann den Zauberstab mit einem Rehhäutel.

Das war ihm gelungen! Merkwürdig, wie gut! Also, so eine Massensuggestion sollte ihm einer nachmachen ... Und er begab sich zum Tisch der van Schelfhouts, die ruhig sitzen geblieben waren. Papa Schelfhout sah böse von seinem Kakao auf und murmelte etwas Unverständliches. Hortense rauchte gleichgültig eine Zigarette. Enttäuscht biss sich Rabenseifner auf die Lippen, beugte sich aber doch eckig zu ihr und bot ihr galant den Arm, sie auf das, was ihr, und nur ihr galt, zu führen.

Zufälligerweise wuchs in diesem Moment auch Grollebier über sich hinaus, da er plötzlich, wie durch eine Eingebung, wusste, was sich gehörte.

„Powondra!", rief er zum Kapellmeister: „Vorwärts! Musik – ‚Holländer'!"

Und gleich erklang es: „Preis' deinen Engel und sein Gebot, hier sieh mich treu dir bis zum Tod!"

Zuerst, gestand Grollebier später, war er ratlos. Das war ihm im Hotelbetrieb noch nie vorgekommen, so ein Ankömmling! Den Schah von Persien mit Gefolge, ja, den hat er schon gehabt, wenn auch ehrenvoll, so doch schlimm genug, dann einen zähnefletschenden Lustmörder und einmal eine Dame mit zwei Köpfen, die heimlich mit dem jungen Barnum ein wenig flittern gekommen war und die sich weigerte, dass für sie zwei Menüs bezahlt würden, da sie nur einen Magen hätte. Wedeles dagegen, der Chef de Réception im französisch geschnittenen Gehrock, versagte vollkommen. Er versteckte sich in einem Geschirrschrank, wo er erst einen Tag später gefunden wurde.

Kaum verklungen wurde der „Holländer" durch fesche Tanzmusik abgelöst. Auf allen Decks drehten sich die Tänzer in wahrhaft bodenlosem Leichtsinn. Die älteren, mehr ungelenken Damen saßen als Ballmütter herum. Frau von Horsky platzierte sich sogar, mühsam ächzend, mitten in ein züngelndes blaues Feuer, das aber sofort auf Čwečkos Glatze übersprang, von wo er es ärgerlich verscheuchte.

Die höchst animierte Réunion hatte gerade ihren Höhepunkt erreicht, dadurch gekennzeichnet, dass drei fesche Hausherrnsöhne in manchesternen Jankern und großkarierten Beinkleidern unter Händegepatsch das tiefempfundene Lied „Reiß'mer der Welt an Haxen aus" sangen, wozu Dodola und Horsky selig verloren mitschnackelten; mitten in diese Duliöstimmung hinein schlug es blechern „Eins", und das Spukschiff versank blitzschnell in den lauen Fluten.

Der Zauber war verflogen. Eine Menge eleganter Herren und Damen in den kostbarsten Abendkleidern lagen im Wasser und pantschten hilflos hin und her. Dodola verlor immer wieder das Gleichgewicht, schluckte viele Liter Seewasser und brüllte in den Pausen wie ein verendendes Walross. Endlich hatte man auch ihn gerettet und abtreibende dicke Damen geborgen. Als einer der Letzten wurde der Geheimrat Großwachter gefunden, der bewegungslos bis zum Hals im Wasser stand und trübsinnig vor sich hinstierte. Baron Zois stürzte auf den Geretteten zu und fragte ihn, ob ihm vielleicht sein Zylinder fehle?

Nein, den habe er am Zimmer gelassen. Es sei was anderes. Morgen, morgen. Sehr was Hartes ... sehr was ... Hartes ... Jetzten müsse er aber einen Glühwein haben und ein Bügeleisen ... nein! keine Wärmflasche! ... ein *Bügeleisen!* ins Bett. Dabei beharrte er eigensinnig und blickte dankbar, als ihm Michelangelo versprach, dass er also sein vermaledeites Bügeleisen haben solle. Da alle Herrschaften ähnliche Wünsche äußerten, wischte sich der Freiherr den Seetang aus dem Olympierbart und begab sich gleichfalls zur Ruhe. Ganz Pomo schlief bleiern.

Am andren Morgen herrschte erregtes Treiben, so erregt wie noch nie auf Pomo. Ein Börsensaal war nichts dagegen. So flutete und ratterte das Gespräch. „Schauerlich, schauerlich", stöhnte in höchster Erregung Frau Kličpera, „ich war in seiner Kabine – vom Unseligen, mein ich – also *die* Unordnung! No ja, wann einen auch der Teifel holt! ist ja halb und halb verständlich, so wahr ich auf Cleopatra getauft bin. Aber 's Bett ... nix als Moder und Zunder! Der Potschamber, mit Verlaub – zwar echtes Delft – seit Jahrhunderten nicht geleert!"

Alles schwieg betreten und zeichnete mit der Fußspitze das Teppichmuster nach.

„Was, Schlafzimmer?! Warn S' in der Kiche?", ereiferte sich Frau von Horsky. „Alsdann, das war mein erschter Gang. Ich interessier mich dafür. Bin doch 40 Jahr am ‚Franz Joseph' gefahren, zwischen Pescht und Orschowa, wo wir das Restorahn gepachtet ghabt habm. Ich und mein erschter Mann, der Gsengsbratl Aladar. Also, stelln S' Ihnen vor, so was von miserabler Kiche! Und aus Kupferblech is der Herd und der heilige Laurentius is draufghämmert, wie ihn so reemische Ziefer auf gliehende Kohln, bitte, rösten! Missen einem ja alle Schnitzeln anbrennen! ... mir is anders gworden ... und keinen Abtritt nicht hab ich gfunden ..."

„Ze was ä Abtritt?", fiel ihr Dr. Lyons ins Wort. „Ze was, frog ich, brauchen Gespenster, wenn wir solche annehmen, ä Bedirfnissanstalt ... bleede Neierungen ..."

Mit großen Augen sah ihn Frau von Horsky an. „Übrigens ein netter Ton, das", bemerkte Frau Čwečko, die schon das Wort von Malibrotschanatsch her als Trauma empfand. Weiter kam sie nicht. Denn jetzt übertönte der k.k. dislozierte Hafenkommissär Cervenka alles, ein verhutzeltes Männchen mit feuriger Nase und einem grünlichen Auge, ein Anblick, der jeden Seemann mit Befriedigung erfüllen musste. Denn deutliche Positionslichter sieht diese Spezies gerne.

„Sauwirtschaft", brüllte er, „fliegete, hollendische! ... glauben S', Lackel verdechtige hat sich

Lademarke ghabt? An Schmarrn hat er ghabt … keine Tiefgangsleiter auch nicht … kann jetzt ganze Tag arbeiten aus Kopf, wie ich soll Tonnaasch messen? Wo noch dazu halbet aus Wasser war … auf Speisetische kann man sagen …"

„Aber ich bitt Sie", fiel Zois ein, „bei einem Gespensterschiff ist das doch nicht so genau zu nehmen!"

„Wos, Spensteschiff? wos gehn mich Spenschte an? Zahlen müssen s'! platidi! vorstehn S' mich?", und er rieb sich den enormen Daumen mit dem knackwurstartigen Zeigefinger. „Schgellette hatschete, verdechtige …", murrte er weiter. „Wann s' nicht zahlen kennen's, konfiszirn's me alle und verkaufen's für Spodium an Zuckerfabrik, hochfirschtlichle!" Damit verschwand er grollend ins Zollkämmerlein.

Das Essen mundete allen nach der Aufregung von gestern doppelt, und beim schwarzen Kaffee plauderte man schon viel ruhiger über die noch nie dagewesene Sensation. Bloß Großwachter blickte traurig drein und seufzte, dass es einen Stein erbarmen konnte. Alles bemühte sich liebreich um den Betrübten und bat das „liebe Großwachterl", sich den Kummer von der Seele zu reden.

„Alsdann, liebe Kinder, weil ihr so gut zu an alten hilflosen Maan seids, der im Leben oft gnug 'treten worden is … ja 'tretn, hörts, was mir 's Herz abdruckt: … Die scheenen alten Sachen! Ganze Kisten gotische Mausfallen hat er gladen ghabt, die so teuer sein … unter 80 Mark kriegst koane … wenns no so schön bitten tust ... Dann die vielen, vielen Keuschheitsgürtel für die schlechten orientalischen Weiber ... die hat er gar als Ballast gladen ghabt! In Schindelarsch hab i darin umanandscheppern ghört, weil er einigstürzt is ... mit Müh hab i eam außikletzeln können ... und rein gar nix hab i in d' Wirklichkeit üwri retten können ... dös überleb i nit, dös überleb i net ... Nit was schwarz unterm Nagel is. Seit i an Hut nimmer tragen därf, und wo er noch dazu zu gspassig schmeckt, hab i halt koa Glück nimmer!" Und wieder stierte er vor sich hin und seufzte aus schwerem Herzen.

„Jaa", sagte Prinz Max, der dabeistand, „Jaa, es ist die höchste Zeit, dass endlich einmal eine Gesellschaft zur Realisierung der Traumgüter ins Leben gerufen wird. Das wäre dooch volkswirtschaftlich von höchster Bedeutung. I werd'n Oonkel Staathalter telegraaphieren!"

Da kam Bewegung in den schmerzdurchwühlten Großwachter. „Dös is, dös is, was uns immer gfehlt hat! D' Wissenschaft soll endli amol dazu schaun, dass sie was wirklich Brauchbares zsammbringt. Jetzt tun s' nix als schwätzen und tun eh nix als bloß immer im Kreis herumschreiten wie d' Hund, wo im Kreis umagehn und einand hinten zuwischmecken. Der Himmel segne Sie, mein Kind! Dös war ein goldnes Wort, was S' da gschbrochen ham, und die Hoffnung, dass dös einmal eintrifft, gibt in alten, gebrechlichen Maann, der was stundenlang mit die Gichtfüaß im eisigen Wasser gstanden is, ein bisserl Lebensfreude wieder." Und zitternd hob er seine Hand zum Segen. Ergriffen wollten schon einige niederknien, als Dr. Lyons erregt schreiend dazwischenfuhr.

„Halt! unmöglich, einem Juristen bricht das Herz! Wo denken Sie hin! Welche unreife Idee! Was, glauben Sie, wird die öffentliche Gewalt dazu sagen? Auch die Industrie wird sich bedanken! In jedem Schlafzimmer müsste eine Zollexpositur errichtet werden, schon, Gott behiete, wegen dem Saccharinschmuggel aus einer geträumten Schweiz!"

„No", meinte Baron Zois, „grad die Industrie könnte sich nicht einmal beklagen. Ein neues Feld der Tätigkeit würde ihr in der Erzeugung von einer Kombination von Nachtkästchen und Finanzerhütte blühen!

Wenn man das eine Türl aufmacht, erblickt man das bleiche Gesicht des Zollbeamten … keinen Nachttopf! So in der Art der kleinen Wetterhäuschen … stelln S' Ihnen das nur vor!"

„Machen Sie keine Paradoxen! mir wird fermlich iebel. Hier blieht ja der Frevel", stöhnte Lyons und trollte sich erregt von dannen.

Aber Prinz Max malte seine Utopie weiter aus, in den glühendsten Farben. Erst heute Nacht habe er Krawatten gesehen, also einfach unerhört! Und zum déjeuner dînatoire bei der Bumerandschi war er eingeladen worden in ihre indische Villa. Frau von Horsky dagegen berichtete leppernd, sie hätte das Paar Kapauner um vier Kreuzer haben können, und den kaiserlichen Rat Dodola hatte man gebeten, ob bei ihm eine herrenlose Fuhre Kaiservirginia abgeladen werden dürfe, und Howniak habe geträumt, dass ihn der König von England um das Du-Wort gebeten habe.

Bloß Bébé Kličpera schwieg, war aber blutrot geworden.

20

Verloren, bleich und mit schmerzlich verrenkten Nüstern irrte wieder einmal nach einer qualvollen Nacht der zerknitterte Escamillo „Sch-sch", so nannte er sich wenigstens auf seinen Koffern, durch den paradiesischen Morgen. Mit der untrüglichen Treffsicherheit des geborenen Nervenpinkels wählte er just das Leibtischchen Dodolas, gleich neben der Azaleengruppe da links. Er zog ein Gedichtbändchen heraus, das den schwülen Titel führte „Alexandrinische Nachtstücke". Ein verworfener, ein gewissenloser Spaßvogel hatte es ihm voll Tücke zugesteckt. Nachdem er eine Zeitlang geblättert hatte, murmelte er halblaut:

„Siehst du dort die Wüstenschneppen,
wie sie lauern auf die Teppen,
die vom kalten Norden kamen,
ohne Damen …"

Escamillo Sch-sch legte das Buch weg, turnte ein-, zweimal mit dem Adamsapfel und träumte vor sich hin.

Da tauchte – eine schreckenerregende japanische Lackschnitzerei war ein Schmarren dagegen – Rat Dodola vor ihm auf. Mit einem einzigen, entsetzlichen Blick verscheuchte er den unerwünschten und jetzt auch noch dazu nervös zwinkernden Schindelarsch, den man bald schon recht fern unter dummem Gehüpfe fliehen sehen konnte. Er, der sonst unerwartet aus Gebüschen heraus – besonders bei Mondschein – in lyrischen Vorträgen geradezu brillierte, hatte bloß, arg stotternd, die paar Worte zusammengebracht: „Mein ... Name ... ist ... Schi... Schi... Schindelarsch! Bi, bibi, bitte! mö... möchten Sie mich ... bebe... bekannt ... machen ... mit der ... Fräuln Momo ..."

Brummend hockte nun der Rat da, ein Bild übelster Laune. Ihm hatte es diesmal nicht von exquisiten Virginias, sondern von bleichen Würmern geträumt, und dies bedeutete, wie er aus reicher Erfahrung wusste, nichts Gutes, nämlich Nachstellungen von seiten heimlicher Feinde. Seine Kenntnisse hatte er ursprünglich aus dem „Privilegierten, für den Gebrauch in den inneren Stadtbezirken behördlich zugelassenen k., auch k. k. Normaltraumbuch für die Haupt- und Residenzstadt Wien" geschöpft.

Schon den ganzen Vormittag war er recht verloren herumgegangen. Der kernige Eichfloh, dem er Einblick in seinen Seelenzustand gewährte, hatte ihm zwar Mut zugesprochen und ihm ermunternd und dröhnend auf die Schulter geklopft, dass eine Wolke zahmer Kolibris und Zwergpapageien aus den benachbarten Büschen davonstob. Aber Dodola verlor nun einmal nicht den bittren Geschmack auf der Zunge. Nicht, dass er etwas Besonderes fürchtete; er hatte nur so ein unheimliches Gefühl im Allgemeinen, und er schob das Krügel Spatenbräu von sich, in das er misstrauisch, wie er nun war, vorerst einen jähen Messerstich geführt hatte.

Unwirsch, tropfenden Schnurrbartes, haute er auf den Tisch. Nein! die Geschichte mit der Erscheinung von vorgestern war ihm doch über die Hutschnur gegangen! So etwas *durfte* in einem soignierten Kurort nicht vorkommen, ebenso wenig als ein Hotel, das was auf sich hält, Spukzimmer haben darf. Band XIII seiner geliebten „Bibliothek für Selbstquäler" mit dem Kapitel „Ingram, Verzeichnisse der Unglückshäuser, die bisher wegen Spuk verlassen werden mussten" hatte ihn bis jetzt nicht interessiert, weil speziell Hotels im Verzeichnis nicht aufgenommen waren. Plötzlich empfand er da eine klaffende Lücke, zumal auch der Baedeker nur an einer Stelle Bedenken, und das wegen eines Vorkommens von Heinzelmännchen, enthält, eine Stelle, die sich auf die unter den Hotelparks der „Cocumella" gelegenen Grotten von Sorrent bezieht.

„A, was! I geh zum Zois!" Damit tappte er gegen das Verwaltungsgebäude, nicht ohne unterwegs grimmig mit dem Stock auf die Herren Dr. Natanael Schimpelzüchter und Dr. Lyons gedroht zu haben, die, mit weit zurückgeschobenen Zylindern und stechenden Fingern, wiederholt voreinander ausspuckend, am Fuße einer Laokoongruppe stritten.

Er fand Michelangelo in scheußlicher Laune. Howniak und der böhmische Ehrenritter hätten eine Kette von Unheil auf ihrer blöden Herumjagerei angerichtet! Da hätten sie einmal – er hieb einen dicken Beschwerdeakt auf den Schreibtisch – dem heiligen Franziskus den Goldfisch ausgeschüttet!

Dann seien sie eine geschlagene Viertelstunde mit grässlich sprühenden Glotzaugen, was seitens der klagenden Partei eigens erwähnt wurde, um die gewisse, dünnpfeifige gotische Orgel des asketischen Ehepaares wildschnaufend herumgetanzt! Dann seien beide Herren nacheinander, ich bitte! über den Kessel der gewissen Psaltertänzer gestolpert! Nicht genug damit, hätten sie auch noch den schlankhüftigen Erostorso des vornehmen Hirten heruntergehaut und ihm die Doppelflöte zertreten … ohne sich vorzustellen, ohne ein Wort des Bedauerns zu äußern, ohne „Gott befohlen! bald wieder!" oder zumindestens „Auf Wiedersehen!" zu sagen. Ja, und dann sei wegen der schönen Geraldine der gewisse Romeo da gewesen, um eine Klageschrift zu überreichen. Es handle sich bei dieser Beauté um die gewisse Stelle – so habe es Romeo mit seltener Delikatesse zu Papier gebracht – wo die Rücken- und Oberschenkelpartien miteinander Shakehands machen! Bitte! eines Shakespeare würdig! Und diese Stelle sei wahrhaftig alles andere eher als ein Panzerauto – na klar – und dort habe ein Mann in den besten Jahren nicht unterzuducken! Wie man die Sache auf dem jetzt einzuberufenden Montgomery'schen Familientag … aufnehmen werde … und bei Hof … müsse man noch zagend abwarten. An beide Stellen seien lange Kablogramme gegangen, die natürlich die Hoteldirektion schwitzen könne! Kurz, ein Rattenschwanz geschmackloser Untaten! Ja, und den schnarchenden Mops der Chenilletänzer da habe der Schlag vor Aufregung getroffen, und jetzt wolle diese hoch zahlende Gruppe abreisen, nachdem die ebenso hoch zahlenden zwei oberungarischen Bitterwasserkönige schon vorige Woche in aller Stille versickert seien! Und Krach auf Krach folgte auf dem Schreibtisch.

„Was? wer hat Spuckzimmer?", fuhr er dann Dodola mit blutunterlaufenen Augen an. Er solle keinen solchen Blödsinn behaupten! Nein, er garantiere, Pomo sei unverdächtig, zum Bau wäre kein Demolierungsschutt verwendet worden, der bisweilen böse, fluchbeladene Bestandteile, ja selbst Gemoder aus alten Pestgruben in sich schließe! Nirgends sei ein Skelett eingemauert worden. Dafür könne er haften.

Die gewisse Erscheinung, von der er ja auch nicht gerade gerne spreche, sei lediglich eine glänzende Leistung Rabenseifners, bisher allerdings in dieser Intensität von Nichtfakiren noch nie zuwege gebracht worden. Aber vielleicht wäre Rabenseifner ein Fakir – mindester Sorte, natürlich! –, der halt nur so blöd angezogen sei!

„Ich bitt Sie: So ein minderer Fakir kommt an – wo? Natürlich am Wiener Nordbahnhof, via Russland über Podwolosyska, während die besseren alle über Triest zureisen. Dann ist's erschte, dass er in so ein Pofelkleiderhaus in der Leopoldstadt hineinfliegt. Jetzt schaut er schon so aus! 's Nächste, was er als Orientale tut, ist, dass er in ein Café geht. Wo? Natürlich auch im zweiten Bezirk, oder, wenn's hoch kommt, Rotenturmstraße, Salzgries etc. Da wolln s' ihm Färbeln lernen oder Kümmelblättchen, um den

Provinzler zu rupfen. Aber die kommen schlecht bei ihm an! Er hat ja, wenn er will, 10, 15 Cœur-Ass! Was! 10, 15? mehr! Ein Kubikmeter Cœur-Ass können plötzlich am Tisch liegen! Das ist für den Mann eine Kleinigkeit. Jetzt färbeln S' amal mit an Fakir! Bei dieser Gelegenheit sieht er abendländische Umgangsformen, kopiert sie augenblicklich in höchster Vollendung – und da haben Sie den Typ Rabenseifner!" Aber er könne sich auch irren. Höchstwahrscheinlich sogar.

Und er klärte Rat Dodola über gewisse Dinge auf, dass der kreisrunde Augen bekam und dass sich seine niedre Stirne gar nicht mehr entrunzeln wollte. Vielleicht habe Rabenseifner – dabei verschränkte Zois die Arme und sah sein Gegenüber sehr ernst an – mit Hilfe der von ihm auf magische Weise umgeschalteten geodynamischen Kräfte eines lokal vorhandenen sogenannten *Erdnabels* gearbeitet! „Aber behalten Sie das bei sich! Geben Sie mir Ihr Wort als Bezirksarmenrat!"

„... An ... Erdnabel ...?", stöhnte der entsetzte Mucker.

„Das sind", Zois blickte noch düsterer, „verschüttete, grundlose Schächte ... vielleicht führen s' in die Hölle!"

Krachend sank der Armenvater in ein Fauteuil.

„Ja, ja, wir in Krain wissen mancherlei Entsetzliches, worüber die öffentliche Gewalt Verschwiegenheit heischt! Ja, Herr, *entsetzliche* Dinge ... über unsere unerforschlichen grau-en-haf-ten Höhlen! Ja, nur die harmlosen Zuckerschnuckis davon sind bekanntgegeben. Vergessen Sie das nicht! Sie unterstehen dem Ackerbauministerium. Der Ministerialrat Dr. Mefistofeles Dämonokakis Edler von Toiphelshausen ist der Ressortchef. Und mit die Erdnäbel haben immer gewisse Leute zaubern können. Und das geschieht durch geheimnisvolle magnetische Zeremonien mit dem Abbild davon, dem fleischernen Abbild davon ... Verstehen Sie jetzt, warum noch heute, auch beim – angeblich – harmlosen Ballett und dort, bitte! unter den Augen der Behörde, beziehungsweise mit Bewilligung des Unterrichtsministeriums! nicht zu vergessen! der Nabel – temporär wenigstens – entblößt wird?"

Dodola stöhnte: „Ent... bleest? in ... Bauchnabel ... vor ... die ... Leut? in ganzen ... Abend? Also, ich war nie in an Ballett und wird mich auch nie eins sehen ..."

„Nein, nein! Das nicht! Es ist selbstredend von hoher Stelle aus nur jeweils eine gewisse Zeit bewilligt, die auch von zwei k. k. Ministerialkonzipisten in der Kulisse mit Stoppuhren genau kontrolliert wird. Ah! wir leben unter soliden Rechtsverhältnissen. Und dieser, heute allerdings ganz befremdliche Brauch ist lediglich eine Folge unserer konservativen Einstellung in Österreich: Weil in alter Zeit sehr schöne Tänzerinnen zu zauberischen Praktiken beigezogen worden sind! Wissen S', symbolisch! Von der kosmischen Substitution aus, also von die Fräuleins aus, ist halt die Geodynamik der Erdzauberkraft angeheizt worden!"

Dodola sah maßlos blöd drein.

„Ja, ja, geben Sie sich keine Mühe! Was wissen Sie von wirklicher Weiblichkeit!"

„Erlauben S'!", polterte Dodola, „i kenn Frauen gnug!"

„Frauen?", bellte Zois. „A schlecht angezogener Gasometer oder eine eingeschlagene Gaslaterne mit an Kapotthut ist noch lange keine Frau – Ihre charmante Gemahlin macht natürlich eine Ausnahme! – Aber die Malfilâtre! Sehen S', mit der könnte einer vom Fach schon nette Stückerln aufführen … natürlich nicht der Palaversich, der fesche Mandrillewski oder andere Teppen.

Sehen Sie, die Weiblichkeit kann man in zwei Gruppen teilen: die einen, die in der Lage wären, unter sehr, sehr, sehr kultivierten Leuten *Geschichte* zu machen – wie der Typ, den ich gerade erwähnt habe –, und die andren, die *Geschichten* machen! Die sollten ohne weiteres durchs nächste Kanalgitter passiert werden! Da ham S' die wahre Lösung der Frauenfrage! Wenn dieses einfache Verfahren ein paar Jahrtausende gewissenhaft praktiziert würde, und auf je eine durchpassierte Frau zehn Männer als Zuwaag kämen, hätte man das Paradies auf Erden."

Dodola hatte kein Wort verstanden und fing schon wieder von seinem Spukzimmer an.

„Ja, ja, ja, lieber Freund! Ihr Buch hat ganz recht. Ältere Hotels, wo schon viel passiert ist, dürfen sich vielfach solcher Ubikationen rühmen. Nur merkt der Gast das schwer, da okkulte Geräusche fast stets Nachbarn oder dem Personal zu Lasten gelegt werden. Da gibt's Schnarchhöhlen, in denen es jede Nacht schauerlich schnarcht, ohne dass jemand drin ist oder daneben wohnt." Solche Zimmer, oder auch die, wo man die ganze Nacht aufs abscheulichste Hühneraugen schneiden hört, bekämen Liebespaare, Selbstmörder oder sonst Leute mit benommenem Sensorium. Dann lehnte er den dicken Besuch hinaus, der schweißtriefend sich seines Weges trollte.

21

Bald nach dem Lunch reisten an diesem Tage auch die „Vier heiligen Johannesse auf Patmos" ab. Die Sache war überaus malerisch. Fast das ganze Hotelpublikum war erschienen, um das Schauspiel sich nicht entgehen zu lassen.

Da diese sehr exklusiven Anachoreten, deren irdische Namen auf dieser Welt man von der diskret achselzuckenden Direktion nie erfuhr, mit Glücksgütern sehr gesegnet zu sein schienen, ging alles stilvoll über die Maßen vor sich.

Sie überwachten das Zustreifen ihrer irdischen Güter auf dem Landungsplatz persönlich. Hohe gotische Koffer aus Zedernholz mit spitzen Dächern standen zu Dutzenden am Ufer, eisenbeschlagen und mit wundervollen Malereien aus den Heiligenlegenden geschmückt. Neben einem lehnte ein Altsalzburger Regenschirm mit einem Doppelkreuz. Man flüsterte, dass er dem heiligen Rupert gehört hatte.

Dr. Schimpelzüchter befühlte, den Zylinder weit in den Nacken geschoben, den Stoff, blickte nach rückwärts über den Zwicker und machte eine wegwerfende Geste. Einige Damen, auch orientalischen Gepräges, die Ebenholzkreuze als Broschen trugen, klappten, empört über sein allzu freigeistiges Vorgehen, die Lorgnons zu. Auch sie waren etwas näher getreten, die frommen Schildereien zu bewundern und sich an deren Inhalt zu erbauen. Da sah man den heiligen Paulus bei Melita stranden. Und dort warf man den Jonas von Bord eines hohen Dreimasters. Ein genießerisch blickender Walfisch mit umgebundener Serviette und Messer und Gabel in den Vorderflossen verwies auf einen sehr naiven Maler der Frühzeit.

Die Johannesse hatten gelbe Wachstuchmäntel an, klirrten ungeduldig mit den goldenen Heiligenscheinen und ließen durch einen Lakai Tetradrachmen und andere kostbare Münzen als Trinkgelder an das Personal verteilen, mit dem Großwachter unter Schnurrbartgewackel intensive Geschäfte machte.

Wie vornehm wirkte die Gruppe! und doch lag ein gewisses „Je ne sais quoi" über dieser beinahe ätherischen Assemblée distinguiertester Country-Asketen. Waren sie denn alle Rheumatiker, dass sie in Intervallen so einknickten? Und warum zeigte denn jetzt der eine Johannes mit einem pariserwurstähnlichen Handverband in die Weite der bläulichen See? Drei andere schneeweiße Knackwürste folgten derselben Richtung! Ei! Dreie haben ja auch bepflasterte Ohren?

„Was' nur haben?", interessierte sich Baliol. „Die gschpassigen Zeigefinger-enveloppen! Und hatschen tun s' auch alle. Das sind ja Spitalsbajazzer in gelber Dress!"

„Hn – ä?", ähte Oilenhoy. „Hospital … ä … Clowns? vastehe nich. Der Mann spricht in unverständlichen Bildern." Mürrisch ging er davon und hörte nicht mehr, wie Prinz Max – heute mit ganz besonders fadem Timbre – seinem Vetter sagte: „Schaad, Léo, wirklich sehr schaad, dass diese gelben Water-proof-Burscherln da wegfaahren. Ja, ja, diese drei Primaveragirls! Heedwig, Modeeste und Frieda."

„Hn?", machte Léo. „Was redst denn da für zusammenhangloses Zeug? Hedwig, Modeste ..."

„Ja, weißt, die woo sich am Großwachter ... vergriffen haaben dürften. Zerscht solln s' dem würdigen Herrn die Fackel – irgendwie – ausglöoscht haben, weißt! Kennst du alle Geheimnisse des Waaldes? ich mein, damals, wo dieses verkommene Subjekt, der Čwečko, an so an feschen Vortäänzer gmacht hat."

„Aber geh! Ich versteh dich nicht! Wie kann man nur so reden! Halbe Andeutungen machen über so zurückgezogene, wirklich distinguierte junge Damen ... nie sieht man sie ..."

„Weil s' den Waald und das Geklüüfte ruhelos durchstreifen! Es spricht manches dafür, dass sie auch einmal den Freiherrn von Eichfloh recht derschreckt haaben ... sonst ein so keerniger Maan, als er studienhalber – um seinem verehrten Moonarchen dann zu berichten – den Waald inspiziert hat. Von da ab war er soo nervios. Wahrscheinlich haben sie also auch als Määnaadeneinbruuch die vier heiligen Johannesse verscheucht.

Ich bitt dich, stell dir vor: Die Herren sitzen nichtsahnend zu viert beim Tarock. Einer sagt grad einen Kontra an, der andre sagt ,Rekontra'. Der dritte ruft unter atemloser Spannung der anderen ,Hirsch!'

Man ist taub für alles. Da rast's heran! Da toben Mädeln in Pantherfellen herein … die Karten werden den Schreckgelähmten aus der Hand gehaut, die Kerzen mit dem Thyrsos eingeschlagen, der Tisch stürzt um, das Likörtischerl zerkracht ditto klirrend … die eiskalte Tarockpartie ist mit schlanken, glühenden Mädchenkörpern zu einem unentwirrbaren Strudel vermischt … nur eine Hand mit einem Sküs erscheint immer wieder aus dem abscheulichen Knäuel. Sein Eigner hält diese kostbarste aller Karten auch im etwaigen bittren Verzweiflungskampf um seine Junggesellenehre, wie der Fähnrich die Standarte, hoch.

Es ist furchtbar. Erlass mir das Weitere. Schau, Mänadenbesuche gehören nun einmal in keine Tarockpartie. Alles können Tarockspieler vertragen! Ich wiederhole: Nur das nicht. Mehr! sie können Mänaden nicht einmal sehen. Frag nur herum!

Bitt dich, zieh den Orpheus nicht zum Vergleich heran! Der hat *Lyra* gespielt und nicht Tarock! Das ist tausend und eins. Das musst du immer streng auseinanderhalten! Und wie bös der war und was der z'sammgeschimpft haben wird, wie s' ihn zerrissen haben, wo er vielleicht grad einen Schlager ausprobiert hat! zur Lyra, bitte! Also, stell dir jetzt vor, was erst eine Tarockpartie von wirklich ernsten Spielern aufführt, wenn ihr das Oberwähnte – meinetwegen im Kaffeehaus – zustößt! Ja, ja, und tausendmal ja! So feuchtschimmernde Purpurgoscherln und blitzende Zahnderln sind ja recht schön ... aber: nur markiert darf damit werden! Übrigens soll die Adonaïde auch dabei gewesen sein und als Vierte ausgeholfen haben ... Du, schau, was da vorgeht!"

Ein bizarres, malerisch-buntes Schiff kam um die Ecke und niemand konnte einen Ausruf des Staunens unterdrücken. Ein Zweimaster war's, mit wappengeschmückten, braunroten Segeln und stilvollem Schiffsvolk an Bord. Ein alter Graubart mit flammender Lunte brannte eine Kartaune ab, deren Donner immer und immer wieder durch die Schluchten von Pomo rollte.

Ein Boot brachte die wurstfingerigen Sonderlinge an Bord, und unter abermaligem Kanonendonner steuerte das Schiff südwärts, da die Herren, wie Zois versicherte, den goldblauen Herbst auf Patmos zuzubringen gedachten.

Gerade als der Segler sich in Bewegung setzte, hörte man aufgeregtes Geschrei. Ein junger Mann mit eleganter Ledertasche kam aus dem Hotel gelaufen und schwang einen Stockschirm.

„Stehen bleiben ... zu blöd ...", schrie der emsige Läufer. „Haben die Herren nicht warten können? Schkanda-lös so was! hab mitfahren wolln. Unglaubliche Rücksichtslosigkeit! echt Bielitz!"

„Beruhigen Sie sich, Herr Pallenberg!", hörte man Zoisens milde Stimme. „Ich glaub kaum, dass Sie auf die Dauer zusammengepasst hätten. Sie, ein Weltmann ..."

„Erlauben Sie mir! Tarock einigt alles! Also, so was! jetzt fahren diese gelben Bimpfe weg ... wo ich sowieso den einen gut kenn, den Jampfeles ... geboren is er in Mährisch-Budwitz ... Moriz heißt er ... von Johannes keine Spur ... die drei andern heißen alle Pollak ... sind aber nicht verwandt miteinander ..." Und knurrend entfernte sich der ägrierte Mime, der am andern Tag mit dem schäbigen Raddampfer die Insel verließ.

Michelangelo wendete sich wieder seiner Gesellschaft zu. Noch lange sah man der phantastischen Silhouette der altertümlichen Kogge nach und träumte sich in die Zeit Carpaccios zurück.

Nachdenklich, die Worte klar abwägend und die Brille auf der gerunzelten Stirne, meinte Zois: „Ich glaub, der Herr von vorhin hätte auf die Dauer doch nicht dorthin gepasst. Wahrscheinlich wäre es schon bei der Abendcolation zu Misshelligkeiten gekommen. Auch hätte man ihn bestimmt in ein rangentsprechendes Kostüm gezwängt, das eines Gauklers. Vielleicht hätte er gar als Fleckerlpojazzo reisen müssen! Und das lieben Schauspieler in den Ferien nicht."

Vom Stichwort „Fleckerlpojazzo" kam das Gespräch wie von selbst auf vergangene Zeiten. Das war Wasser auf Großwachters Mühle. Verklärten Blickes sprach er mit wollüstigem Schnurrbart vom Salzburger Trödelmarkt und packte den Inhalt seiner gestickten Reisetasche aus.

„Hier das gesuchte, aber wohl nie gefundene Werkchen ‚Wie lerne ich meinem Huhn Philidor singen?' und beigebunden ‚Wie mache ich mein Huhn Claudia Augusta energisch?'. Ferner: ‚Kann ein Ichneumon ungestraft Therese heißen? Ja, oder nein?'."

Triumphierend sah der beneidenswerte Eigner dieser Zimelien im Kreise umher. „Dees wärn Stückeln! Zeigen S' mir noch wen, wo die Bücher hat! 's Germanische Museum tanzt auf aan Fuß vor Gier, wann's woaß, was i in der Grillparzergottselig-Taschen umatrag. Hier der hochpikante Hongrogneur, ‚Histoire des enfants du plaisir, les Zephiriens & les Zibaldones', das Büchel, das s' dem sterbenden Ludwig XV. vom Nachtkastl gstohln haben und das mit seinem unheilbringenden, mit die Blattern infizierten goldenen Schlafrock nach Salzburg kommen is, so dass der Erzbischof hat dran glauben müssen! Ja. Aber weints nit, Kinder! Schauts lieber, was i erscht *da* hab!"

Listig blinzelnd zog er ein ramponiertes gelbes Vogerl aus der Tasche. „Da werds spitzen! Dös is a Stückl! Zu dem muss der König von Schweden ‚Sö' sagen! A Zimelie für jedes Hofmiseum … was sag i denn! Museum natürlich! 's andere san die diensthabenden Hofdamen!"

„Der Dreck", hörte man eine Stimme. „So was schmeißt man doch weg!"

„Glauben S'?", höhnte Großwachter schlau. „Jetzt werd i Eana was zeign!" Er nahm den ausgestopften Kanari, hob ihm den Schwanz auf: „So, jetzt sag schön ‚Piep'!"

„Bumm", krachte ein Schuss.

„Was sagen S' jetzt?", triumphierte der geriebene Linzer. „Dös und kloane Gebetbüacheln, die dös aa kennt habm wie der Kanari – damit haben s' gern g'schossn, d' Fenezianer, in der Glanzzeit, von recht nah halt, wenn wo a Mord unter vier Augen bstellt war. Da hätten S' schöne Resultate ghabt! Da wär nix zu klagen gewesen. Aber heitzutage! immer nur die feinen Glasscherben im schwarzen Kaffee, oder die Fischvergiftung! Dös is schon urfad! Wanns d' mit an schwiegermutterähnlichen Weib oder mit an Onkel, wo vüll Brillantring auf die Klebeln hat, im Café sitzest, deutet auch heut der Cameriere schweigend, aber vielsagend auf den Kaffee und murmelt mit vielsagendem Blick: ‚al vetro'. Ja, und was i hab sagn wollen! 's hat vüll Müh kost', eh i eam derwischt hab, mei Bumbfüneberpipmatzerl da! Tag und Nacht hab i koa Ruh nimmer ghabt! Förmli zidert hab i, wia i eam s' erschtemal gsehn hab. Die saubre rotschopfete Freil'n mit die feschn Gschpassla… halt aus! … hat eam mitghabt in aner Goldschalen vor a paar Täg. I hab s' nimmer aus die Augen lassen, d' Freil'n. Dös hat viel Müh kost', eh i s' derwuschen hab! Aber oanmal triff i s' doch alloanig im Walde. I hab in neichen Gehrock anghabt – mit die grean Aufschläg, den – und a Flaschen Kunstschampagna in an Tornister. No, und a bisserl a scheener Mahn is ma ja auch noch … Gott sei Dank …! ‚Kiss d' Hand' hab i gsagt. ‚Ihr Vogerl hätt i gern!' Sie hätt koans, hat s' ganz verschämt gsagt, und is rot gwordn und hat mit die Schultern gschupft.

‚Aber ja', sag i. ‚Gar so a scheens gelbs Vogerl haben Sie … scheen zütrongelb …'

‚Was? zitrongelb?', sagt s'. Aber dann is ihr glei a Licht aufgangen. ‚A, so!', hat s' dann gmoant mit ihrem roten Zuckergoscherl und hats Vogerl außignommen."

Eine Bewegung ging durch die Versammlung. Zwei, drei Herrn standen brüsk auf und entfernten sich.

„Ja", fuhr Großwachter nach einer sinnenden Pause fort, „hat's außignommen aus'm Busen. Kaum dass i angfangen hab, Augen zu machen, hat s'n glei so hergschenkt, in Kanari, und i war schon im Begriff, d' Freil'n am Schoß z'nehmen. Ein schnöller Sieg!", murmelte selbstzufrieden der schöne Mann. „Ja, i habs Vogerl a so kriegt! Nit amal an Schampus hat s' mögen. Hähä! Segn S', für den Kanari hätt i a Liebesnacht g'opfert! Ja, schlau muss man sein! und a bissl a Glück haben!"

Triumphierend blickte der beneidenswerte Antiquar im Kreise herum.

„A so hab i eam kriegt! hähä! Aber d' Reitgerten von der Lola Montez hab i ihr tags drauf noch gschenkt. Lumpig will mir doch nit sein. Wissen S' die Gerten, wo s' damit mit'n Kini Ludwig I. verkehrt hat! Is aber falsch!", triumphierte er. „Wann S' Eana falsche, historische, sagenumwobene Reitgerten machen lassen wollen, oder gar falsche Regenschirm, wo nit aufgehen, wüsst i in München an Schbezialisten, nit weit vom Sendlinger Tor. Sehr a tüchtiger Fachmann. Historische Schirm mein i natürlich! Wie den, wo zum Beispiel Keenig Ludwig I. gottselig damit in Ludwig August Frankl g'schlagen hat, wegen an Huldigungsgedicht. Dees is eam weit wohlfeiler kommen, als a Orden. War ein praktischer Monarch. Den Schirm – in echten – könnt i Eana spodbillig abgebn, weil derselbige bloß a Reliquie is aus'm deutschen Dichterwald. Ja, meine Herrschaften! Über den Kanari, da geht mir nix! Der ist seine 10 000 Markeln unter Brüdern wert."

Professor Harnapf, der schon die ganze Zeit unruhig geschmatzt hatte und ungeduldig hin und her gewetzt war, zog – offenbar wollte er nicht zurückstehen – seinen köstlichsten Besitz aus der Westentasche, die Faunsbohne, die er, sehr von oben herab blickend, Großwachter reichte. „Nun, Herr Geheimrat, was sagen Sie *dazu*?"

Der schob seine Brille auf die Stirne, drehte das Ding von allen Seiten zwischen den Fingern und sagte schließlich: „A ganz a netter Meerschaum! wo ham S' denn den kauft?"

„Meerschaum? Nöö! Ne Faunsbohne is es, derelictum Faunii, Pseudohominis sive Satyri, Lin.!"

Interessiert nahm der Geheimrat abermals die „Zimelie" her, betupfte sie leicht mit der Zunge und gab sie dann geringschätzig zurück. „Hund." Mehr sagte er nicht. Der Eigner des angezweifelten Musealobjektes wehrte mit stummem Handschütteln ab.

„Doch. Hund. Typisch. Kosten S' selber! Das wird Ihnen jeder Prähistoriker sagen. Dees is's erste, was s' lernen. Habts denn dös nit auch im zweiten Semester ghabt? Und zwar von der Malfilâtre ihre Möps. Mir derzähln S' nix."

Erregtes, halblautes Sprechen begann. „Ach, purer Neid!", konnte man vernehmen. „Die prähistorische Abteilung in München hat's eben nich ... Gehen Se nur mal ins vasteinerte Fäkalienkabinett, fragen Sie nur Geheimrat Eckenvogt!" und Ähnliches mehr. Verstimmt wendete sich Harnapf zum Gehen. Baron Zois wollte ihn zurückholen. Aber Großwachter winkte ihm ab. „Lass den Fadian gehn! Is a eingebildeter, steifer Tropf! In Salzburg hab i vüll Schwierigkeiten mit eam ghabt. Halbe Stunden hab i ihm immer d' Speiskarten übersetzen und erklären müssen! Ja, unsere österreichische Küche! Duckentenbischof hat's geben! da geht nix drüber! noch mit der Feder drin! und ,schlampete Nudeln im Brauthemd'! delikat ... hab's zwoamal b'stellt ... Der Harnapf hat den Speisen nicht getraut", erzählte Großwachter mit wackelndem Kopf. Der habe eben keinen Blick fürs Reale, keinen Blick! So murrte er weiter. „Aber sein wir wieder lustig!"

Doch Baron Michelangelo lachte nicht. „Was ham S' denn nur? Schaun ja aus wie die Henn unterm Schweif! Wer wird denn?"

Da stand der Düsterbebartete auf, nahm den besorgt mümmelnden Privatgelehrten unter dem Arm und bat ihn, mit ihm zu kommen.

Als sie außer Hörweite der Gesellschaft waren, setzte sich Michelangelo auf eine Marmorbank und blickte tief seufzend auf das schönheitstrunkene Bild vor seinen Augen. „Mir ist bang", seufzte er, „so bang um mein Lebenswerk. Ihnen als welterfahrenem und verschwiegenem Freund kann ich's ja anvertrauen."

„Was is denn?", lepperte förmlich der solchen Vertrauens Beehrte.

„Ich komm ... über ... die Erscheinung ... über die Geschichte mit dem Gespensterschiff nicht hinweg!", stöhnte Zois. „Die Holländererscheinung war so fürchterlich, dass sie nichts Gutes bedeuten kann! Mein inneres Gefühl sagt mir, dass mein liebes Pomo bedroht ist, dass jeden Moment etwas Schreckliches passieren kann. Auch die plötzliche, unerklärliche Abreise der vier Johannesse gibt mir zu denken. Drei sind bekannte Amateurhellseher, alle vier tüchtige Börsianer! Und die spurlos verschwundenen Bitterwasserkönige! Diese Art Leute, denn das ist ihr Geschäft, lauschen direkt in die Erde hinein! Wenn ich da an den bekannten Löbel Schottländer denke, der die Karlsbader Quellen vertrieb! Wie oft habe ich den eleganten alten Herrn plötzlich mitten am Ringstraßenkorso das Ohr ans Pflaster legen sehen ...

Sehen Sie, die spüren da Dinge voraus, von denen sich unser Verstand nichts träumen lässt. So hat öfter der Schottländer gesagt, wenn er wiederum vom Boden aufgestanden ist: ‚Passt auf, keine zwei-, dreihundert Jahr, und Wien hat ä Untergrundbahn!'

Nein, die Geschichte von vorgestern! Von allem Möglichen hab ich gelesen: vom gewissen Baum, der vor den Zuschauern wächst, vom Tau, das in den Himmel geworfen wird und an dem ein Kind hinaufklettert ..."

„Na ja, da haben S' es! Schaun S' lieber Freund, bei mir in der Heimat haben ma an Klub, ja auch weiter, bis Salzburg sogar, reicht der Klub, den wir gegen 's Apokalyptische gegründet haben! Den haben s' nach meinem Namen in ‚Großwachter' gnannt!" Er tupfte sich eine Träne der Rührung aus dem Auge und erklärte weiter: „Naa, davon ist bis zu Eana noch nix durchgesickert? Also ‚Wir waachen!' is die Parole. A Vereinsfahne hätten wir auch, wo dösselbige draufsteht."

Mit weit aufgerissenen Augen hatte er die letzten Worte gesprochen. Umständlich schnäuzte er sich und fuhr fort: „Glänzende Namen hätten wir drunter! Den Prähistoriker Dr. Zwirgelstötter, den Freiherrn von Wehvatter, der 's zwoate Gsicht hat, bitte, b'sonderscht an die ungraden Täg, bevor Regen kommt, sonst hat er eh nix z'tun und z'Haus muss er 's Maul halten; no, und unser Präsident ist der pensionierte General Polifka Edler von Löwenboll, ein direkt eiserner Mann!

Alsdann: I hab an uns gschrieben, und was der Wehvatter is, hat telegraphisch zruckgfragt, ob der Rabenseifner nach Naftalin riecht – auch als a nacketer? Und der Skrabal hat ‚ja' gsagt."

Er sah Zois groß und bedeutend an: „Im Herrenbad hat der Schkrabal unauffällig bei eam zuwigschmöckt. Hab eam auch a Krone geben. Ja."

„Nach ... Naftalin? ..."

„Ja. Angezogener schmeckt einer bald nach Naftalin. Aber, als a Nacketer ... das ist höchst verdächtig." Er flüsterte Zois etwas ins Ohr.

„Bsessen?"

„Ja. Bsessen. Von eam bösen Feind selbst, oder von an sehr an nahen Kollegen davon."

„Schrecklich ... und mit was hat er denn das gemacht? Mit einem Zauberstab?"

„Zauberstab! So oaner braucht amal: in Dreizack des Paracelsus, die Lampe, wo die drei Sphinxe mit die brennenden Schweifspitzen leuchten; ferner an Taschendrudenfuß für die kleineren Beschwörungen und, wann er a Hochgrad von der infernalischen Hierarchie is, auch an Degen mit die vier Halbmonde beim Griff, damit dö Ziefern, dö verdächtigen, d' Feuergeister, erscheinen. Sonst pfeifen s' eam was, und der Negromant kann bschwörn und bschwörn und vor Wut am Boden strampfen, bis er Plattfüaß kriegt! Jo. Aber der da hat mit'n Quecksilberspiegel g'arbeit ... wo 's Mondlicht unterm Unglückswinkel reflektiert wird ... 57 Grad ... wissen S'."

„... Quecksilberspiegel ...? Ich hab eher – aber du lieber Himmel! ich bin ja blutiger Laie ... auf Manipulationen mit einem von ihm ausgepeilten Erdnabel getippt!", murmelte Michelangelo.

„Schau, schau!", lobte Großwachter. „Also, Sie wissen auch schon was von diese verdächtigen Art Ziefer, diese verdächtigen? No, brav! Aber i woaß nit, i schmeck amal bei der Gschicht koan Nabel außa ... verstehn S'? Dös kann man nur mit der geistigen Nase, sozusagen, schmecken. Naa, naa, naa! Dös hat der Kerl mit'n Mondschatten gmacht! Glauben S' mir! und bei an schlechten Nöbbtunaschböckt –

ja, glauben S' mir, an solichen braucht er. Da kann er 's Schiff packen ... Auf a Stund borgen s' es her, dö Hörndlziefer ..." Er spuckte aus. "Und dös mit'n Schiff is eam deshalb so gut ausgangen, weil er gwiss in der Schwarzschul von Fenedig glernt hat, wo speziell die maritimen Infernaliker ausgebildet werden! Sehen S' jetzt, wie alles stimmt!"

"Schwarz... schule? ... in Venedig? Wo soll denn die sein?"

"Jo, Manderl", so weit vergaß sich unser Provinzler im frommen Eifer, "im Baedeker is dös freilig nit angegeben. Wo s' is, wissen nur die, wo schon ihre Seele verspielt haben! Aber, mir soll 's Haus daran kennen, dass", er zählte an den Fingern her, "a mal a weiße Mäushandlung drin ist, a Nebenpostamt und a Filiale von die Singer-Nähmaschinen. Sonst is es Haus öd und verlassen, und nur was der Wind is, pfeift durch die Fenster ... ö ... ö ... ö, wo nur ab und zu a schwarzer Wuschelkopf von an Madel außischaut, wo auf die Passanten so gwiss herunterschnalzet ... wissen schon." Abermals wischte der Rat die Stirne, stärkte sich durch einen Blick in den Zylinder und fuhr fort: "Jo, und noch was hätt i vergessn! 's Grauslichste: a Gasthaus – mehr schon a Auskocherei – wär auch drin. ,Trattoria' hoaßt ma's ... da kriegen S' schwarze Spaghetti!"

"Schwarze ... Spaghetti ...? Entsetzlich ..."

"Geltens? Und wissen S', mit was die abgschmalzen san?! Mit Öl ...", sein Flüstern klang krächzend und bedrückt, "wo aus die ewigen Lichter gstohln is ... Dös tun die ,Brüder des Schröckhens'. Jawohl,

Herr Baron! Niemand anderer! – No, und die Herrn, wo ihre arme Seele im Deifl verschriem haben, genießen 50 Prozent Rabatt bei die Colazionen, wia sie dort den Gfrast nennen. Und halb Pfenedig", so sagte er, damit es wegwerfend klänge, „bampft sich dort an." Er mümmelte vor Wut und fuhr giftig blickend fort: „Glauben S', dass mir dös der graupete Kerl gezeigt hätt, der was mir an Dschiedscherohni gmacht hat? An Schmarrn! Unseran verraten s' es nit, wo dös is ... die neidigen Ludern ... die neidigen ..." Und abermals mümmelte er bös vor sich hin.

„Ja, und jetzt passen S' auf! Jetzten kommt 's Fürchterlichste!" Der Rat zog nicht ohne Mühe und mit sorgenvoll gerunzelter Stirne eine dicke Brieftasche aus dem Gehrock und entnahm ihr einen verschwitzten, mehrfach gefalteten Zettel, den er seinem Partner abgewendeten Antlitzes und mit den Worten reichte: „Da lesen S'!"

„Ah", machte Zois, „da sind ja Aktphotographien draufgepickt! Lassen S' schauen ... Nein, ist das Madel da aber dick!"

„Geben S' es zruck ... geben S' es zruck ... i woaß wirkli nit ... wia dös einikummt ... möcht wissen, was dös is, dass einem auf der Reise halt alleweil die wichtigsten Babiere durcheinanderkemmen ... So, i dank scheen! Dees is's Löbendborträ von aner sehr aner feinen Freil'n. Später war s' der Stolz von der Lehrerinnenbildungsanstalt, aber angfangt hat s' als Wirtscheftrin von an guten Bikannten von mir, obschon s' blutjung war, und hat so an die Frostballen g'litten ... und desterwegen hab i s' halt pfotografiert, damit's ihr nix kost – is a Waisenkindl, verstehn S' – a reine Guttat, dass mir 's Bild – 's is a Sommerbild, wissen S', gmacht haben, während herentgegen oans d' Winterbilder von ihr leicht daran kennt, dass a Pelzhauben aufhat – also, dass mir so 's Bild an an orthopädischen Schuster in d' Weanastadt haben schicken können, so viel glitten hat s', des arme Hascherl! Und jetzten wirkt die Freil'n – d' Lehrerinnenbildungsanstalt hat s' bald aufgebn, weil ihr der Ton dort zu weltlich war – bei uns als Sekretärin. Der Herr von Löwenboll nehmet es zwar am liebsten zu sich! Aber, wir können s' nicht entbehren! Is ein liebes, gefälliges Mädel, sehr entgegenkommend! Und is auch überall als Ehrenjungfrau gern gsehn! Ja. Erst heuer hat s' wieder d' Anführerin von soliche gemacht, in Mauer-Öhling, wie s' dort den neuchen Flügel zur Landesidiotenanstalt ereffnet habn. In vierzehnten Zubau! Aber lesen S' jetzt!"

Und der bartumbuschte Partner begann, die Brille zur Stirne hinaufgeschoben:

„Sol' vive Satana.
E tien l'impero
nel lampo tremulo
d' un occhio nero."

„Satan allein lebt", stand mit einer Köchinnenschrift daneben. „Er ist's, der absolutistisch herrschet im zitterpappelartigen Leuchten (vergleiche: tremula = Zitterpappel) eines schwarzen Auges."

„Was sagen S' jetzt? Sehen S', wie dees auf die gwissen Wuschelköpf im gwissen Haus, wo nix drin is, geht? Wissen S' auch, was dees Gsetzl is, was' grad glesen haben? Die elfte Strophen is es aus der ‚Hymne an Satan'! Ja mein Lieber!"

„Sa... tans... hymne ...?"

„Jawohl. Die hat denen da drunt ihr ang'sehenster Dichter gschriebn, wo auch desterwegen selbst im kloansten Nest a Gassen hat! Carducci hoaßt man eam!"

„Ab-scheulich", bemerkte Michelangelo. „Ein männlicher Marlitt der Hölle ..."

„Marlitt ... der ... Hölle ...", nahm Großwachter den Gedanken auf und blickte starr in die Ferne. „Ein Marlitt ... der Hölle."

So hoch wie jetzt waren seine Augenbrauen noch nie gezogen. Lange schwiegen beide Herren und nickten ernst vor sich hin. Dann brach Zois das Schweigen: „Gehen wir auf einen Kaffee."

22

Aber es sollte eine Vesper werden, eine Jause, so entsetzlich, dass sie sich getrost an die Seite des Mahles der Borgia stellen durfte.

Der wundervolle Nachmittag war angetan, ganz Pomo auf den Terrassen zu versammeln. Die animiert schwatzende Menge hatte alle Tische besetzt; auch im Park waren die soignierten Genießer unter bunten Schirmen verteilt, ein augenerfreuendes Bild erlesenen Toilettenluxusses.

Die schöne Malfilâtre, von einem Hofstaat von Bewunderern entouriert, war etwas nervös: Ihre verwöhnten Lieblinge, die Bullys, waren unauffindbar. Und dabei hatte die Frühpost zwei prächtige Reiherkrausen für die Herren Hunde gebracht, die sie aus Florenz bei Italo Bimbinelli & Pompeo Pomocavallo bestellt hatte. Nur in der Toscana könne man Hundegeschirre kaufen für diese Art „Pfufferln". Sie sprach dieses erlesene, lediglich im Tiroler Hochadel gebräuchliche Wort unnachahmlich graziös aus, den entzückenden Rubinmund ganz eigenartig verheißungsvoll geschwungen, diesen Mund, der immer ein klein wenig kussfeucht geöffnet erschien. Zuckerln dagegen fräßen sie natürlich nur von Kugler-Gerbeaud in Budapest und Petits Fours vom Zauner in Ischl. Das sei klar.

Man beeilte sich, ihr einmütig beizustimmen, ihr, die mit ihrem neronianischen Smaragdlorgnon zerstreut herumäugte, das vor dem Ansetzen ein wundervolles, zartes Licht auf ihr rosenbraunes, kurzes Näschen zu werfen verstand.

Baliol, Graf Palaversich und ein neu aufgetauchter, übereleganter Grieche mit zitrongelben Glacéhandschuhen und Ebenholzstock mit Goldknopf, Theophilaktos Simokatta Effendi, konkurrierten jetzt stark um dieses „joyau royal de Cythère", dieses „fleuron d'or du jardin d'amour", wie sich eine barocke Galanterie im orientalischen Exportfranzösisch der Levante ohne Zweifel ausgedrückt hätte.

Simokatta, von den anderen Herrn windhundartig beobachtet, vergaß sich sogar so weit, sein Idol in einer Canzonetta anzuträllern: „Quando le ioniche …"

„Tiralla bumbumbum", unterbrach ihn boshaften Basses der Palaversich.

„Aure serene …" fuhr Simokatta süßlich fort, „Beo la Venere Anadiomene …".

Aber Baliol zertrat wütend diesen aufkeimenden, ihm außerordentlich unsympathischen lyrischen Ballon d'Essai dadurch, dass er ein Sportthema, Longchamps … oder war's ein Dackelwettschliefen? aufs Tapet brachte. Es versandete aber sofort. Und weiteren Versuchen, die launische Beauté in eine Causerie zu verwickeln, kam sie auch nicht entgegen. Adonaïde belorgnettierte vielmehr kritisch ihre Umgebung.

„Wenig Sex-Appeal haben diese jungen Mädchen da herum", muffte sie hochmütig, mit unverschämtem Marmornäschen. „Das wäre typischer

Nachwuchs für unsere beiden führenden Wiener Bühnen."

„Äää?", fragte Hofmarschall Graf Oilenhoy, der nicht gut verstanden hatte und ganz entsetzlich die Nase wellte und mit der Oberlippe wetterleuchtend zuckte.

„Deshalb hat auch diese sehr herzige Kleine vom Champignonteufel da drüben gar keine Chancen … bitt Sie, sie will zu Reinhardt …", fuhr das Joyau royal ohne Gnade fort.

„Verstehst du, Eulalia?", näselte Oilenhoy. Aber seine Gemahlin sah ihn entgeistert an, wie aus einem Traum aufgefahren. Dann verfiel sie wieder, halbgeschlossenen Auges, in eine sonderbare Lethargie.

„Du, das scheint aber heute faad zu werden", warf Eschenlohe leicht zu Baliol hin, der recht finster dasaß. „Da fehlt grad noch der Earthquake am Tisch. Wenn ich das alte Beefsteak seh, fällt mir immer das reizende Chansonerl ein: ‚Aleph, Bethel, Gimmel, wie leicht verdreckt ein Schimmel!' Weißt, das ist die klarste Formulierung vom Gesetz der Engländer, keine Natives zu heiraten, dass die Blondins nicht scheckig werden. So merkst du dir's gaanz leicht … No, wach doch auf! Ist das eine Animolosigkeit heut! Daran sind nur diese zwei Pfnuseln von unserem frech parfümierten Idol da schuld … wo s' nur stecken? Ich gebet ein' Huunderter, wenn sich die Biester wieder melden würden!"

Was für eine Wunschkraft Individuen voll tiefgründiger, durch Jahrhunderte geheiligter Bildungsfeindlichkeit und wahrer, ungeschminkter Herzenstücke zukommt, sollte sich sofort bewahrheiten. Denn horch! Was ist das? Eine Unruhe erhebt sich … ja, nochmals! Was ist denn das nur? So was hat's doch früher gar nicht gegeben? Kann man denn nicht mehr geruhsam Kaffee trinken … das ist denn doch … Warum fahren denn – zum Teufel! – die Leute da vorn von den Sesseln auf? Warum stürzen dort Schirme um … Da kreischen ja Damen … Die Musik bricht ab … Was kläfft da im quakenden Diskant …? Und … Himmel! … Was ist denn das da? … Nein … so etwas!

Nein … so etwas … scheußlich … Und man sah – um sich sofort wegzuwenden – ein abscheuliches Bild … einen wüsten Zerrtraum zweideutigster, erbärmlichster Schamlosigkeit!

Mit haarigen Beinen purzelbaumt förmlich Oberst – bitte! ein Oberst – Quapil daher, immer bestrebt, sein kurzes Ruderhemd wenigstens bis zu den halben Schenkeln zu ziehen. Tölpelhaft, hilflos ist er bemüht, seine grauslich-lechzenden, grimmigen, froschmäuligen Verfolger abzuwehren, die ihn rasend umschnappen, wilde chinesische Drachen in Taschenausgabe!

Jetzt stürzt er ganz dicht beim begehrtesten aller Tische, beim malfilâtrischen ausgerechnet, hin, schwingt strampelnd den einen, an einer großen Zehe festgebissenen, knurrenden Blutegel in der Luft herum und wirft schließlich, sich unter den Tisch wälzend, die ganze Bescherung zu Scherben. Simokatta drischt erbost mit seinem Ebenholzstock auf dieses Bild einer irreparablen, heillosen Entblößung, so heillos, dass einzelne Damen, die Augen übergroß aufgerissen, gar nicht mehr aufhören hysterisch zu schrillen, oft an wildfremde Herren geklammert, denen sich ruckweise die Haare sträuben. Aber keine der Schrillenden sieht das! Denn sie alle haben das bleiche Antlitz mit den weh aufgerissenen Kassandramündern dem furchtbaren Schauspiel zugewendet und sehen zumindestens den durch die Luft geschwungenen Hund oder den hauenden, schwarzen Stock in zitronfarbener Faust. Ist das nicht furchtbar? Aber nun kommt das Allerfurchtbarste!

Die spontan in Ohnmacht gefallene Frau Hofmarschall Oilenhoy, vom ängstlich glotzenden und wie toll „putzenden" Gatten mit Wasser besprítzt, wacht halb auf und lallt, die Arme sehnsüchtig ausgebreitet: „Danubius ... mein süßer Danubius ... bist du gerettet? O, wie mein Herz um dich bebte ... du ... mein Geliebter ..."

Welch ein Geheimnis war verraten! Ha, welch furchtbarer Skandal! Und alles ging irrsinnig durcheinander, ein tolles Karussell gesellschaftlichen Zusammenbruchs.

Da dreht sich der krampfhaft „putzende", betrogene Gatte wirbelnd um seine Achse, bis ihn eine ganze Schar „äh, äh, äh" rufender Gentlemen mit Monokeln zu stützen eilt. Da führt man die wankende Eulalia, in eine Wolke von Kölnischwasser gehüllt, dahin. Dort ringen vereinzelte Herren der Gesellschaft die Hände, oder tippen sich einander vis-à-vis zu zweit auf die Stirne und nicken sich dann bekümmert zu.

Und dort endlich ist man bemüht, den verzweifelten – unerklärlich wie? – aus seinem Fischschweif entsprungenen Ehebrecher, ja! Ehebrecher! mit einem Tischtuch zu verhüllen, während der kernige Eichfloh, mit vor Anstrengung hoch geschwollenen Stirnadern und zusammengebissenen Zähnen, die vor Wut kotzenden und grün leuchtenden Hunde zurückhält.

Ja, weine unseliger, betrogener Gatte! Noch besser: Trachte, dass der Ozean dich gnädig aufnimmt und die Schmach im Sterben von dir spült! Wisse! keine hundert Meter von dir tummelt sich der Nachmittagshai, der Vieruhrfisch, der auf seine Mohrenkopf- und Tortelettenpapiere erpicht ist! Ja, lass dich von ihm verschlingen! Das ist das Beste, was du tun kannst! Denn der Schild der Oilenhoys ist beschmutzt! Also, Marschall mit dem verschmutzten Schild: Stirb! Besudelter Marschall, stirb! Denn höre: besudelte Marschälle *müssen* sterben!

Ha! Du wirst zur Balustrade wanken, um dich hinabzustürzen! Aber vorher winke Skrabaln heran, dem Fisch zu pfeifen, denn er, wenn er dich sieht, schwimmt weg! Um die Zeit mag er kein Fleisch! Wenn der nicht um viere seinen „umgekehrten" Kaffee hat, nachher raunzt er, ja, er ist eben ein österreichischer Fisch. Und deshalb muss ihm Skrabal pfeifen, dass er kommt und dich ausnahmsweise frisst! Denn wie schnell hat ihn das Österreichertum doch entnervt!

Natürlich musst du dich für diesen letzten Dienst Skrabaln gegenüber freigebig erweisen. Deine zitternde Hand bringt das Portemonnaie nicht auf? Lass nur! Prinz Max wird dir gerne ein paar Silberlinge in die Hand drücken.

„Na, so ein unseliger Fisch!", klagt Großwachter und macht blaue Spiegeleier. „Richtig hat der Oberst so lang an falschen Fisch gmacht, bis es Unglück gschehn is. Noch dazu mitten in an Konzert!"

Simokatta aber steht schwer atmend da, bloß noch einen halben Ebenholzstock in der zitrongelben Hand. Van den Schelfhout aber, der die ganze Zeit geschwiegen und Kakao getrunken hatte, nimmt die Tonpfeife aus dem Mund und sagt bedächtig: „Nun ist die Mynfrowe nicht besser denn eine Gigolette", und dann, zu seiner Tochter gewendet, „eene lichtzinnige Grisette, die overdag werkt, on's avends met haar water-gigolo de danshuizen bezoekt."

Und mitten drin in diesem ganzen Gebrueghel ruft die „goldene Rose vom Liebesgarten" ganz kalt und unberührt ihre Bullys, die sich inzwischen vom kernigen Eichfloh befreit hatten und abermals den Obersten zu zausen begannen. Die als herzlos bekannte Schönheit bedeutete den Hunden, sich dabei das Näschen pudernd: „Lassts doch den grauslichen Kerl da! Wer wird denn so ein graupertes Pfui-Teufel-Gestell in den Mund nehmen!"

Wie braust aber jetzt die elegante Welt und bildet eine Gasse! Denn dort eilt der entsetzte Zois heran, den kohlpechschwarzen Bart gesträubt, er, den die Entsetzenskunde nach rasch heruntergestürztem Kaffee, unter Wirtschaftsbüchern brütend, getroffen. Keine zehn Schritte ist er vom strampelnden Paket, das den Störenfried enthält und zu dem ihn eine traurige Pflicht ruft.

Und da ist schon wieder was los, das seine erregte Aufmerksamkeit vom genannten Paket ablenkt! Weshalb weisen denn zahllose Hände in eine Richtung? Warum steigt man weiter hinten auf die Tische? Was wird von vorn, von den Rosenbosketts und den Marmorgöttern herüber aus hohlen Händen gellend und abgehackt gerufen? Was ist das für ein Schimmelreiter, der da herangepreschst kommt? in einem sonderbaren, von der Gentry sonst nie getragenen rosa Chenillekostüm, an dem hinten Straußfedern flattern? Warum hat der Mann einen in der Sonne wie ein Scheinwerfer strahlenden Goldzylinder am Kopf? Jetzt pariert er vor Zois, springt vom schaumumflockten, etwas zu hohen und zu kurzen Ross und stammelt sinnlose Worte, etwa wie: „Die – da – wa – wo – da – solala – do – da – is – totlala – – –"

„Fassen Sie sich!", plärrte ihn Michelangelo an. „Ich glaube ‚Dodola' zu hören?"

„Ja", keuchte nun gefasster der groteske Reiter. „Ja! Rat Dodola hat sich eben *erhängt*!"

Ein Schrei des Entsetzens erhob sich. Michelangelo krachte auf einen Sessel nieder. „Dodola, todlala, dodotot, laladodo", braußten die Wortfetzen um ihn herum. Und der Chenillereiter galoppierte wieder davon, mit grellen goldenen Strahlen die Nachblickenden blendend.

„Do da aha! o! wo? do? noo!! o lala, Totlolo, Dodola?", wollte es nicht aufhören über der Menge zu schweben.

Aber da nahen vier Posaunenbläser um eine Bahre, die von stämmigen und schweigsamen Männern getragen wird. Schwarzumränderte Notenblätter sind an die Posaunen geheftet, den ernsten Künstlern die ergreifende Melodie zu weisen. Auf Zois hin bewegt sich der choralumwebte Kondukt. Tiefergriffen kniet alles nieder oder beugt wenigstens das Haupt. Man hat die traurige Gewissheit, in dem kurzen, hohen Gebilde unter dem improvisierten Bahrtuch die sterblichen Überreste des unseligen kaiserlichen Rates und beliebten Bezirksarmenvaters zu sehen.

Ein Schluchzen nur schwer unterdrückend, tritt Baron Michelangelo zur Bahre, die man vor ihm niedergestellt. Die Bläser pausieren und leeren diskret ihre Instrumente aus.

Noch einmal wird der Freund das treue, wenn auch einfache Antlitz des Dahingegangenen sehen. Er hebt das Tuch. Fast alle wenden sich scheu ab. Die volle Sonne trifft das gedunsene, bläuliche Gesicht Dodolas. Da – ein Wunder! Der Verstorbene bewegt ein wenig das dicke Haupt, bei dessen Anblick man unwillkürlich an die gewissen, fatalen Erscheinungen in den Auslagen von Selchereien erinnert wird. Zois will es wieder in die alte Lage bringen, aber der so unerwartet Dahingegangene niest, öffnet die verquollenen Augen und murmelt, mit der Hand mühsam schnalzend: „A … Bier …! is … dös … a … Bedienung!"

Die Bläser pressen, starr vor Schreck, die gleißenden Instrumente so an sich, dass unangenehme Glanzlichter die Andächtigen schockieren. Eine mächtige Bewegung geht durch die Menge. Ein Murmeln erhebt sich, wird zum Stimmengebraus. Zois lacht und weint vor Freude, tupft sich die Augen und den tränenschimmernden Bart. Dodola ist uns wiedergegeben! An vielen Tischen frohlockt man.

Welch ein Glück, dass die Frau Rat, in ein Mittagsschläfchen versunken, gar nicht zum Konzert erschienen war und nichts vom tragischen Tod ihres Gatten erfuhr! Dodola steigt unbeholfen von der Bahre, hat zwar keinen Kragen, und torkelt gleich einem Trunkenen weg, nicht ohne vorher dem schwarz angestrichenen, halbsakralen Beförderungsmittel einen ungeschickten Fußtritt gegeben zu haben.

Baliol blickt ihm angeekelt nach. „Typischer Vertrauensmann der Bezirksöffentlichkeit", murrte er. „Hab ich recht, Maxl?"

„Lass mich mit diesem Trootl in Ruh. Nicht einmal zu krepieren versteht diese Crapül. Apropos! Was hab ich damals gsaagt?", triumphierte der Prinz und klopfte auf ein Zeitungsblatt. „Der Mänadeneinbruch – weißt, ich hab andeutungsweise davon gesprochen – hat richtig stattgefunden! Ist sogar ins ‚Salonblatt' gekommen. Waas saagst? Natürlich ist die Nuumer konfisziert worden. Na, klar. Bitt dich, neben Hofnachrichten! Der Onkel Statthalter hat mir aber das inkriminierte Exemplar geschickt. Hör zu: ‚Wir bringen die interessante Nachricht, die unsere mondänen Sportkreise gewiss höchlichst interessieren dürfte, dass … ja! … vier Herren der Gesellschaft – bekannte Großindustrielle, die ihren Sommerséjour auf Pomo in exklusivster Weise als Apokalyptiker zubrachten, was an maßgebender Stelle als geradezu vorbildlich empfunden … aha … und … wofür die Herren auch mit dem … Ehrenzeichen … und so weiter … mit einer ebenso originellen als pikanten surprise … überrascht wurden … beziehungsweise … ihre Royale Patience‘ – An Schmarrn! Tarockiert haben s'! ‚distürbiert wurden‘ – A! Das ist faad … Aber jetzt! pass auf: ‚Die charmanten Urheberinnen, denen sich auch … im strengsten Inkognito eine unserer gefeiertsten Bühnenkünstlerinnen in … überschäumender Laune … angeschlossen hatte‘ etc. etc. Also hab ich auch da recht gehabt! ‚Aus der übrigen Gesellschaft bemerkten wir unter anderem die entzückende Comtesse Bébé Montgomery‘ – die wars gar nicht! ist noch im Sacré Cœur – also: ‚Montgomery, lediglich mit geradezu fabelhafter Nerzdraperie mit rosa-lila mattierter Mousseline-Echarpe und in passend gewählter Löckchenfrisur mit lilarosa Opalschmuck. Ferner die Baronesse Vivien Montretoux in schnittigem Cache-sexe aus königsblauem Velourchiffon, an beiden Schultern Orchideentouffs und lang nachschleifend einen graciös drapierten Shawl aus aneinandergereihten, mit blutroten Satin-sans-Peur gefütterten Skalps reich besetzt.' – Jetzt kommen die Botti… celli… mädel … aha … ‚Andeutung eines zyklamenfarbenen, plissierten, in geschlitzter Schwimmhose endenden … Kleidchens … applizierte bunte Schmetterlinge' – Nein, das ist nichts … typischer Bürgerball … aber hier! ‚Die Königin dieser Fête de Minuit' – bitte! – ‚war aber unbestreitbar unser schon obenerwähnter Bühnenliebling Adonaïde X. Sie trug zu einem aufs Knappste bemessenen Peau-d'ange-Hemdchen eine prachtvolle Hermelinwildschnur, langen Mantel aus Goldbrokat, feuerrot gefüttert, silberne Sandalen mit Ceylonsaphiren, eine Création des rühmlich bekannten Ateliers Bibza, und fabelhaften Brillantschmuck. Sehr apart wirkte auch die Halbmaske aus Pantherfell, die sie aber nach dem Entrée ablegte. Baronesse Bärbel Eichfloh' – A, da schau her … war der Fratz auch mit! ‚in giftgrünem Silberlaméhemdchen' etc. etc. … Was sagst jetzt?"

23

Noch bevor der Sonne Glutball unter die tiefdunkelblauen Wogen der Adria getaucht war, besaß das distinguierte, neugierig summende Publikum den Schlüssel zu den Tragödien dieses hochdramatisch bewegten Five o' Clock.

Zuerst das Schlimmere: der tragische Tod des dicken, halslosen Herrn.

Der Grund zu der in Sinnesverwirrung erfolgten, wenn auch zum Teil mit untauglichen Mitteln unternommenen Tat lag einige Tage zurück.

Und die volle Schuld fiel auf Čwečko.

Der lückenlos rekonstruierte Tatbestand war folgender: An einem geradezu zum Jubeln auffordernden Sonnenmorgen soff wie gewöhnlich der spätere liebe Tote auf ein Marmortischchen geräkelt. Zinnoberrot hob sich sein volles Antlitz gegen milchweiß geballtes Gewölk ab. Noch eine gute Handbreite höher als seine Hosenträger blaute die See.

Doch war der Rat verstimmt wie ein leberkranker Mops. Ihn quälte der Floh, richtiger: die Schlange, die ihm der übelwollende Eschenlohe ins Ohr gesetzt. Auch ärgerte ihn ein an und für sich unbedeutender Zwischenfall, der durch die Zerstreutheit des Linzer Privatgelehrten – Blasius Großwachter ist gemeint – gelegentlich der Entfaltung einer verschwitzten, mehrfach zusammengelegten Landkarte eingetreten war, ein kleines Missverständnis, das eigentlich unter Männern nicht so tragisch genommen zu werden brauchte. Doch müssen wir zu Dodolas Rechtfertigung anführen, dass er für die Herbstsaison seitens weitblickender Köpfe zum Eintritt in die oberste Leitung der Christlich-Sozialen Partei designiert war.

Und hinter Azaleen verborgene Spitzel hätten mit einer im Knopfloch getragenen Detektivkamera etwa den Rat mit einem zweideutigen Bild in der Hand knipsen können.

Zu all dem Ärger musste auch noch dieser großohrige Bosniakenhäuptling dahergehatscht kommen, dieser Čwečko mit dem dünnen, lang herabhängenden Schnurrbart, den er im Geist immer als pumphosigen, halb hinter Felsen verborgenen Räuberhauptmann sah, im breiten Gürtel ein Sammelsurium von Waffen: Pistolen und Dolche, ein Handschar, zahllose Messer, vielleicht auch ein Stiefelknecht, wie ihn eigentlich mehr die Franken zum Werfen verwenden, ein benagelter Nudelwalker meinetwegen auch noch, und andere Schundgegenstände, die in Heldenliedern als heroische Requisiten zweifelsohne eine gewichtige Rolle spielen können.

Blinzelnd trat der staubige Parnassien zu unserem Trinker.

„Sie cheute siind mührisch! Man es siehet."

Knurrend wies ihm der von subalternen Furien – Hilfsämterfurien – leicht gefolterte Süffling einen Stuhl an. Die kaum sichtbaren, wacholderbeerartigen Augen Čwečkos ruhten schläfrig auf dem deprimierten Trinker.

„Vielleijcht iich kahn Ihnen Trrosst briingen. Busen eines Maanes isset verschwiegen." Pause. „Und nijcht zu erbitten."

„Fuxen tu'r i mi!", kam's heraus. 's Bier sei ihm vergällt, im Tarock verliere er ständig gegen Horsky, der halt doch a Böhm sei, und mit die engeren Landsleut habe er auch Schande aufgehoben. Schließlich kam's stockend heraus: Der Großwachterhut wurme ihn ganz besonders.

Lange schwieg Čwečko, in Sinnen versunken. Dann sprach er mit hintenübergeworfenem Kopf: „Wään Hut wurmet, giibts nur eins: kuurzen Prozäss machen und wäägschmeißen. Ist das noch Hut? Das isset Dreck. Nijcht einmal Jud gibt mehrr einen Kraiczer für Hut wo wurmet."

Er ließ Dodola, der den Irrtum aufklären wollte und um Gehör fuchtelte, nicht zu Wort kommen. Den unmenschlich großen, gelben Zeigefinger lehrhaft erhoben, fuhr er fort: „Warum also so Dräck aufchebben und sich iemer neu ärgern? Dänn, traagen kahn man nijcht gut, weil man im Kaffeehaus, bei Bäsuch oddr in Trahmway beahnständet wird. Wije oft schon sind Zerwirffnies dabei cherausgekohmen. Ja, ich känne Faal in Poscharewaz, wwo is szogar Verljobbung däshaalb zurühckegegaangen.

Bloß Fägel chabben biszlein Freide an so an Hut, wo wurmen tut und sitzen auf Tschulter deiniger. Und paassen auf Wurm. Abber, wär chat gern Vogel sitzen auf Tschulter, wähn ist schwarz ahngezogen? Frage iich."

Dann schwieg er lange und schüttelte nur ab und zu den Kopf. Seine Miene war beleidigt. Bloß einmal brach er das eisige Schweigen für einen Moment und sprach: „Cheestens, wähn grau angezogen isset, kan man Vogel sitzen lassen."

Doch der Rat nahm keine Notiz und soff finster vor sich hin. So ging das eine ganze Weile.

Plötzlich blickte der Parnassien interessiert auf und fing dann ein wenig mit nach innen gekehrtem Blick zu mümmeln an. Der Gelehrte hatte nämlich eine unbedeutende Kleinigkeit im Zahn gefunden, ein typisches Petit rien, das er wegspuckte, ohne es auch nur eines Blickes zu würdigen. Den Kopf wiegend, sprach er dann versonnen: Frähnkische Traacht ahn und für sich seie verwerfelich. Und da er, Miroslav Čwečko nuhn Geheimnis vohn Hut kähne, verstehe er Pick, wo Herr darauf chabbe. Er könne nur wiederholen: „Werfen Sie den Hut wäg!"

„Nein!", bemüßigte sich Dodola richtigzustellen, er könne den Hut gar nicht wegwerfen, weil dieser Großwachter gehöre!

„Aha!", sprach Čwečko, „Sie äkelen sich also vor Hut, was obben auf alten großen Waachter drauf isst!"

„Ganz recht!", sagte der feiste Mucker aus der Siebensterngasse, dessen Schamgefühl schon so lange wegen dieses verfluchten Huts Stich auf Stich hatte ertragen müssen. Er würde vielleicht weniger sagen, wenn es sich bloß um ein *Hummerl* handeln würde, einen kleinen steifen Hut, aber ein Zylinderhut! den man trage – er erhob sich –, wenn der

Kaiser angesagt sei, oder gar, wenn man in Audienz zum Heiligen Vattern befohlen wäre! Nein, und tausendmal nein! Das dürfe nicht geduldet werden. "Wissen Sie überhaupt, was in dem Saumagen von einem Hut einig'malen is?" Mit hochgefalteter Stirne flüsterte er dem Staubigen was ins Ohr.

No, er ginge da zu weit, tröstete nach langem Schweigen der ernste Orientale den schweratmenden Mann, Chummerl substituiert sehen zu wollen, sei direkt *ungerecht*. "Im Grunde habben Sie sich gar nicht moralisch zu ereifern! Dähn, wissen Sie, was Sie ieberchaupt sind?" Er stand auf und stach mit dem vorerwähnten Finger nach dem Erbleichenden. "Ein splieternacktes Määdchen sind Sie, blohs mit Bluhmen wwennigen und ätwas Strauchwerk bekleidet ... ja, daas sind Sie, denn das ist ein *Dodola,* womit bei uns in Serbien bei aanhaltender Trockenheit der Regen beschworen wird. Amtlich.

Und iemer viere dergleichen taanzen uhm die Bruhnen herum, wobei sie sich wiild auf die Schinken kloopfen. Waaruhm also so priede sein? Und nijcht ein wwennig Fleisch vohn Mädchen sehen können? Wie viel is schohn da hineingemalt in den Zylinderhut? Nicht einmal genug für ein Schniitzel."

Da habe sich das verstörte Sittlichkeitsvereinsmitglied lallend und mit den irren, knallroten Wurstfingern in die Luft greifend, entfernt. Dann dürfte der verscheuchte Rat anscheinend planlos herumgeirrt sein. Wie mit Brettstücken niedergetrampelte Blumen und frisch ausgetretene Nilpferdpfade in den Myrten- und Erdbeerbaumdickichten bezeichneten den Pfad des Verwirrten. Schließlich suchte der nimmermehr „ein Dodola" sein Wollende den Tod durch Erhängen.

Die absolute Halslosigkeit wurde ihm zum Heil, nachdem er den Stein, auf den er gestiegen, fortgestoßen hatte. Denn die Schlinge rutschte nach oben, doch hielt sie den Todeskandidaten, den eine gnädige Ohnmacht befallen, an den überaus fleischigen Ohren in Schwebe.

So fand ihn das schnarchende Hündchen der Salonkorybanten und holte sein Chenilleherrl, sich so als kleines Porte-bonheur dokumentierend.

24

Baron Zois war heute sehr schlechter Laune.

Sein Nachmittagsschläfchen war ihm gründlich verdorben worden. Was war passiert? Seht mal, da lag unser Freiherr, den tiefschwarzen Bart wie einen gewaltigen Rabenbürzel emporgestreckt. Einen Fez am Kopf. An den Füßen Saffianpantöffelchen, die in echten Fuchsköpfen endeten, deren gelbe Glasaugen boshaft funkelten.

Wohl an die fünfzig Pölster umgaben ihn, die mit „Nur ein Viertelstündchen" bestickt waren, Geschenke von Damen an den heimlich angebeteten Krainer Freiherrn. Ja, die Ruhe war dem Vielgeplagten herzlich zu gönnen. Tiefe Stille herrschte. Er, der Allbeliebte, durfte ruhig beim offenen Parterrefenster schlafen, durch das jetzt der Kopf eines gerupften Aasgeiers hereinstierte. Es war aber bloß der wackere Čwečko, der den schlummernden Vollbart – um nicht beim Wecken Lärm zu machen – durchs Fenster mit dem heißen Tschibukkopf an die Nase tupfte. Der getupfte Standesherr schrie auf und schlug wild um sich, was zur Folge hatte, dass eine gefüllte Venezianervase ihren Inhalt über ihn ergoss, was ihn sofort ganz wach machte.

Mit der Hundspeitsche aus dem Fenster hinaushauen und den schlauen Tschitschen nicht treffen, war eins. Der hatte ihm bloß sagen wollen, dass ein „Blutsbruder" eben angekommen sei, ein gewisser Gakowaz aus Babinoselo in Bosnien. Dafür hatte

Zois aber Herrn Woldemar von Sohnemann getroffen, der ihn mit empörter Miene zur Rechenschaft zog.

Das benützte der tückische Čwečko, um sich – heute ging das schon in einem – eine unangenehme Geschichte auf das Gewissen zu laden. Er stänkerte die Gräfin Ségur, née Rostopchin, ein wenig an.

„Greisin zerbräächliche", apostrophierte er die leise mit dem Schnurrbart Mümmelnde, nachdem er sie beim Kommen mit dem faustgroßen, tropfnassen Tschibukmundstück – nicht mit dem heißen Kopf! war sie doch eine Dame – in den Nacken gestoßen hatte. „Die du vor dem baldigen Nahen des Todes zitterest", so begann der Parnassien, „wie schnääl huuschet Tod! Er voll Aifer huuschet. Glaube mir."

Ein Weinkrampf der alten Dame machte dem Gespräch ein vorzeitiges Ende, und Čwečko, der bloß ein gemütliches, kleines Plauscherl gesucht hatte, weil er sich langweilte, hatschte verstimmt davon.

Etwas später war richtig dieser Gakowaz angekommen. Der Besagte hatte sich in Zoisens Büro angemeldet und war, ehe er zu sprechen anfing, in einer Art Geistesabwesenheit eine halbe Stunde lang schweigend dagesessen. Dann hatte er den Kopf zurückgeworfen und, ohne Zois anzublicken, demselben eröffnet, dass er demnächst seine „Danebenliegende" mit Hilfe von Draht herbeordern wolle. „Uhm Eich Freide zu maachen."

Damit empfahl sich der wortkarge Häuptling,

dem, man sah es beim Umwenden, das Hosengesäß fast bis zu den Knöcheln schleppte. Zois nagte am Schnurrbart und blickte besorgt zum Fenster hinaus. Dort stampfte der Opankerich in die soignierte Gesellschaft, unbekümmert schnäuzte er sich mit den Fingern und schob Graf Oilenhoy und die Countess Carnavon, die erst gestern gekommen war, seelenruhig auseinander, um zwischen ihnen durchgehen zu können.

Ein leises Klopfen. Herein trat mit bekümmertem Blick Skrabal, den viele unserer Leser schon lieb gewonnen haben dürften.

„Was ham S' denn? Warum seufzen Sie so?", apostrophierte ihn der bartumbuschte Brotherr.

„Jo, a scheene Geschichte. Stelln S' Ihnen vor, Herr Baron, wie ich heut früh den neichen Häuptling da, den Herrn Gakowaz, rasier, sagt er mir: ,Statt Trinkgeld ich Dir gebe Choffnung große. Ich chabe Bluzzbruder einen, hobschon is Türkenhund ungläubiger. Abber, er chat mir seltenes Ohrr geschenket, ich chätte schon sieben Naikraizer chabben können dafier, vom Polizeirat das, in Trebinje, wie er mit ihm Streit gechabt chatte in Büro. Was Bluzzbruder is, schreibt mir, dass er kommen werde mit sieben Neben-ihm-Liegenden. Du kahnst sie ahle enthaaren – jubele laut – zu fienf Naikraizer das Stück. So wahr ich Beglerbeg bien in Pension.'"

Da sah Skrabal, wie Zois ganz starr auf seinen Bart hinunterglotzte.

„Da schaun S' Skrabal ... da schaun S' her ..."
Und wie die Masche eines Seidenstrumpfes herab-

läuft – nicht anders – wurde ein Barthaar ziemlich rasch von der Wurzel immer weiter hinunter eisgrau. Zois glotzte bekümmert vor sich hin, und der treue Diener verließ kopfschüttelnd und stumm vor Entsetzen, unter der Tür sich noch ein wenig am Hosenboden kratzend, das Gemach.

Das – wir müssen einfügen – zum geheimen Bedauern einiger asozialer Elemente danebengegangene Ableben des Rates Dodola war die eine Tragödie gewesen. Die andere braucht nicht dem menschlichen Intellekt aufs Konto gesetzt werden, nein, man kann sie beruhigt den Naturgewalten in die Schuhe schieben, die sich diesfalls mit seltenem Geschick kleiner, für die gestellte Aufgabe ungemein verwendbarer, erdgebundener Hilfsorgane bedienten. Das waren die zwei Edelmöpse der reizenden, katzenäugigen Adonaïde, die ihre Aufgabe auch in subtilster und elegantester Tücke exekutierten.

Nachdem sie sich, freundlich schnobernd, schon Tage vorher um das Bassin Quapils herumgetrieben hatten, und den forsch herumschwimmenden Stabsoffizier – oder Salonfisch – durch ihr tadelloses Benehmen in vollste Sicherheit gewiegt hatten, stürzten sie sich plötzlich – nach einem verständigenden Blick – in den Teich und enterten nach heißer Verfolgung den kopflos werdenden künstlichen Riesenkarpfen mit Uhrwerk. Es kam zu einer wildschäumenden Balgerei, bei der es so toll zuging, dass der undicht gewordene Oberst absackte und sich nur mit Mühe aus dem blödsinnigen Kunstschweif befreien konnte, in dem er, der Kühle halber leider! hosenlos zu hocken pflegte.

Immer neu gezwickt und geboxt sprang der bedauernswerte Wassersportfreund ans Land, wo ihn die außer Rand und Band gekommenen Unholde wie ein scheues Wild vor sich herhetzten.

Das Ende ist bekannt. Nach der Katastrophe wurde der Unselige in ein Zimmer gebracht, gelabt und normal bekleidet, um ein Ehrengericht über sich tagen lassen zu können. Eine andere Lösung als dreimaligen Kugelwechsel unter schwersten Bedingungen gab es nicht.

Alles, alles hatte natürlich Baron Michelangelo in die Wege zu leiten.

Das nächste Morgengrauen sah das beklemmende Schauspiel dreimaligen Kugelwechsels auf 15 Schritte Distanz Wahrheit werden. Von verschiedenen Seiten nahten Parteien. Graf Palaversich, die Brauen so hoch gezogen, dass sie bloß als schwarze Striche ganz oben am Kopf saßen, packte mit zusammengebissenen Zähnen den Pistolenkasten aus.

Das distinguiert-schauerliche Zeremoniell, das wohl jeder Leser aus eigener Anschauung kennen dürfte, entwickelte sich ganz normal. Wem aber eine Teilnahme an diesem Zeremoniell versagt blieb, der kann heute hübsch weit reisen, um des Glückes eines Ehrenhandels teilhaftig zu werden. In Frankreich etwa geht das ganz gut. Da kannst du einem der Deputierten, die sich zu allen erdenklichen Stunden um die Buffets drängen oder in den

Couloirs zungenfertig beraten, eine Ohrfeige wie aus heiterem Himmel verabfolgen. Dabei unterlasse aber ja nicht „fichtre" zu knirschen. Das hört man in Frankreich gern! Du bist reçu!

Der Partner ist ein Deputierter. Natürlich müssen die anderen Herren glauben, dass „alles herausgekommen" sei! und du wirst schon wissen, warum du ihm die Backpfeife verabreicht hast. Durch die erwähnte Watsche ist die Affäre brillant angekurbelt. Und ihr könnt dann, den einen Arm elegant gekrümmt, mit dem anderen tückisch ausfallend, stundenlang graziös im Bois oder dergleichen herumhüpfen. Denn: Deputierte *müssen* sich schlagen!

Hat man weniger Zeit und Geld, besorge man sich eine Einreisebewilligung nach Ungarn, wo auch noch ritterliche Sitten blühen.

Du kennst niemanden? Macht nichts! Ein Dienstmann, ein sogenannter „hordár" weist dir gegen geringes Entgelt gern ein Luxuscafé, wo nur Gentry verkehrt. Richtig: Glutäugige Élégants sitzen in Menge herum. Die Geigen schluchzen. Die Élégants schnalzen ein wenig mit den Fingern und tanzen im Sitzen ein ganz ein bissel Csárdás, bloß den „Laschutakt", bei dem man bekanntlich nicht aufzustehen braucht.

Da – einer der Élégants lässt sich in den Stadtpelz helfen. Du siehst, er ist innen mit echtem Sealskin gefüttert. Also, der Mann ist satisfaktionsfähig. Du hast mehr Glück als Verstand! Denn der junge Féschak bleibt einen Moment sinnend an deinem Tischchen stehn und kratzt sich mit deiner Horsd'œuvre-Gabel den Kopf oder netzt die Fingerspitzen in deinem Trinkglas. Hat er doch in Journalen geblättert! Dein Weizen blüht! Ein Wortwechsel beginnt, die süßen Zigeunergeigen hören jäh auf zu schluchzen. Ein, zwei charmante Bácsis – Staatssekretäre oder gar Minister – eilen herbei und bringen die Affäre ins richtige Fahrwasser. Einer stellt sich dir zur Verfügung. Und wenn du hungarisch kannst, hörst du, wie der andere zu deinem Gegner sagt: „Siehst, Pischta" oder Töhötöm, oder Sándor, oder wie sonst der Élégant heißt, „das kommt von dem verfluchten Händwaschen! Wie oft hab ich dir gesagt..." Das andere hörst du nicht mehr, und am nächsten Morgen schießt ihr euch im Stadtwäldchen. Ihr schüttelt euch dann die Hände, ihr frühstückt brillant bei Szikszay und du hast ganz entzückende Freunde fürs Leben gewonnen!

Aber schade, tausendmal schade, dass das Duell in Italien nicht mehr aktuell ist! Wie schön, wie erhaben war das! ... Ein bleigrauer Morgen auf der Via Appia. Grabmäler auf allen Seiten. Auf hohen Gigs kommen die Gegner angerollt. Die schwarzen Mäntel über die Schultern geworfen, schreiten die feindlichen Gruppen aufeinander zu. Ha! Auch jetzt, angesichts eines nahen Todes, trällern einige Herren eine Arie. Im düstern Bass antwortet der Arzt, über sein Instrumentarium gebeugt, in dem es stahlhart klingelt und klappert.

Boïtos unsterblicher „Mefistofele" ertönt. Der schneeweiß bebartete Arzt hebt eine schimmernde

Geburtszange gen Himmel, die auch mit ist, verhüllt das Haupt und schleudert dieses unnütze Instrument krachend zu den übrigen. Hinter dem Grab der Cecilia Metella winken einige verhärmte Frauen, ob man sie nicht als verzweifelte Mutter brauchen kann, die sich jammernd und zum Himmel klagend über eine etwaige Leiche stürzen soll, wenn der eine oder der andere Duellant schon ein Waisenkind wäre.

Dort losen finstre Männer, wer den Pistolenkasten zuerst berühren darf, und … Hah! was ist denn das blutig Rote da? nur etwas Mortadella, die den Pistolen beigepackt war.

Wermut geht herum. Die Gegner schmettern die Gläser zu Boden. Jetzt geht's zum Tod. Finster messen sich die unversöhnlichen Feinde. Noch einmal spucken sie furchtbar zur Seite, dann krachen die Schüsse, blutrote und giftgrüne Feuergarben entsenden die Pistolen. Man schießt wieder, wieder, wieder … Blitz, Krach, Blitz, Krach … Die Kugeln – graues Amalgam – zerstieben an den Frackhemden, denn jeder Schuss saß. Der Ehre ist Genüge geleistet.

Kleinigkeiten aus „Rigoletto" oder „Tosca" trällernd, entfernt sich der distinguierte Ehrenhandel, … und die Gräberstraße schweigt wieder.

„Alsdann: Dreimaliger Kugelwechsel auf finfzehn Schritte … allzu schwer … bitte! allzu schwer!", bemerkte leise und beklommen Palaversich zu Zois.

„Keine Spur", beruhigte der ihn ebenso leise. „Beide Herren sind ungewöhnlich kurzsichtig. Gläser werden verboten! Wir könnten sie ruhig übers Schnupftuch schießen lassen! Nur bitte die Sekundanten hinter Bäumen aufzustellen! Marmorfiguren, die Schaden leiden könnten, sind nicht in der Nähe. Also, lassen wir sie schießen.

A! dort kommt schon der Reporter vom ‚Salonblatt' auf seinem Hochrad! Bitte besonders auf ihn achtzugeben! Platzieren Sie ihn hinter den Felsblock dort! Ein Scherenfernrohr wird er hoffentlich mithaben. Donnerwetter, dem kommt ja ein Kabelwagen nachgefahren, der zur submarinen Verbindung führt. Alle Achtung! Also gehen wir's an!"

Es bleibt nur zu berichten, dass der ritterliche Zweikampf ohne den geringsten Schaden vor sich ging, dass aber der Hofmarschall und seine Frau Gemahlin – richtiger: gewesene Gemahlin – beschlossen, nach verschiedenen Richtungen auseinanderzudampfen und neue Leben zu beginnen.

Aber das Schicksal hatte diesfalls anders disponiert.

Der unglückliche Quapil, der nicht mehr in seine Binsenhütte gelassen wurde, fand schon mittags – er speiste von allen gemieden am Zimmer – in der Serviette ein Kuvert mit einem gedruckten Zettel: „Sie werden ersucht, den Kurort sofort ohne Aufsehen zu verlassen!"

Auch Onkel Lazzaro endlich bekam ein dürres Consilium abeundi. Er hatte – ewig unbedankt – wirklich sein Möglichstes getan, um ein bisschen Leben in die steife Gesellschaft zu bringen. Dies sei nun der Dank einem alten Mann gegenüber. So äußerte er sich zum Reporter, der alle Vorkommnisse der eleganten Gesellschaft zu registrieren liebte.

Lazzaro schenkte noch – mitten im Pavillon Rosalba Carriera – einer großen Tüte weißer Mäuse die Freiheit und wandte sich, trotz seines Alters von seltener geistiger Frische, später einem anderen Wirkungskreis zu. Denn, auf seinen großen Namen gestützt, wurde es ihm leicht, Korrespondent führender Weltblätter des Westens zu werden, und mehr! Später wurde er sogar der Berater ganz großer Staatsmänner, die Europa mit seltenem Geschick aufs Glücklichste umzugestalten verstanden.

Michelangelo atmete auf, als er wusste, dass diese zwei Steine des Anstoßes mit dem nächsten Dampfer abgeschoben würden. Wie heiter wurde seine Miene! Und federnden Schrittes ging er, einen Café à la turque zu schlürfen.

Jetzt aber verfinstert sich die rosenumrankte Bühne unserer schlichten Erzählung. Denn die Ruhe, die nach den nervenpeinigenden Vorgängen der letzten Tage eingetreten war, entpuppte sich nur als eine trügerische: Es war die Stille vor dem Sturme.

25

Eines Abends saß man bei einem Gläschen Raki beisammen. Die Nachricht, dass die Cholera in Griechenland – also so gar nicht weit entfernt – ausgebrochen sei, brachte einen makabren Ton in die Unterhaltung. Dazu trug auch bei, dass Rat Großwachter, mit immer wieder befeuchtetem Finger, Fotos von Totentänzen herumreichte.

Freilich musste er das eine oder andere Blatt schnell verschwinden lassen, oft mit dem Ausrufe „Ja, was wär denn dees? – d' Mali" oder „die Mitzerl!".

Mit von Ekel untermischtem Interesse betrachteten die Herren die stets etwas scheußlichen Darstellungen. Bloß Gakowaz blieb unberührt davon. Dachte sich höchstens: „Wie viel Ohren sind da ruhmlos vermodert, die an Schnüre gereiht, manchem Helden zum Ruhm gereicht hätten oder zum Ziemerschmucke. Was verstehen schon die Franken von Kriegsruhm und Ansehen?" Unter Kopfschütteln begann er, der noch selten so verschossen ausgesehen hatte: „Wie kann Tod herumhupfen an Mauer? Taanzen und auch noch machen Musik danebenbei? Wie kahn er blaasen Trompette laange, wo auf und aab gehet und so die Chunde unsinnig ärgert, oder gar Bombardon großes und grunzen damit, wo kein Beischel hat, waas schon laange stinket worden is und zerflossen." Dann versank er in Brüten, und Großwachter steckte wieder einige Fotos geschwind blickend ein.

„Uund keine Spuucke hat auf Goschen verwester", fuhr der unerbittliche Logiker fort. „Heechstens kahn blasn Fleete ain wenik, wehn Mundstick beschmieret ist mit Paradeis zertrettener oder Schuhwixe, wo die Franken lieben. Auf Fußstiefel", ergänzte unser Denker, der nicht gerne Irrtümer aufkommen ließ.

„Uund bei lautem Trohmeln auf Tirkisch muus doch Tod einstirzen. Selbstverständlich auch brechen ab. Wie kahn dann noch weiter huupfen cherum, so viel Spaß ihm das auch machet? Dahn weiter: Was maachest du schon mit Tott zerbrochenem? Heechstens aus Brustkorb Behelter fir Wäsche dreckige. Und aus Untergestehl Pfeiffentischlein eines oder fier Frau deinige etwas fier Bluhmentepfe." Dabei blickte er Oilenhoy Zustimmung suchend scharf an.

„Und aus Schedel ein wenig Nahdopf fier die Kinder. Odrr, wehn kohmet ein bislein Damenbesuch feiner zu Frau deiniger. Und mit Gratl, was bleibet iebrig uunten, kahnnst du priegeln Kinder deinige und auch, wehn man dich bittet und dir zahlet fier schwarzen Kaffee, aandere. Und dahn hänge es an Spagatohr im Abbtritt, damit niemand es siehet sofortt, wähn er kohmet zu dir. Abrr, beser ist, du wirfst ahles gleich weg. Wisse, wehn dich besuchet Freind faalscher und neigierig verlanget auf Habort, weil der glaubet, du hast bloß Gebisch eines oder Plätzlein im Stall, und siehet das Gratl an Spagatohrwaschl, muhs er doch deenken, du hast erschlagen die Schwiegermuttr. Dähn auch er hat ein Cherz wie du.

Ich sprech die Wahrheitt. Und dahn gehet zu Gericht, und dahn wirst du leicht drei, vier Jahre frieher gehänget an Galgen als sonst. Jedem zweiten es gehet so. Ich spreche die Wahrheit."

Verstimmt ging man auseinander und Oilenhoy fletschte wellenförmig noch lange auf den davonhatschenden Galgenvogeltypus, der bei den letzten Sätzen immer auf ihn gedeutet hatte.

Tags darauf sah man die Bühne von gestern mit zwei erfreulicheren Akteurs bestellt, bei denen man keine abgeschnittenen Ohren vermuten durfte. Großwachter trug heute sogar einen etwas zu kleinen Zylinder, ein Prunkstück seiner Altkleidersammlung. Er hatte einst Toulouse-Lautrec gehört.

„Es hörbstelt", sagte mit bedenklich gerunzelter Stirne der würdige Zylinderträger zu Oilenhoy gewendet, der wider besseres Erwarten weder den Freitod gesucht hatte noch abgereist war, sondern putzend „Was?" fragte.

„Dass es hirgsteln tut, mein ich!"

„Wwa?! ... Hirk? ... Hirk? ... vastehe nich." Hochmütig wandte sich der steife Aristokrat zum Gehen.

„So bleiben S' doch!", animierte ihn Großwachter, der so gerne mit hochgestellten Persönlichkeiten sprach und fürchtete, um seinen Diskurs zu kommen. „I moan, dass der Herbischt kimmt!" Und mit dem Finger auf den Tisch tippend, versuchte er seine aphoristische Bemerkung zu verstärken.

„Wat for'n Hcrr Bischt kömmt?"

„Naa ... koa *Herr Bischt*! naa! *Heerbst* moan i ..."

„Ach nee", verstand endlich der etwas schwerfällige Edelmann. „Sie meinen, dass der Sommer aus is. Aber wir schreiben doch, wenn mir recht ist, noch Aujust!"

„Naa!", verbesserte der Linzer Rat. „I spüll aufs Liebesleben aan … und so …"

Oilenhoy sah ihn böse an, den taktlosen Unglückswurm aus der Provinz, der sich gegen den silbernen Spiegel der Adria in seinem stellenweise knollig aufgeblähten Gehrock wie eine massige, dunkle Vogelscheuche ausnahm.

„Ja", fuhr die Scheuche fort, „'s Lübesleben … wenn's nur dees alloini wär … aber, … was auch außerhalb dieses passieret …! Schaun S', Herr Graf, auch in der Politik gäbet's böse Windzeichen! Da häät i", sehr vorsichtig zog er unter Verrenkungen ein käsefleckig aussehendes Papier, einen verschwitzten Zettel aus dem Gehrock und betrachtete ihn misstrauisch gegen das Licht, ehe er ihn entfaltete. „Sehen S', daas ist ein Geheimdakament von an vertraulichen Kreis von wahre Badriottnen! Und die schreiben, dass die ‚Brieder des Schröckhens' dem Leibpferd von an söhr an hochen Monarchen, wo wir aale veröhren, bei der Parade Germ gegeben haben, daass sich der gute, hooche Hörr auf die Art mit an Kenik von Öngland – wo auch hoch zu Rosse zuhöret und kaum mehr 's eigene Wort verstehet – ieberwirfet und in die Purpalez gstört wird!"

„Germ? und die Brüder des Schreckens? was is denn das forn Zeugs?"

„Presshefe!"

„Teuflisch!", gab Oilenhoy zu.

„Jo, deiflisch. Und dees andre san a Art Frau Meierl ... aber, was red i denn! ... Mei-Frauerl ... a – heut bring i alles durchanand ... Freimaurer moan i. Dees kummt von der Hitz. Dees dirfen S' aber nicht verwöchseln mit die Brieder des Schaatens, wo 's Öhl aus die Öwigen Lichter schnipfen! Sehn S', dees is a so: Da ham S' kloane Leiterln aus Alaminium ..."

„Blödsinn!"

„... Ja ... und wer dönen ihr Tschef is, waas mir nicht, aber von die aandren is es der Kleemantzo, was a ganz a grundschleechtes Rabenviech is, und wo an falschen Affenschädel auf haben soll, dass mir 'n nit glei kennt!"

„Oller Schwätzer", murmelte der Graf ziemlich hörbar und ging grußlos ab. Großwachter sah ihm weinerlich leppernd nach, wurde aber sofort durch das Auftauchen des Prinzen Max getröstet. Der junge hohe Herr wischte sich die Hände an einem trocken-heißen Agavenblatt ab und bemerkte pensif: „Ich weiß nicht, daas aaber immer graad bei die Jausen bei uns waas loos ist. Ich trau mich gaar nimmer Kaffee trinken. Möcht wissen, waas daas is. Daa stimmt irgendwaas mit die Jausen nicht!" Mit übergequollenen Fischaugen starrte er in die Richtung nach Griechenland. Ohm Blasius blähte sich und sah den Prinzen bedeutend an. Sein Zylinder schien gute zwei Zoll höher geworden zu sein.

„Saan S' aa schon drauf kemma? Haben Hoheit es auch schon bimerket? Das spricht für Ihre scheniale

Beobachtungsgabe. Die mehr Durchschnittlinge, wo den großen Haufen bilden, denen es *meeglicherweise!* auch bereits aufgefaalen ist, daass hier gar so vüll bei den Jausen passiert, können sich aber keinen logischen Schluss draus ziehn, weil s' eben Viecher sind. Und weil halt die wenigsten zwoa Gsichter ham. Wie bei die ganz alten Familien. Jo. Zu so Sachen g'heert ahlerdinx a Gheimwissen dazu! Sehn S' Herr Buberl ... a! ... hocher Herr Buberl ...! will i sagen", er, der so weit die Distance verloren, verbesserte sich auf diese etwas dämliche Art, „mir, die was mir im Linzer ‚Großwachter' – i derf schon so sagen: fermli vergraben sein –, wiehssen, dass es Appakaliptische für Österreich bei der Vieruhrjausen einibröchen wird! Einibröchen muss! Sehn S', dees is es Furchtbare, waas mi nimmer schlaaffen laast ... nimmer schlaaffen ..." Er mümmelte wie toll. „Ja, mir wissen ötwas *Öntsötzliches* ... mir ham's schriftlich von an stoanaltn Kappazinermönch, daass Österreich amol zur *Jausenzeit untergöhen* wird ... Jo, merken S' es Ihnen: Für Österreich kimmt amol 's Jingste Gericht zum Kaffee!" Seine Stimme wurde zum dumpfen Quaken. Maxens Fischaugen drehten sich um sechzig Grad.

„Auf eins freu ich mich drauf, dass dabei dieses Subjekt, der Dodola hin wird. Weil er doch in der Kunstbutterbranche tätig war. Er war der Spiritus rector von der Firma Ranzoni, Schmirgelberger & Co. Die auch die falschen Ostereier aus Gips für die Armenkinderüberraschungen fabriziert hat. No ja, sagen dürfen die armen Hascherln doch nix. Dürfen nur stumme Tränen in den Augen haben, was so rührend für die Patronessen wirkt. Übrigens hängt Ihnen das Unterhosenbandel beim linken Fuß heraus. So. Na, heben Sie doch den Fuß da auf die Balustrat hinauf. So …"

Nicht weit davon schlich sichtlich verstimmt Gakowaz herum. Äugte manchmal in die Ferne. Dann kam ein kleines Mädchen – Südslawenkind – vorbei. Gakowaz verkroch sich still in einem dichten Brombeergestrüpp. Vielleicht nach einer Stunde kam der übervorsichtige alte Hospodar wieder zum Vorschein, nachdem es ihm zur Bestimmtheit geworden, dass das Kind nicht einer Familie angehört hatte, mit der er in Blutrache lebte.

Viele Leser wird das Vorkommnis befremden. Aber auch heute sind da unten im nahen Orient alle Brombeerdickichte voll von Leuten – meist der ersten Kreise. Nach und nach – über Čwečko – kam die Ursache der gakowazischen Verstimmung heraus.

Der besagte Hospodar war in Wien gewesen. Falsche Freunde – dieselben, deren Väter bereits den Vater unseres Freundes gelegentlich einer stillen Schachpartie verstümmelt und dann gänzlich ermordet hatten – legten ihm die Reise nahe. Schon Čwečko hatte in Wien eine Geschichte erlebt, die ihn auch etwas verstimmt hatte.

Im Hotel Matschakerhof hatte er mit seinem Töchterchen Nada, die er in der Residenz in einem feinen Institut unterbringen wollte, Quartier genommen. Er erzählte darüber in vertrauter Stunde: „Iich habe im Hooteele meiner Nada gesaget: ‚Es maachet heiß. Briinge Glass Was-ser.' Sie es braachte schweigend. Iich es traanke auss. Es mundete frisch äußerst. Nooch niie im Ljäbben hat mir Was-ser so geschmäkket gutt. Iich spreeche die Warrcheit. Nach einiger Zeit sprach iich: ‚Aanhörre meiner, Nada. Nooch mir briinge so einen Glass Was-ser.' Sie kam schweigender. Iich traank, schnaalzette mit der Zuunge und rief: ‚Beim cheiligen Mirko! daas ist Was-ser gutes. Nooch mir briinge so einen Glass voll jenem.' Naach einiger Zeit kamme Nada. Aber Glass war leer. ‚Ungehorsaame Toochtr', sprache ich, ‚waarum hasest du keinen Was-ser?' Sie blickete ernest und schnupfete auf, da sie noch immer chat Schtoockschnuupfen und es rinnet ihr ein Ohr. ‚Erzeiger', sprach sie, ‚iich nicht kohnte schepfen. Dänn, fremder Fraanke sitzet auf Kwähle.'"

Aber unserem Gakowaz war etwas weit Schlimmeres passiert.

Nachdem er in Wien Quartier genommen und sich zur Entgegennahme allgemeiner Ratschläge an den – ich möchte sagen – Obergakowaz wendete, der seinen Sitz im bekannten „Griechenbeisel" am alten Fleischmarkt hatte, in einem finstren Haus in der düstersten Innenstadt, eben im selben Haus, von wo der berühmte „liebe Augustin" sich seinen Kanonenrausch für den Gang zur Pestgrube geholt hatte, wurde ihm folgender guter Rat zuteil, den eine finstre Versammlung von sich gab.

Ein altersschmutziger Greis, Křziš mit Namen, mit flachem Vogelschädel, großer krummer Nase und dünnem, überlangem Schnurrbart, saß schweigsam da, von andren, düstren gakowazähnlichen Figuren umgeben. Vielleicht der Hälfte der Herren fehlte ein Auge. Zwei besaßen bloß je ein Ohr. Der Vogelschädelige räusperte sich, spuckte weit aus und begann mit Grabesstimme: „Sohn des Gako: Zuerscht in Wien gehe zur Witfrau Ahna Saacher. Es ist das beste Gasthaus. Das Weib chat immr Virginierzigare ein Stick im Muunde. Daran kenest du sie."

Die sieben Greise bestätigten diese Worte mit Nicken. Dann spuckten alle weit von sich. Der Älteste sprach weiter: „Heische von ihr Laamspilaf mit ahler Macht und Kraft des Manes. Und Rosenkohnfekt mit Hammelfett. Aber das alte Weib wird leugnen, dass sie das chat, weil es ist zu bielig. Deshalb lege den Handschar auf Ladenpudel und ziehe Pistole chalb cheraus. Sie wird die Drohhung schon verstehn. Dahn soll sie dir ein Chuhn braten in Schepsenfett, das nicht mehr gaanz frisch ist. Abrr, wehle den Chun selber aus und gehe mit ihr auf Abtritt, wo sie dieselben haltet, wie das in großer Stadt schon einmal ist. Auch der Kaiser schießet am Abtritt ab und zu einen Fasanen. Ich spreche die Wahrheitt." Die Greise nickten.

„Und schlaage Huhn mit Handschar Kopf ab. Aber nicht auf Ladenpudel oddrr bei der Kassa. Ieberhaupt nicht im Lokal, weil oft Chuun totes ohne Kopf noch hipfet cherum und Schmausende machet bluttig. Glaube mir! Merke dieses genau! Darum tete es vor dem Lokale, wo stehen Stühle wie Kerbe. Dort versickert das Blut und niemmand merkt es. Nimm es auch aus und werfe Kopf und die Därme in Briefkasten gelben. Abber die Fieße lege in Telephonbuch. Da wird man glauben, es ist ein Lesezeichen, und jeder wird dich segnen. Dahn gibb Chuhn dem Oberkellner, dahs er es rupfe mit Sorgfalt. Er verdient auch gerne fünf oder zehn Kraiczar. Und lasse dir geben Bohnensalat mit viel Knoblauch, damit man höret, wie es dir schmecket."

Die Greise nickten.

„Bier trienke dazu. Lass aber vom kleinen Buben jenes holen beim Greisler, da ist es viel bieliger. Im Gaastzimer sitze à la franca bei Tisch und niecht mit Beinen untergeschlaagenen. Vergiss auch nicht Schleiffstein, worauf du eifrig spuukest. Dehn die Messer dort sind stumpf. Ich spreeche die Wahrheitt. Und Kelner gib gleich beim Niedersitzen zwei Naikraiczar. Da wirst du sehen, wie du bedient wirst.

Und wehn anchebbt Tafelmusik, dahn taanze nicht mit. In Wien ist das noch niicht Modde. Weiter anhöre meiner! Schnäuzze dich nicht in den Tiischtuch. Auch niicht in deine Serviette, sondern in eine Serviette an Nebentiisch. Abber lege jene wieder zusammen ordentlich, dass Gast einer, wehn Platz niimmt, Freide chat, wie ordentlich aufgedekket ist. Wenn dahn Zahlkelner komet, lege den bloßen Handschar auf Tisch deinen, damiet er sich niicht verrechene. So, Sohn des Gako, gehe in Frieden!"

Als ihn der Älteste entlassen hatte, hatschte unser

großohriger Weltstadtbummler mit tiefhängendem Hosenboden durch die vornehmsten Straßen dem berühmten Sacher zu. Lange fesselte ihn noch in der Kärntner Straße die Auslage von Henckels Solingen mit Messern, so groß, dass man damit Elefantenohren wie nichts herunterschneiden konnte. Und schließlich betrat er hochmütig zurückgeworfenen Hauptes das ersehnte Ziel.

Verschiedene Feinschmecker standen herum, manche mit kurzgehaltenem Vollbart, wie es damals noch Mode war. Alle in Cutaways und gestreiften Hosen. Und alle die Gabel in der Rechten, die Linke in der Hosentasche. Sie gabelten kalten Aufschnitt und sonstige Delikatessen. Alte „ä ... ä"-sagende, überaus soignierte Aristokraten nippten Malaga oder Sherry und bekleckerten sich die Pantalons mit Kaviar. Des Gakowazen Auftreten erregte Befremden. Wer aber beschreibt das Entsetzen, das alle die steifen und vornehm schnofelnden Feinschmecker jäh herumfahren ließ, als der blatternarbige Sohn des Balkans mit knarrender Stimme anhob: „Weib, gealtertes! Komm mit mir am Abort nachschauen, ob du hast Huhn feistes!" Der allgemein hochbeliebten Witwe blieb der Mund offen stehen, so dass ihr die Virginia herabfiel. Zwei ältliche Baronessen mit zu großen Nasenlöchern fielen in Ohnmacht, und ein alter Graf Bobby murmelte etwas von „verfluchten Popowischen, die schon bis daher dringen."

Zuckenden Schnurrbartes glotzte die Frau Sacher auf den verwilderten Kunden, der sich einen Tisch, der ihm gefiel, mit der Pistole belegte. Schließlich kam es heraus, dass unser charmanter Großstadtbummler glatt hinausgeworfen wurde.

Auch auf Pomo litt seine frühere Beliebtheit durch taktlose Bemerkungen dieses im Grunde bloß wahrheitsliebenden Mannes über den Kaffee. Immerhin wirklich beherzigenswerte Bemerkungen, die eigentlich in jeden Reiseführer gehören. Da sagte unser origineller Freund zum Beispiel wörtlich: „Ich mag bloß Kaffee schwarzen. Denn, wenn ist Milch drin, kann niemand wissen, ob nicht auch drin ist was von Schwalbe, was da flitzet hin und her durch das Lokal. ‚Witsch' ist so was passieret. Und schickst du ihn zurück in Kieche zum Durchseihen, dann schmecket nicht ungern nach Fußfetzen. Ich spreche die Wahrheit. Auf Lloyddaampfer ich habe auch schon gefunden darinnen Schwabenkäfer. Auch große Wanzen mit tausend Fießen, wie man sie nur findet in Brasilia. Warum auch nicht? Dafür bist du am Meere. Jedoch in schwarzen Kaffee, man findet Dreck jeder Art gleich."

Aber um wieder auf Wien zu kommen: Es war Gakowazen einfach nicht gegeben, sich dort einzugewöhnen. Abermals ging er zum Ältesten seiner Landsleute, den er inmitten seiner Jünger eingeschlafen fand. Flüsternd fragte man einander: „Wie alt ist er wohl?" Niemand wusste es. „Ist er wohl achzik?" Selbst der Zweitälteste war überfragt. Dieser zweite Würdenträger konnte nur erklären, dass der da jetzt friedlich Schlafende zwar 30 Jahre lang im Zuchthaus von Lepoglava gesessen sei, aber schon bei der Einlieferung keine Papiere gehabt hätte. Höchstwahrscheinlich sei er ursprünglich ein gestohlenes Kind gewesen. Dann schwieg man. Als der alte Herr endlich aufwachte, und Gakowaz sein Vorhaben vortrug, geschah es, dass der ehrfurchtgebietende Greis lange einer Fliege nachblickte, ehe er wie folgt sprach: „Du musest einmal Blutrache geübt haben dort. Dann wirst du dich in Wien fielen wie zu Hause."

„Abber an wen muss ich ieben, und wie?"

„Du musst dich lassen beleidigen tettlich", lautete die Antwort. Alle bewunderten die Weisheit des Obergreises. „Bestes ist", fuhr der Ehrwürdige fort, „bewirke, dass geschändet wird deine Schwäster. Wenn auch nur ein bisslein." Gakowaz schwieg. Dann erklärte er, dass er keine Schwester habe. „Dann lass dein Weib kommen hierher."

„Niemand wird sich finden, wo tritt sich ihr nahe. Ich spreche die Wahrheit. Und so werde ich nicht können beweisen, dass ich bin Ehrenmann einer und muss verlassen die Wienerstadt."

Betreten schwiegen sämtliche Greise und spuckten still vor sich hin. Dann kam Erleuchtung über den Ältesten: „Du musst mieten einen Strizzi, wo im Prater viele sind. Aber unter 60 Kraiczar wirst du niemanden bekommen, der dir gefällig sein wird."

„Das ist mir nicht wert", hörte man Gakowazen.

„Daan missen wir Landsleute durch Scherflein zusammenbringen die Summe. Stimmet ab!" Der Antrag wurde verworfen.

Die Dämmerung senkte sich über das Gemach.

Da sprach der Präsident laut und krächzend: „Hast du Base eine?"

„Ja."

„Fiere sie, wenn wierd fienster, in Prater, wo ist uhnten bei Donau. Uund waarte, biss jemand sie fiert in Gepisch großes. Du abber verharrest in Gepisch benachbarten, bis Verfierer wieder erscheinet. Dahn stirze heraus und betraachte Base. Sie wird sofort haben rot im Gesichte weggen Tscham, wo sie quälet. Vergiss abber niicht nachzugehen jenem uund bitte ihn um Hadresse, wo wohnet, dahss du wissest, wo du ihn ermoorden könnest."

Gakowaz aber schüttelte das Haupt und sprach finster: „Tschaam wird sie nicht kwäälen. Sie ist schon gewehnet seit laange."

Die Herren schwiegen traurig und der Älteste sprach: „So wirrest du bleiben fier ihmer fremd in Chauptstadt."

Aber das war das wenigste. Vielmehr wurmte ihn die Sache mit dem Hinauswurf bei Sacher.

Doch jetzt wieder ein friedliches Bild, eines der letzten.

Der beneidenswerte Baliol saß mit der rotlockigen Montgomery an einem schattigen Tischchen. Sie hatte mit ihm ganz reizend geplaudert. Ja, die entzückende Expositrice von damals war sehr lieb gewesen. Genießerisch lehnte sich Baliol zurück, die Zigarette lässig im Mundwinkel, und betrachtete einen Zug Tauben, die sich emailartig vom milchig blauen Himmel abhoben, … dann plötzlich pfirsichfarben von der Sonne beleuchtet. Eben wollte er sein bildschönes Visavis auf dieses kosmische Raffinement aufmerksam machen, als ein lauter Krach das Tischchen erschütterte, das nun von Porzellanscherben bedeckt war. Was war das? Ein nagelbeschlagener Stiefelknecht, eines der heroischen Instrumente, wie solche gerne Popowitsch und Konsorten in den Gürteln tragen, lag am Tisch. Auch der dazugehörige Eigner in balkanesischer Tracht kam bald aus einer Baumkrone, in der er lauernd den Horizont betrachtet hatte, herunter, nahm ohne sich vorzustellen und das Geschirr zu bezahlen, den Stiefelknecht an sich und hatschte beleidigt davon. Auch das junge distinguierte Paar entfernte sich.

Als die jungen Leute verschwunden waren, hätte man am Nebentisch eine angeregte Unterhaltung zwischen Eschenlohe und dem lieben Onkel Blasius, der heute mit einer Weste Adalbert Stifters angetan war, belauschen können.

„Jo, voriges Jahr war i in Böhmen, in Seidenberg. Jo, da war i wo g'laden. Jo, und da ist die Tant von an sehr aner herzigen Fräuln bei der Hitz eingschlafen... und der ihrigen Nichte – Janka hat s' gheißen – ist, wie sie sich hat bücken müssen, ums Schuhbandel zu binden, dasselbe passiert, wie damals der schönen Freiln vom Nebentisch. In Böhmen sieht man so mancherlei hübsche Sacherln. Aber so viel schöne Sachen, wie die Schuch da – wo i anhab –, hat nit bald wer gsehn."

„Wieso?", warf Max hin. „Diese schäbigen Treter?"

„Hihi", lachte da der aufgeräumte Onkel Blasius. „‚Wieso', ham S' gfragt? Weil's die Schuch vom Exlenz *Menzel* warn, i hab s' von seinem Leichenwäscher, die er beim Aktzeichnen allewiel anghabt hat, damit er vor die wollüstigen Zugriffe der nacketen Modellmadeln gefeit ist."

„Allerdings. Das verstehe ich. Übrigens war er ja auch sonst ein grässlicher alter Zwetschgenkrampus." So der Prinz.

„In Böhmen, ja, da tut sich was. Auch im Theater kannst was sehen ... ja. Wie oft hupft was beim Applaus aus dem Mieder heraus. Witsch – ist's draußen ... Watsch ... wieder drinnen. Is a gsegnetes Land." Und Großwachter turnte mit dem Schnurrbart.

„Hat mir auch was 'tragen. Da warn die Herren von der konservativen Partei. Und die habm mir gsagt, wo i doch so eine geachtete Stelle beim ‚Katholischen Ammenfreund' hätte, ob i net so was Patientiertes erfinden könnt, dass solche ... also Entgleisungen ... ausgeschlossen wären. Allerdings müsste so einer ein sehr ein scharfer Denker sein und fleißig Studien machen ... und da ham s' mich zu Studienzwecken nach Iglau entsendet. Ja."

„Nach Iglau? dem Ammenparadies? Da hat mein Onkel Wunibald immer hin wollen ... aber, die Tant Amélie hat's nicht erlaubt. ‚Lieber nach Paris', hat sie vorgeschlagen. In Iglau seien berühmt selbstlose Mädchen vorhanden, berühmt entgegenkommende ..."

„Selbstlos? Glauben S'? Naa, Durchlaucht, da

gibt's nichts umasunst." Sein Mund wurde bitter. „Zwoa meiner besten Arbeitsjahre hab i dort vergeidet und koan Dank nicht ghabt ... koan Dank." Er zuckte mit den Schultern, dass der Frack knackte.

„Schmeißen S'n weg", sprach Eschenlohe müde. „Ihnen schaut ja das Jägerhemd unter den Achseln heraus. Schmeißen S' das alte Glumpert weg. Sie schaun ja aus wie ein verwester Zahlkellner."

Großwachter zuckte beleidigt zusammen und wackelte mit dem Schnurrbart. „I in Frack wegschmeißen? ... wo ihn doch der Johann Strauß Vatter gottselig bei die Hofkonzerte tragen hat! Ich 's beste Stück von meiner Garderobe wegschmeißen, wo ich doch drum beneidet werd von alle wahren Altkleiderkenner und von alle Musikenthusiasten! – 's Mozarteum in Salzburg is schon drum bittlich gworden! Natirlich ist er schon etwas briechig unter die Ichsen ... Kennen S' Ihnen aber auch denken, was der Gottselige z'sammdransbieriert hat ... schon aus Ehrfurcht vor an Kaiser! Tun Sie amol geignen vorm Kaiser oder Tschinellen schlagen! – Das hat der alte Ferdinand gar so gern ghabt!"

26

Es will uns dünken, dass es wieder an der Zeit ist, sich ein wenig mit diesem zwar leidenschaftlichen, aber sittlich absolut einwandfreien Herrn Sch-sch zu beschäftigen. Wiederholt sah man den idyllischen Schindel-dingsda in ausgeschlagenem rosa Hemd zwischen Lilien und Narzissen unter milchigblauem Lämmerwölkchenhimmel, eine Schreibmappe vor sich, am Bauch liegen und sah ihn, begleitet vom Summen emsiger Immen, der träumerischen Beschäftigung hingegeben, mit bisweilen schiefgehaltenem Kopf und gespitzten Lippen, wohl tausendmal auf feinstes Bütten mit hastig zurückgezogenem Finger den Namen „Geraldine von Sch-sch, geborene Countess Montgomery" schreiben. Ganze Vormittage konnte er so verleppern, bis er etwa von einem bösen Hund verscheucht oder vom Parkwächter wegen Liegens in Lilien beanständet und verjagt wurde.

Ei! Für wissbegierige Leser sei bemerkt, dass über die sch-schische Familie mancherlei Romantisches und Spannendes zu erzählen wäre.

So wird uns jeder aufs Wort glauben, dass Escamillo nicht ohne Mutter zur Welt gekommen war. Wer etwa das Gegenteil davon behaupten wollte, dem muss auch in allen anderen Dingen jede Glaubwürdigkeit abgesprochen werden. Und diese Mutter hieß Desdemona. Lange wollte Desdemona nicht in die Sch-schische Familie einheiraten.

Nun, schließlich hatte sie da nicht so unrecht!

Sie sielte sich tränenüberströmt, hysterisch schmollend oder gar unartig pfnopfend, unter Gestrampel „nein!" sagend auf dem roten Plüschsofa der guten Stube des Elternhauses so herum, dass das Muschelvertiko mit den vielen Porzellanscheußlichkeiten stundenlang klirrte. Auch befragte sie häufig ihren Gewissensrat, den schlichten Don Duttenhofer, um seine Meinung; aber der wusste nicht ein und aus und beschränkte sich darauf, verlegen zu glotzen.

Aber schließlich brachte sie doch, natürlich nach den zweckdienlichen Vorbereitungen, wozu auch die Trauung gehörte, ein kleines Schindeldingsdaichen zur Welt.

Nun war der Schindelfamilie ein Wappen zu eigen und das war es, was Desdemonens Vater, der bloß den kümmerlichen Namen Aloisius Schwammerlböckh führte, so bestach, dass er schließlich in die saure Schindelbeigabe biss. Denn so heiß begehrte er die Verbindung der beiden Häuser. Stellt euch das Wappen vor: Da sah man zwei gekreuzte Trompeten in nächtlicher Landschaft an einen Baum gelehnt. Ein einsamer Reiter sprengt mit verhängten Zügeln durch die einsame Landschaft. Auch zwei Hunde sind ersichtlich, die die Blasinstrumente misstrauisch betrachten.

Escamillo hatte auch später noch ein Brüderchen gehabt. Das hatte „Oberon" geheißen, denkt mal! Das war aber sehr früh vom Nabelpips, einer seltenen Krankheit, die schon lange die Wiege tückisch umschlichen hatte, gestorben.

Ei über Oberonen! Der Vater war, obwohl er wirklich nichts dafür gekonnt – das erwähnte seltene Nabelübel ist durchaus nicht vererblich –, darob von Desdemona so gequält worden, dass er in Frack und Zylinder den Freitod auf den Schienen der damals noch bestandenen Eisenbahn Wien–Aspang suchte und nach mehreren misslungenen Versuchen auch fand. Er wurde von einem gemischten Zug nach langem, warnenden Pfeifen auf sein bittendes Winken hin überfahren und war dadurch in seinem Ansehen vollkommen disqualifiziert worden.

Niemand sprach noch über den furiengepeitschten Schindelarsch, niemand benetzte ihn mit einer Träne, kein Nachruf kam. Ganz Wien zuckte bloß die Achseln.

Auch an einer neu aufgetauchten Beauté begann unser braves Schindelmanderl arg zu leiden. Das war aber auch eine berückende Schönheit und hieß Countess Carnavon. Erst vor kurzem war sie angekommen. Der scheue von Quackvogel war ihr erstes Opfer geworden. Um richtigzustellen, nicht er als realer Quackvogel, der ein wenig aussah, wie ein verwunschener Geist in Jägerwäsche. Nur seine seelische Ruhe erlitt diese süße Qual, wir wiederholen: durchaus nicht das dürftige fleischerne Monument um diese jetzt vor die Hunde gehende Psyche.

Aber auch der bescheidene von Sohnemann machte Stielaugen, als er die besagte Donzella erblickte, die nicht anders aussah, als eine Gesandte des Feenreiches der Katzen, wenn es so was gäbe.

Der Ruck, der von Sohnemann beutelte, war ein solcher, dass er mit den trüben Äuglein ein fatales Koketteriespiel zu scheppern begann, was seine Gemahlin, eine geschmacklos kostümierte Dame mit hohem Magen, veranlasste, ihm zuzuflüstern: „Waldemar! Ich werde dir kalte Lavements geben lassen!"

Gakowaz, der diese traurige Szene beobachtet hatte, sprach, mit dem Tschibuk auf das wie von Juckpulver animierte Mickermännchen deutend, zu Zois: „Jener ist Vogelpech großer. Weile er, wohl um zu ein paar Gulden zu kommen, Weibsbild jenes hat geheiratet. Wäre er Muhselmaan, könnte er Weibsbild dieses da verstooßen, hoder als Abortfrau verkaufen an Eisenbahn. Aber mehr im Innern, weil auf Hauptlinie niemand sie duldet. Ich spreche die Wahrheit."

Wieder nestelte er etwas aus dem Mund, betrachtete das Petit rien lange von allen Seiten. Dann warf er es achtlos weg, es war bloß ein Traubenkern. „Gewehnlich dieses man findet im Orre", murmelte er noch.

Aber Zois hörte nur mit halber Aufmerksamkeit zu, nickte beifällig, winkte aber Baliol heran, dem er eine Photographie zeigte. „Was sagst! Die vier Herren da mit den gschpassigen Zylindern sind die vier alten englischen Rothschilds! Ich lass jetzt in der Wandelhalle ein Fresko davon malen, denn, denk dir! in der nächsten Saison kommt der Londoner Rothschild nach Pomo! Gestern war ein gewisser Sir Ivanhoe Rettich bei mir – der Obersthofmeister – mehr! der Gesandte des hohen Hauses. Gratulieren wir uns!"

Aber die schwarzgeflügelte Ananke hatte anders beschlossen ...

27

Allein, die Ruhe war nur eine trügerische. Es war die Stille vor dem Sturme. Denn am nächsten Nachmittag, gerade als die Kurkapelle einen recht oberflächlichen Walzer aus einer Modeoperette spielte, kam eine Depesche, die wie eine Bombe in das friedliche, sorglose Treiben der vornehmen Nichtstuer einschlug: Ernste politische Verwicklungen zwischen Großbritannien und den Niederlanden, eine Sache, die seit Cromwells Tagen nicht mehr da war! Krieg unvermeidlich … Folgen für Europa unabsehbar!

Ein allgemeiner Trubel begann. Überall wurden Koffer gepackt, das Telegraphenamt wurde belagert und alle Plätze für den nächsten Dampfer waren im Handumdrehen ausverkauft. Gegen Abend kam eine neue Depesche: Die englische Mittelmeerflotte unter Kommando des Admirals Whiskydoodle mobilisiert und mit unbekannter Ordre in See gegangen. Im Laufe der Nacht zogen vier große Ozeandampfer wie strahlende Wunderbauten einige Seemeilen südlich von Pomo vorbei. Dann geisterten in weiter Ferne blasse Lichtkegel von Scheinwerfern durch die schwüle Nacht. Zugleich ratterten in großer Höhe, über den schwarzen Wolkenbänken, Wasserflugzeuge vorbei, um südwärts allmählich zu verklingen. Nur wenige schliefen. Überall sah man im Dunkeln flüsternde Gruppen, aus denen bisweilen, wenn der Mond hinter den Wolkenmassen vortrat, ein Frackhemd grünlich aufleuchtete. Oft verschwammen im Schummerlicht die Silhouetten der Wachenden mit den nachtduftenden Sträuchern. Da und dort tönte wohl auch verhaltenes, halblautes, melodisches Lachen von schönen Mädchenlippen, was die makabre Stimmung, die über dem Ganzen lag, erst recht hervorhob. In tiefer Nacht erschien auch der Faun mit seinem Töchterchen.

Der alte Herr hatte auf seinem Kopfe eine schottische Mütze mit langen Bändern und trug einen abgenützten Postkarton, das fatale Bild eines Totentanzarrangeurs, wenn es so was heute geben könnte. Das junge Mädchen, das bloß ein Körbchen mit bunten Seidenbändern trug, ähnelte einer Lancret'schen Träumerei. Böse Vorahnungen hätten ihn aus seiner Klausnerei weggetrieben, murmelte der Greis und klimperte mit Kleingeld einen Kellner heran, ihm einen Mokka zu bringen. Neben ihm am Boden kauerte das schöne Kind und starrte mit weit geöffneten Augen in die finstre Sommernacht. „Mignon und der Harfner", fand sich jemand bemüßigt zu sagen. Das ging dem alten Faun, der sich beim Kaffeeschlürfen etwas beruhigt hatte, gegen den Strich. „Ihnen werden auch diese Biedermeierbleedsinne vergehen, wenn Sie morgen das Kursblatt zu Gesicht bekommen werden … heißt, wenn wir überhaupt noch etwas herbekommen werden … schön ist Pomo … aber, ich gäb was drum, wenn ich jetzt beim ‚Fenstergucker' in der Kärntner Straße sitzen könnt! Das hat mer von die Modekurorte. Ja, mein ‚Fenstergucker'! Beese Mäuler behaupten immer, sechs Jahrtausende Zuchthaus blicken da durch die Spiegelscheiben heraus … aber, gemietlich ist's doch dort."

Aber horch! Was war das! Des greisen Waldgottes Redefluss verstummte. Denn aus der Schlucht links vom Marmorpavillon drang ergreifend, von ernsten Männerstimmen gesungen, das „De profundis".

Alles schob sich zur Balustrade, um in die Tiefe zu blicken. Dort sah man die schwarzen Gestalten des Chores. Es waren die zwanzig feierlich befrackten Kellner, die unter Leitung eines hagren Greises im Kostüm der neapolitanischen Totenbruderschaft den ergreifenden Gesang von sich gaben.

Kein Laut entrang sich den erschütterten Zuhörern, bis der Umstand, dass der sonderbare Dirigent plötzlich von einer hageren alten Dame an der Hand weggeführt wurde, Anlass zu flüsternd getauschten Bemerkungen gab.

Fröstelnd hüllte sich alles in Spitzenshawls und Mäntel.

Der kalte Todeshauch, der dem siegreichen, iriswolkenumhauchten Festspiel der holden Tagesgeburt vorangeht, war über das Marmorgetürme der Insel geglitten. Die Vigilie, die die Seeleute „Diana" nennen, war beendet. Eben wollte alles, da das erste Morgengrauen sich von der bleifarbenen See hob, zu Bett gehen, als ein Donnerschlag die Luft zerriss.

Erregtes Schreien drang vom Hafenplatz herüber. Alles drängte sich seewärts, Ausschau zu halten, und da bemerkte man in weiter Ferne, undeutlich sich vom Horizont abhebend, einen meilenweit ausgedehnten Zug gewaltiger Eisenkolosse, gekrönt von dichten, abwehenden Rauchfahnen. Ein roter Blitz zuckte aus dem führenden Schiff auf. Ein unheimliches, immer höher ansteigendes Heulen durchschnitt die Luft. Dann war wieder alles totenstill. Das Publikum sah sich starr vor Schreck an … Die englische Flotte! Was suchte die hier? Dann kam Bewegung in die Masse der Wartenden. Ganze Gruppen stürmten zum Telegraphenamt. Doch der Beamte erklärte kopfschüttelnd, schon seit Mitternacht keine Verbindung mit Triest bekommen zu haben. Während man noch mit ihm sprach, verlöschten mit einem Schlage die elektrischen Lampen und ein ohrenbetäubendes Krachen in nächster Nähe ließ die Gekommenen schreckensbleich zusammenfahren. Kein Zweifel … Pomo wurde beschossen! Die unerklärliche, grauenhafte Neuigkeit trieb alles auseinander. Beherzte stürzten ins Freie und kamen gerade dazu, wie eine Fontäne von Steinsplittern, Sand und Geländerstangen vor ihnen aus dem Boden aufstieg.

Die unglückliche Frau von Horsky zerbarst ohne ersichtliche Ursache vor den Augen der Entsetzten zu einem traurigen Gewirr von schwarzseidenen Mantillefetzen und bläulichen Eingeweiden.

Jetzt folgte Schuss auf Schuss, so dass ganze Steinlawinen von den Felszinnen rötliche Wunden durch den brennenden Lorbeerwald rissen. Auch aus den vergoldeten Lukarnen des Hauptpavillons der Hotelanlage loderten zinnoberrote Flammen, und Volltreffer auf Volltreffer verwandelte die prunkvollen Bauten in rieselnde Schutthaufen von Marmorbrocken und Stuckaturtrümmern, untermischt mit brennendem Gebälk und Möbelresten.

Alles war mit Toten und Sterbenden übersät. Wie vornehm lag dort Baron Boholz, eine Hand im Aufschlag des tadellos sitzenden Salonrockes, das Monokel auch im Tode festgeklemmt. Dort der menschenscheue von Quackvogel, den man sonst nie gesehen. Dort Amadeo Skrabal und der Kammerdiener Stankowitsch, beide kopflos – wie immer –, nur an den Livreen zu erkennen.

Siehe, auch den kernigen Eichfloh hatte eine Schiffsgranate zur Strecke gebracht! Wer hätte das gedacht? Ha! und dort ein skurriles Bild, das einem Holbein Ehre gemacht hätte: Aladar Graf Palaversich, den das Ende erreicht hatte, als er offenbar irgendeinem unbekannten Ziel zustrebte. Sein linker Arm samt einem Silbershawl, den er getragen, hing in einem Rosengeranke und ein indiskreter Granatsplitter ließ erkennen, dass der selige Feschak sich eines Mieders bedient hatte.

Aus den guten Bürgerkreisen bemerkte man den ehrlichen Horsky, dem drei Cœur-Ass aus der Manschette ragten, wie Zois sinnend konstatierte. Und nicht weit von ihm schlummerte friedlich der elegante Grieche Simokatta den Schlaf des Gerechten, der vorbildliche Gentleman, der das Generalbündel der dosischen Schlüssel treu umklammert hielt. Ja, es wütete der Tod. Mit einem großen, zitternden Finger und tonlos mümmelnd machte der würdige Großwachter seinen Freund Zois auf all die Schrecken ringsherum aufmerksam und Michelangelo konstatierte zu seinem Entsetzen, dass der große Herzensbrecher aus Linz, der bekannte Ammenfreund, eisgrau geworden war.

Mit offen wegstehendem Kragen keuchte Rat Dodola vorbei und sah die beiden Freunde irr an, scheinbar ohne sie zu erkennen. Schutzsuchend wandte er sich den Hotelmagazinen mit ihren großen Kellern zu, denen er in guten Tagen so manchen köstlichen Tropfen verdankt hatte.

Doch gerade das sollte sein Verhängnis werden. Eine Granate sauste in eine der Inventarkammern und der bejammernswerte Dodola wurde durch eine ganze Wolke von eisernen Reservenachttöpfen, die wie schimmernde, todbringende Tauben aufstiegen, in ein besseres Jenseits befördert. Weihen wir ihm eine Träne!

Großwachter riss den Freund mit sich, fort vom scheußlichen Anblick des zerfleischten Rates.

Nach wenigen Schritten sahen sie Graf Oilenhoy und Gemahlin in der gewohnten, steifen, unnahbaren Stellung vor sich stehen. Sie machten ehrerbietig Platz und Großwachter streifte beim Grüßen mit dem Zylinder in der zitternden Hand ganz leicht an das Paar, das plötzlich vornüberstürzte. Jetzt erst merkten sie, dass sie Tote vor sich gehabt hatten – wohl vor Empörung über die nicht vorher angesagte, jedem Takt geradezu hohnsprechende Katastrophe gestorben. Der Geheimrat wischte sich den kalten Schweiß von der Stirne.

Da wieder schätzenswerte Kurgäste im Freien!

Die Malfilâtre mit ihren Bullys und Prinz Eschenlohe, der eine Zigarette von allen Seiten betrachtete.

Eine Granate schlug ein. Die Bullys schossen bellend hin und begannen wie toll zu graben. Die Herrin belorgnettierte ebenfalls die Stelle, doch wurde ihr Interesse von Eschenlohe in Anspruch genommen, der auf einen notlandenden Aeroplan wies.

„Da fahren wir mit! Geschwind den Baliol holen! Laufschritt!"

Das Kleeblatt stieg ein und verstaute die Möpse, denen sich noch zwei andere anschlossen und mit ihnen Onkel Lazzaro, der den Bedientensitz einnahm. Fort ging's – also: Diese sieben Gerechten waren gerettet!

Um so schlimmer aber schnitt die Gelehrtenrepublik ab. Sämtliche Herren waren an den Strand geflüchtet. Doch Professor Harnapf eilte nochmals ins brennende Hotel zurück, sein schimmerndes, köstliches Kleinod zu holen: die Faunsbohne.

Den großen Forscher sah man niemals wieder. Im Vorbeilaufen hatte er noch dem Geheimrat zugerufen, dass Kollege Giekhase und Gemahlin vom Meer verschlungen worden seien. Er müsse aber noch ins Hotel, die Faunsbohne holen.

„So bleiben S' doch", brüllte Großwachter. Und als er nicht wieder zurückkam, sagte er schluchzend zu Michelangelo: „An … einem … Hundswürstel … gestorben. Ein Geistesriese von so einem kleinen Nichts – gefällt, von fast so was, was einer sonst bloß im Zahn findet – das kommt mir vor, wie wenn ein Herkules von einem dressierten Floh derschlagen wird ... nein, nein. Dees überleb i nit!"

Und er, dem vor Schreck die Füße versagten, kauerte, Tränen in den Augen, am Boden. Mitleidig suchte ihn Michelangelo zu trösten. Aber unser „liebes Großwachterl", den der Bock stieß, brachte nur noch mühsam heraus: „Und in Salzburg – beim Gablerbräu – is er mir hungrig aufgestanden, weil er die Speiskarten nit und nit kapiert hat, wo noch dazu der Richard Mayr, der berühmte Opernsänger, dem das Bräu gehört, aus Huldigung für'n Harnapf eigenhändig serviert hat. Ja. Durchaus hat er an ‚Hoppelpoppel' habn wolln und an ‚Kalbsfriedrich'. Und der Mayr, der was ein wenig vollblütig sein tut, hat schon nach ean Hausknecht gschaut ... hungrig is er weg, unser Seliger, was da im Hotel bruzelt ... Und jetzt ... o mei, o mei ... a ganz ein kleines Mops-Weg-Werf-Wunzerl ... Nein, nein ... i komm nit drüber hinweg ..."

Da – ein Donnerschlag. Der Herr mit dem Goldzylinder am irrsinnäugigen, viel zu hohen und weitaus zu kurzen Ross, wurde samt Čwečko und Gakowaz, die sich an die Steigbügel geklammert hatten, als grausiges Paket fast in den Himmel geschleudert.

Dann torkelte der alte Hunyady mit blutigem Bart heran und stöhnte, dass die ganze Jagdgruppe mit einem Boot gekentert und von den Haifischen gefressen worden sei.

In einem Blumenbeet lag, wie schlafend, die kleine Waldnymphe. Der alte Faun stand unweit, irr gestikulierend, und hielt in der Hand einen Busen, der in besseren Tagen die unschuldige Bébé Kličpera verziert hatte. Jammervoll lallend bat er unsere Freunde, diese res derelicta ins Fundbüro zu tragen. Traurig wandte sich Baron Zois ab.

Zu seinem Entsetzen sah er wenige Augenblicke später, wie der arme alte Großwachter, der gleich ihm stumm und schreckensbleich das Zerstörungswerk mit angesehen hatte, plötzlich in den Abgrund gefegt wurde.

Bloß die zerrissene Reisetasche, die einst Grillparzer gehört hatte und die der unglückliche Gelehrte die ganze Zeit krampfhaft an sich geklammert getragen hatte, war aufgebrochen liegen geblieben. Sie streute einen unglaublichen Reichtum an grünspanpatinierten Rosenkranzmedaillons, Venuspfennigen, uralten Eisenbahnbilletten und Wallfahrtsbildchen aus. Mechanisch hob er ein Blättchen auf und las: „Gnadenreiches Bildnuss der h. Kummernus, wie sie die hl. Windlein unseres Herrn und Heilands ausbögelt. So mit sonderbarem Fleiß verehrt wird zu Langenlois im niederösterreichischen Waldviertel."

Da krampfte ein tiefes Weh sein Herz zusammen und er, der starke Mann, verlor zum ersten Mal im Leben das Bewusstsein.

28

Als er erwachte, war es halbdunkel um ihn. Ungeheure Staub- und Rauchwolken erfüllten die Atmosphäre. Doch es gab immerhin noch so viel Aussicht, dass man das furchtbare, ihm völlig sinnlos erscheinende Zerstörungswerk halbwegs überblicken konnte. Die Hotelanlagen waren so zerstört, dass im buchstäblichen Sinne des Wortes kein Stein am anderen stand. Aber noch schlimmer war, dass das edel geformte Felsgetürm, das Pomo bildete, bis zur Unkenntlichkeit durch die Explosionen der Riesengranaten zerstört war. Wo noch am Morgen üppige Wälder gestanden, waren bloß noch wüste Schutthalden, aus denen da und dort Flammen züngelten.

Michelangelo lag auf den Steinplatten dicht am Meer, ohne sich Rechnung geben zu können, wie er dorthin gekommen war. Vereinzelte Leichen lagen um ihn herum. Unter ihnen erkannte er Arie van den Schelfhout. Also auch vor den Großen dieser Erde hatte Freund Hein nicht haltgemacht! Neben ihm von Sohnemann, noch im Tode mit dem fürstlichen Reuß-Schleitz-Lobensteinischen Verdienstkreuz und der Harzer Edelrollerzuchtmedaille 4. Klasse geschmückt. Diese wirklich deplatziert kleinliche Eitelkeit brachte ihm einen bittren Geschmack in den Mund.

Unter diesen traurigen Reflexionen richtete sich der Baron mühsam auf und bemerkte, dass er weit und breit der einzige Überlebende sei. Aber bald sank er zurück. Er fühlte sich benommen, und sein halbverbrannter Bart machte es ihm zur Gewissheit, dass dicht über seinem Kopf ein Sprenggeschoss explodiert sein musste. So lag er eine Zeitlang da, bis Stimmen seine Aufmerksamkeit so fesselten, dass er, wenn auch mit Mühe und Aufbietung seiner ganzen Willenskraft, die Augen öffnete. Zu seiner freudigen Überraschung erkannte er, dass da noch jemand lebte. Bleich wie eine Medusa war es die schöne Hortense, die sich über die Leiche ihres Vaters beugte. Tapfer rang sie das heiße Weh, das ihr offenbar das Herz zerfleischen musste, nieder und wandte sich mit trotzigem, kühnen Blick der See zu, von der sich das Verderben ihrem Hause genaht.

Die im Winde flatternden Locken und ihre statuenhaft ans Eherne streifende Stellung gaben ihr, halb von den Rauchschleiern immer wieder umzogen, eine Art überirdischer Schönheit, die mitten im Grauen der realen Gegenwart den verwöhnten Kenner der Kunst so fesselte, dass er alles um sich vergaß.

Bald sollte er gewahr werden, dass er doch nicht der Einzige sei, der von der stolzen Erscheinung des Mädchens in Bann geschlagen war. In arg beschmutzter Festkleidung nahte noch eine Männerfigur aus dem Schleier des Qualmes, mit einem Antlitz, so bleich wie die riesig große, zerfetzte Hortensie, die er im Knopfloch trug. Es war niemand anderer als Charles Borromée Howniak. Kühn drang der sonst so schüchterne Jüngling zu seiner Herzallerliebsten vor. Jetzt war sie sein! Alle Nebenbuhler vom Eisen zerfetzt oder von den Trümmern erschlagen! Keinen Blick hatte er für die Toten – er, der Lebende!

Im immer dichter werdenden Rauch sah Baron Michelangelo ein Szenenbild, das er wie folgt beschrieb: „Howniak – dass er es war, besteht kein Zweifel – tauchte auf aus dem Rauchmeer heraus, er sah Hortense und ließ sich mit pathetischer Gebärde vor ihr, die zurückprallte, auf ein Knie nieder. Ich konnte noch bemerken, dass der Pathetische arg mit Lehm beschmutzt war. Dann sprang er auf und schloss Hortense, die sich heftig sträubte, in die Arme, während sein Mund ihre klassisch schönen Lippen suchte. Doch noch ehe ihm dies glückte, tauchte vornübergebeugt eine zweite Männergestalt aus den schwefligen Schwaden: Rabenseifner! Mit irrem, glühenden Blick drang er vor und hob mit eckiger, beschwörender Geste seine Hand, von einem zerfetzten Ärmel umflattert, gegen die Gruppe, die von einer seltsam berührenden Sintflutstimmung umwittert war. Seine beschwörende Geste wurde stärker und stärker und schließlich zwang er das Mädchen an seine Seite."

Und dann spielte sich Folgendes ab: Zois war es, als ob sich Rabenseifner, der plötzlich gewaltige magische Kräfte zu entwickeln schien, brüsk gegen den verstört dastehenden Howniak gewendet und den ohnehin schwer verschüchterten und unsäglich dumm dreinschauenden Bonvivant mit einem

Zauberstab in ein Felsbild verwandelt habe. Dann verschwand das Liebespaar im Nebel, in den der Magier mit großer Gebärde gedeutet. Eine neue Ohnmacht schloss den psychisch schon arg ramponierten Freiherrn in ihre Arme.

Als er wieder erwachte, sah er ganz deutlich dort, wo früher Howniak gestanden, ein seltsames Felsbild mit schmerzlich verzerrtem Ausdruck in dem Teil, den man als Gesicht ansprechen konnte. Und seltsam! Aus dem Auge floss unaufhaltsam, gleich einem Tränenstrom, ein Salzquell, um nach einigen Schritten Weges sich plätschernd mit dem Meer zu vermählen.

Am nächsten Morgen erschien ein österreichischer Torpedojäger, um die kaum erkennbaren Überreste von Pomo nach Überlebenden und Verwundeten abzusuchen. Als einziger mit dem Leben Davongekommener wurde der Freiherr von Zois eingebracht.

Gespannt lauschte man seinem fabelhaft interessanten Bericht, den man sorgfältig zu Protokoll nahm.

Als er dann aufgefordert wurde, das nun amtlich gewordene Schriftstück zu unterfertigen, kamen ihm erst wieder Zweifel, ob das Ganze doch nicht ein lebhafter Traum gewesen wäre.

Um den früher so energischen, jetzt schwer verstörten Michelangelo schlossen sich alsbald gnädige Pforten einer bekannten Nervenheilanstalt.

Epilog

Der Kaiser Franz Joseph saß in seinem Arbeitszimmer. Gedämpfte Militärmusik war vernehmbar. In Gedanken versunken, betrachtete der gütige Monarch sein gewohntes Gabelfrühstück, das historische Paar Würstel. Der Leibkammerdiener stand Habt Acht.

„Sie, Loschek ... schaun S' das linke Würstel da an, das Sattlige. Das ist ... gute zwei Millimeter ... zu lang."

„Ja, Majestät! Mir scheint auch. Soll ich ein andres Paarl servieren?"

„Nein, lassen Sie das", sagte der bescheidene Monarch und ergriff das appetitlich knackende Zehnuhrlabsal, das er ruckweise unterm soignierten Schnurrbart verschwinden ließ.

„Wundere mich eh, Majestät", wagte der Leibkammerdiener mit respektvollem Tonfall zu bemerken, „wo doch der junge Weisshappel die allerhöchsten Frühstückswürstel eigenhändig spritzt ... in Uniform natürlich ..."

„Waas! in Uniform?!" Der Kaiser erhob sich vom Schreibtisch und zitterte mit dem Rest des Frühstücks.

„Zu Befehl, Majestät! Ja. Er ist Reserveleutnant bei Trani-Ulanen!"

„Das ist unerhört!", grollte der ehrwürdige alte Herr. „In Uniform hat er keine Würstel zu machen ... so was hat sich nicht einmal der Radetzky erlauben dürfen ..."

Die Militärmusik brummte im Burghof.

„Ich hab denkt ... wegen ... em Reschpekt ... Jee ... jetzt hab i eam was Beeses tan ... schaun S' ... Majestät ... verzeihn wir eam ... i bitt gar schön!"

„Stehen Sie auf, Loschek. So knien S' mir doch nicht vorm Schreibtisch herum ... ich kann die Schlamperei nicht leiden ... Was ist denn das?", grollte der Kaiser und nahm dem unangemeldet eingetretenen Ministerpräsidenten einen noch zitternden Akt aus der weißbehandschuhten Hand. „Was ham S' denn, lieber Graf Paar? Lesen soll ich? Ja ... waass ... waass soll denn das? waass? Pomo ham s' z'sammgschossen?! weil s' es für eine Marinescheibe ... gehalten haben ... und jetzt ... na, so was ..."

„Verlangen s' Ersatz für die verschossene Munition!", ergänzte Graf Paar. Der sonst so zurückhaltende Monarch zertrat aus Wut das auf den Boden

---

* So ein Würstelzertreten kam nicht einmal vor, als sich folgender Monumentalskandal ereignete: Margarete von Österreich, 1480, die Tochter des späteren Kaisers Maximilian und der einzigen Erbin Karls des Kühnen, Maria von Burgund, war als kleines Kind dem Dauphin von Frankreich, dem künftigen König Karl VIII., verlobt und ihm später angetraut worden. Statt dass der Bursche Gott gedankt hätte, dass er so gefallene Würstel – so ganz gegen das spanische Hofzeremoniell.*

„Ja – was sollen wir da machen?", hörte man da Seine Majestät.

Die Burgmusik spielte in ihrem Leichtsinn Kleinigkeiten aus der „Puppenfee". Der Ministerpräsident drehte, ohne dass er es eigentlich so wollte, den Federhut im Takte der Musik nach allen Seiten hin und her. „Bimmbimmbimm – bum bum bum – hopsasa – tschinnbumbum" ging das mit dem Hut herum.

„Sie, Loschek", hörte man den Kaiser, „laufen S' geschwind um den Tegetthoff ... a, was red i denn? ... holen S' lieber den Kropatschek ... und, richtig! schaun S', ob der Hötzendorf im Café ist ..." Das waren die Anfänge der Verwicklung.

„Majestät", stotterte der Exzellenzherr, „es ist nämlich gar nicht für eine Marinezielscheibe angeschaut worden ... nein! für den Fliegenden Holländer!"

Sprachlos sank der Kaiser in sein Fauteuil.

„Ich hab immer gsagt, der Richard Wagner ghört eingsperrt ... na ja, da ham wir's wieder. Veranlassen Sie, bitte, dass er vom Burggendarm vorgeführt wird!"

---

glatt davongekommen war, und nicht ein paar Jahre Zuchthaus aufgebrummt bekommen hatte, verstieß er diese, seine hohe Gemahlin mit elf Jahren!
Von Historikern weiß keiner warum?
War Allerhöchst dieselbe vielleicht immer noch nicht thronrein?

„Majestät – was der Wagner is, der is gestorben ... anno 83."

„Aber heute geht mir wieder alles gegen den Strich ..." brummte der hungrige Monarch.

Resigniert betrachtete der hohe Herr den Rest des Gabelfrühstückes – bloß noch ein Salzstangerl.

Übrigens könne man froh sein, ließ sich der Ministerpräsident vernehmen, dass dieser historische Nonsens – ja – auf diese Art aus der Welt geschafft sei. „Wem hat's wirklich gehört? Der Republik Venedig, bitte? Die hat aber dieser dalkete Gschaftlhuber, der Napoleon, zerstört, ohne dass es ihm jemand geschaffen hat.

Und, bitte: Lehen aus dem vierten Kreuzzug!?

No, und ich bitte, der gottselige Herr Urgroßonkel von Eurer Majestät hat auch anno 15 am Wiener Kongress auf den Venezianer Auslandsbesitz, auf Kreta, Zypern und die ganzen Inseln verzichtet. Nicht einmal gewusst haben damals die Herren vom Auswärtigen Amt, wo das alles liegt! Übrigens, ist das heut etwa anders? Und da sollen wir uns um das Brösel ... was?! Gewesene Brösel! des venezianischen Erbes exponieren, das als a Ganzer nicht einmal die Knochen auch nur eines Gefreiten von den 28ern wert ist ... und Majestät wissen, was das heißt!"

„Also lassen wir das", vernahm man den Kaiser.

Unhörbar, nach drei Verbeugungen, entfernte sich der Höfling.

Das waren die Anfänge der Verwicklung, anlässlich derer sich der Polenklub und die Jungtschechen im Parlament was ganz Erkleckliches herausgeschunden haben. Dann kam der Krieg und mit ihm größere Sorgen und schließlich kam die internationale Diplomatie auf die glänzende Idee, die Sache, die schon obsolet zu werden drohte, dem Capo aller ganz gescheiten Köpfe, dem Präsidenten Wilson, bekanntlich dem versiertesten Europakenner, vorzulegen. Der hielt es lange für die sagenhafte Seestadt Oberschlesien, und da niemand wagte, ihm zu widersprechen, wäre Pomo fast an Polen vertrödelt worden.

Dann aber legte ihm der damals noch im Original vorhandene Dichter Gabriele d'Annunzio Aufnahmen dieses neuen Vineta vor, und da ließ sich der oberwähnte große Staatsmann, von echter Seherkraft erfüllt, wie folgt vernehmen: „Uo sind keine Beime – dort sein Italy."

Die Welt atmete bewundernd auf.

Unendlicher Jubel setzte auf der Apenninischen Halbinsel ein und das Wort wurde an mehreren Orten in Erz gegraben.

So war die Frage nicht vom historischen, sondern vom botanischen Standpunkt aus gelöst worden. Zwei Finanzer mit kühner Feder am Hut bekamen die Aufgabe, den Salzquell rechts und links zu flankieren, damit niemand daraus trinke oder schöpfe und so das Salzgefälle übertrete.

Kein Mensch weiß heute noch etwas von Pomo.

Und die Welt, die seinerzeit um einen Oberon Schindelarsch betrogen worden war, dreht sich ruhig weiter.

Finis

Nachwort

Scoglio Pomo, die „märchenhafte Paraphrase" des Kulturbildes vor dem Untergang der Monarchie, entstand unmittelbar nach dem Roman *Der Gaulschreck im Rosennetz* in der ersten Hälfte der 20er Jahre des vorigen Jahrhunderts. Quelle der Inspiration war ein Aufenthalt Fritz von Herzmanovsky-Orlandos auf der Insel Brioni im Jahr 1913. „Traummeister, das wäre was für Dich!", berichtete er an den Freund Alfred Kubin. „Die Insel würde Dir sehr eigenartige Anregungen geben. Nirgends kann man das klassisch schöne Gestrüpp des Südens, das Gemisch von Lorbeer und Erdbeerbäumen, Myrthen, hohem Wacholder und Zypresse so studieren wie hier. Die Kombinationen von Hochwald, smaragdgrünen Wiesen voll Fasanen, felsiger Strand und das tiefdunkelblaue Meer dicht daneben – das findet man selten. Dabei gibt's überall uraltes Gemäuer, gotische Kirchenruinen in tiefdunklen Lorbeerhainen, Zisternen unter Palmen in felsigen Schluchten, kunstreichste Mosaikböden mitten in der Wildnis – kurz, ein Märcheneiland im besten

Sinne des abgedroschenen Wortes. Daneben der große Luxus, prachtvolle Toiletten und fashionables Leben, Torpedoboote in Nixentümpeln und Dreadnoughts vor römischen Ruinen ... sehr Traumstadt, voll perversem Geflüster, Märchenraunen, protzigem Gejüdel und den Kopftönen der Niese."

Von einzelnen Skizzen, die unmittelbar nach dem Aufenthalt in Brioni entstanden, bis 1953, dem Jahr der letzten Reinschrift fremder Hand, feilte der Autor am Text des Romans. Als zweiter Band der *Österreichischen Trilogie* ist er zwischen den Abgründen des Wiener Biedermeier im *Gaulschreck* und dem *Maskenspiel der Genien*, der Utopie des Jahres 1966, angesiedelt. Auch in *Scoglio Pomo* verdichten sich in werkspezifischer Manier unterschiedliche Zeit- und Raumebenen zu einem zwischen Wirklichkeit und Absurdität oszillierenden Bild. „Um das verklungene Märchenreich zu paraphrasieren, muß Unwirkliches – natürlich in voller Sachlichkeit – im Hintergrund passieren", schrieb der Autor an einen Verleger. So montierte der Sammler Herzmanovsky-Orlando etwa für Landschaftsbeschreibungen ungeniert wörtliche Passagen aus Reiseführern der Zeit in den Text, nicht ohne sie durch magische Momente zu konterkarieren, setzte dem leiblichen Cousin Michel Angelo Zois oder dem Freund Anton Maria Pachinger literarische Denkmäler und lässt gleichzeitig Stereotype der Commedia dell'Arte durch die Macchie tollen. Wenn es in der Literatur – analog zur bildenden Kunst – eine Kategorie des „Phantastischen

Realismus" gäbe, so wäre das Werk dieses Autors wohl ein herausragendes Beispiel. Einzigartig ist es so und so.

In seiner Komplexität lässt es sich im Kanon der österreichischen Literatur keiner Tradition eindeutig zuordnen, doch gibt es Tendenzen darin, die ihn in die Nähe anderer Vertreter der österreichischen (nicht nur, aber vornehmlich) Literatur rücken: Der Sprachwitz erinnert an Johann Nestroy, das Ausgeliefertsein der Figuren an übergeordnete Mächte an Franz Kafka, die Phantastik seiner Welt an Alfred Kubin, die Atmosphäre, die den Zusammenbruch der Monarchie antizipiert, an den *Zauberberg* von Thomas Mann, die bis zur Kenntlichkeit gesteigerte Übertreibung schließlich an Thomas Bernhard usw. Surreale Momente und formale Experimente lassen sogar eine Vorwegnahme der österreichischen Avantgarde erkennen. Eines muss jedoch entschieden festgestellt werden: Die Einvernahme des Autors und seines Werks durch k. u. k.-Nostalgiker gründet auf einem Missverständnis. Dafür stimmen die Parameter nicht: Die Ironie ist zu beißend, der Humor zu ätzend, zudem geht es um die Auflösung überkommener Ordnungen, nicht um die Sehnsucht danach.

Auch wenn Herzmanovsky-Orlando selbst den Roman als „märchenhafte Paraphrase des Kulturbildes von etwa 1912" beschrieb, entspricht er nicht dem „habsburgischen Mythos", ein Begriff, den Claudio Magris für eine Tradition der österreichischen Literatur nach dem Ersten Weltkrieg geprägt hat. Das Österreich dieses Autors ist größer als die 1918 untergegangene Monarchie, es reicht bis Griechenland und Byzanz (der Schauplatz von *Scoglio Pomo* ist die Levante). Herzmanovsky-Orlando bietet keinen verklärten Blick zurück in eine geordnete Welt, er beschreibt vielmehr das kontinuierliche Entstehen einer Antiidylle in der konstruierten Welt eines mondänen Kurorts, gleichermaßen begründet durch gesellschaftliche und politische Disharmonien wie durch magische Vorgänge. Die Apokalypse ist der logische Schluss in einer Welt, in der es nicht immer mit rechten Dingen zugeht.

Scoglio Pomo 1912: Die Gesellschaft des größeren Österreich findet sich in einem fashionablen Kurort ein, um ihren Neigungen nachzugehen: ein heiratswütiger Graf Bobby, allerlei Aristokraten, ein halbseidener Magier, ein niederländischer Bohnenkönig auf der Flucht vor Aufsehen, slawische Stammesfürsten, Gerichtsadvokaten in alttestamentarischem Rollenspiel, Gelehrte, Sammler und jede Menge schöner Mädchen. Bukolische Szenen illustrieren bildhaft das Paradies. Doch dieses hat – wie immer, wenn es zu schön wird – keinen Bestand. Nach kleineren Zwischenfällen legt als Vorbote des Untergangs das unbemannte Gespensterschiff des Fliegenden Holländers an, auf dem die fidele Gesellschaft sofort einen Ball improvisiert. Doch mit dem Ende der Geisterstunde verschwindet das Schiff und alle liegen im Wasser. Die Episode ist nur der Auftakt zu weiterem Unheil, auch wenn das Ende der

Insel und seiner Bewohner letztlich überraschend kommt: Die britische Flotte schießt Scoglio Pomo in Grund und Boden. Nur wenige überleben.

So viel zum Inhalt. Darüber hinaus sind es die ziselierten Figurenbeschreibungen und zahllose Medaillons fragmentierter Prosa und mythologische Exkurse, die Informationen zu Alltagskulturen oder geschichtlichen Nebensächlichkeiten vergangener Epochen liefern. Für den Autor charakteristisch ist auch das Verweben von Zeitebenen von der Gegenwart bis in mythische Tiefen: Wasserflugzeuge und Kablogramme sind ebenso präsent wie Faune und Dryaden und der ganze Kosmos der venezianischen Renaissance.

Diese Ausgabe verzichtet bewusst auf Kommentare und Erläuterungen. Diese Aufgabe wurde (zumindest im Ansatz) bereits in der von Susanna Kirschl-Goldberg edierten originalen Textfassung *Rout am Fliegenden Holländer*, Band II der 10-bändigen Ausgabe „Sämtlicher Werke" (Residenz Verlag, 1983–1992), unternommen. Erläuterungen bleiben im Falle Fritz von Herzmanovsky-Orlandos immer nur Stückwerk. Selbst da, wo Interpretationen eindeutig erscheinen, öffnen sich in der Kommentierungspraxis bei näherem Hinsehen Falltüren. Heute können gängige Suchmaschinen – bei allen Vorbehalten gegenüber den in ihnen transportierten ‚Wahrheiten' – die Begriffswelt des Autors für den interessierten Leser in einer Weise transparent machen, wie dies von einer wissenschaftlichen Edition nur mit einem absurd hohen

Aufwand geleistet werden könnte. Eigene Recherchen zu einem Begriff bestätigen, dass jede Erläuterung bestenfalls eine Annäherung ist; nicht alles, was sich zu einem Begriff finden lässt, erklärt diesen hinlänglich. Das dichte Gewebe von Uneindeutigkeiten, Andeutungen und Anspielungen lässt jede Lektüre zu einem work in progress werden. Vieles ist heute verloren gegangener Bestandteil der profunden humanistischen Bildung des Autors. Für den heutigen Leser, der nicht in einer Welt von Lazerten, Haruspices und Chanoinessen aufgewachsen ist, gewinnt die Lektüre durch eigene Recherchen einen spielerischen Charakter. Das Werk Herzmanovsky-Orlandos ist zeitlos, wie es ein Kosmos des Wissens nur sein kann. Leicht wird es dem Leser dabei nicht gemacht, das erkannten vermutlich auch die Verleger seiner Zeit. „[…] man muß ein guter Kenner der Geschichte sein, um die Feinheiten im Stück verstehen zu können", erkannte ein Vertreter der Zunft 1936, dem der Autor eines seiner Dramen angeboten hatte. „Wer die Geschichte nicht kennt, wird in Ihrem Stück den Witz nicht herausfinden und wird darin nur Zoten sehen."

Als „ein Meer dämonischer Rossknödel" beschrieb Herzmanovsky-Orlando die zahlreichen Hindernisse, die der Publikation seines literarischen Œuvres entgegen standen. Seine chronische Erfolglosigkeit erklärt sich wohl auch daraus, dass er gegen seine Zeit schrieb. Nach dem Erscheinen des Romans *Der Gaulschreck im Rosennetz* 1928 war nichts mehr veröffentlicht worden. Dem repressiven Kulturverständnis des Austrofaschismus musste sein Werk ebenso fremd sein wie dem geistigen Umfeld des großdeutschen Reichs und den restaurativen Tendenzen der Nachkriegsära. Wenn dem Autor von einem Berliner Verlag 1937 „eine gefährliche Neigung" attestiert wurde, „alles ins Lächerliche zu ziehen", so spricht das allenfalls für den Autor. Was Herzmanovsky-Orlando ernst nahm – Eros, Wissen, Relativierung von Ordnung und Autorität – war und ist für jede politische Führung ein Problem.

Friedrich Torberg hat in den 50er Jahren das Werk grundlegend verändert. Er strich in seiner Bearbeitung – einem konservativen Gattungsbegriff verpflichtet – umfangreiche Passagen zugunsten der Linearität der Handlung. Im Fall des vorliegenden Romans war es – nach Susanna Kirschl-Goldberg – die Hälfte des ursprünglichen Textes. Neben der Eliminierung ins Abseits führender Seitenstränge der Handlung, die als werktypisch gelten können, verkehrte Torberg aber auch charakteristische Tendenzen des Textes ins Gegenteil. Wo sich Herzmanovsky-Orlando geradezu anarchistisch gerierte, wurde er durch den Einsatz von Austriazismen zur restaurativen Identitätsfigur des neuen Österreich gemacht. Wo behutsame Eingriffe eines Lektors ausgereicht hätten, um den einen oder anderen lapsus plumae zu korrigieren, veranstaltete Torberg einen Kahlschlag, dem die Vielschichtigkeit und Komplexität einer erlesenen Begriffswelt ebenso zum Opfer fielen wie die typische Diskrepanz zwischen gehobener Sprache und Kalauer.

Vor mehr als einem Vierteljahrhundert wurde von Susanna Kirschl-Goldberg der vorliegende Roman unter dem Titel *Rout am Fliegenden Holländer* erstmals „in seinem gesamten Textbestand und originalen Wortlaut" herausgegeben. Als Basis für ihre Edition griff Kirschl-Goldberg seinerzeit auf eine in zwei Durchschlägen überlieferte maschinschriftliche Abschrift fremder Hand mit einzelnen Korrekturen des Autors zurück, wobei sie „die Gesamtheit der vom Verfasser eingebrachten handschriftlichen Korrekturen" berücksichtigte. „Da Herzmanovsky keines der beiden Exemplare konsequent auf Irrtümer des Abschreibers durchgesehen hat, wurde der gesamte Text mit den handschriftlichen und maschinschriftlichen Vorlagen verglichen, die zu seiner Herstellung gedient hatten. Eine große Zahl von Mißverständnissen (Hör-, Lese-, Tippfehler) sowie gutgemeinte Verbesserungsversuche des Abschreibers konnten erkannt und rückgängig gemacht werden."

Das Fehlen einer leserfreundlichen Werkausgabe dieses bedeutenden österreichischen Autors ist ein Manko. Seine Werke sind entweder in einer das Werk verfälschenden Form auf dem Markt präsent oder in der Originalfassung vergriffen. Es wurde für diese Ausgabe des Romans weder das Prinzip maximaler Textquantität postuliert noch auf eine Abschrift fremder Hand zurückgegriffen, auch wenn sie durch Einfügungen und Korrekturen des

Autors als „autorisiert" gilt. Susanna Kirschl-Goldberg schreibt selbst, dass der Autor zum Zeitpunkt der Durchsicht dieser Fassung, ein Jahr vor seinem Tod, bereits körperlich geschwächt war, was die „Autorisierung" zumindest relativiert.

Grundlage der vorliegenden Leseausgabe ist nun eine Fassung des Romans, die vom Autor selbst mit der Schreibmaschine getippt wurde, eine Vorstufe der von Susanna Kirschl-Goldberg gewählten Reinschrift. Dieses Typoskript liegt als Cod. Ser. nov. 13.683 in der Handschriftensammlung der Österreichischen Nationalbibliothek und ist – entgegen einer früheren Ansicht, die es als „zweite Romanhälfte" beschrieb – vollständig, mit Ausnahme eines einzigen Blattes, das durch die Kopie eines Durchschlags aus dem Bestand des Forschungsinstituts Brenner-Archiv in Innsbruck (II/4, fol. 6) ergänzt werden konnte. Der Rückgriff auf dieses Typoskript hat den Vorteil, dass keine Irrtümer und Abschreibfehler etc. rückgängig gemacht und keine Kompilationen hergestellt werden müssen. Nur wenige Erweiterungen und in ihrer Bedeutung vernachlässigbare Varianten wurden bei der Wahl dieser Fassung nicht berücksichtigt. Die weitgehende Übereinstimmung mit der von Susanna Kirschl-Goldberg edierten Version erklärt sich wohl daraus, dass die von ihr gewählte Reinschrift die vorliegende Textstufe zur Vorlage hatte.

Die originale Schreibweise des Autors ist nicht nur rezeptionshemmend, sie verleiht dem Werk heute ein Flair von Nostalgie und Rückwärtsgewandtheit, das seinem in Ansätzen modernen Charakter widerspricht. Die Herausgeberin der Edition von 1984 hat bewusst auf die heute veralteten Schreibweisen zurückgegriffen („Continent", „Cylinder", „Styl", „Theer" etc.), die sich daraus erklären, dass der Autor seinen Bildungsweg in der Vor-Duden-Ära abgeschlossen hat. Die Tatsache, dass Herzmanovsky-Orlando gleichzeitig eine moderne Rechtschreibung verwendet, lässt vermuten, dass er die Schreibung nicht als bewusst gesetztes Stilmittel einsetzt. Deshalb bekenne ich mich zur Verwendung einer zeitgemäßen Rechtschreibung, mit Ausnahme von Passagen, überwiegend solcher der direkten Rede, in denen Figuren durch ihre Sprechweisen charakterisiert werden. Ferner wurden mehrfach gesetzte Interpunktionszeichen reduziert. Klammern um Sätze oder Satzteile, die den Charakter von Regieanweisungen haben, wurden, so es möglich war, aufgelöst und graphische Hervorhebungen wurden beseitigt, so sie keinem inhaltlichen Zweck dienten. Der Text tritt nun stärker in den Vordergrund, wo ein Wildwuchs an überbordender Interpunktion und orthographischer Absonderlichkeiten seine Aufnahme störte.

In die Textsubstanz wurde nicht eingegriffen. Wie jedem literarischen Werk hätte auch diesem Roman ein professionelles Lektorat nicht geschadet. Dem Autor war es leider nicht vergönnt, zu Lebzeiten einen Verlag für eine Publikation zu gewinnen. Nach dem Tod des Autors Veränderungen durchzuführen erscheint problematisch, doch der vorliegende Text hat so viele Stärken, dass ihm die wenigen Schwächen zugestanden werden können.

In der vorliegenden Edition wurde dem Titel *Scoglio Pomo* bewusst der Titel *Rout am Fliegenden Holländer* hinzugefügt. *Scoglio Pomo* war bis zu dem Zeitpunkt der Arbeitstitel des Werks, als es der Autor als *Rout am Fliegenden Holländer* Verlagen anzubieten begann. Fritz von Herzmanovsky-Orlando bedachte beinahe jedes seiner Werke mit mehreren Titeln, wohl auch um in seinem Bekanntenkreis den Eindruck größerer literarischer Produktivität zu erwecken. Um nun dem Missverständnis vorzubeugen, *Scoglio Pomo* und *Rout am Fliegenden Holländer* wären unterschiedliche Werke, werden hier beide Titel verwendet, *Scoglio Pomo* allerdings mit Vorrang: Inhaltlich geht es im Werk auch nicht primär um den Ball auf dem Geisterschiff, sondern um die Idylle auf der Insel und ihren Untergang.

Angesichts des „Meeres dämonischer Rossknödel" auf dem Weg zu diesem Buch danke ich vor allem den Menschen, die mich in meinen Intentionen bestärkt und mir Hilfestellungen geleistet haben, allen voran meinem Lehrer Herrn Univ.-Prof. Dr. Wendelin Schmidt-Dengler, Herrn Univ.-Prof. Mag. Dr. Johann Holzner vom Forschungsinstitut Brenner-Archiv, meinem Lektor Dr. Günther Eisenhuber, Maria Concetta Ascher, die sich der italienischen Textstellen annahm, und meiner Familie.

Dr. Klaralinda Ma-Kircher

Fritz von Herzmanovsky-Orlando
Sinfonietta Canzonetta Austriaca
Eine Dokumentation zu Leben und Werk
Sämtliche Werke Band 10
Herausgegeben von Susanna Goldberg
und Max Reinisch

Wer war Fritz von Herzmanovsky-Orlando? Er ist unbestritten ein Fixpunkt der österreichischen Literaturgeschichte, er ist klassisch und dennoch bis heute eine weitgehend unbekannte Größe geblieben. Das Bild vom Autor und seinem Werk ist von zahlreichen Missverständnissen und unhinterfragten Meinungen geprägt. Das ist mit ein Grund dafür, dass Fritz von Herzmanovsky-Orlando immer wieder für sehr unterschiedliche Seiten und weltanschauliche Positionen reklamiert wird. Mit der Person des Autors und dem hinterlassenen Werk hat das häufig recht wenig zu tun.

Susanna Goldberg und Max Reinisch korrigieren diese Einseitigkeiten und ermöglichen mit ihrer Darstellung zum ersten Mal und auf Basis einer jahrelangen Beschäftigung mit dem Werk und dem Nachlass des Künstlers eine ganzheitliche Sicht auf seine menschliche und künstlerische Entwicklung. Entstanden ist daraus eine ebenso sorgfältige wie lebendige, reichhaltige und nicht zuletzt spannende Spurensuche, ein unverzichtbarer Schlüssel zu Leben und Werk dieses großen Unbekannten.

autor**in**residenz

H. C. Artmann
Gesammelte Prosa
4 Bände im Schuber
Herausgegeben von Klaus Reichert

Der Zauber wirkt noch immer unvermindert und nirgends stärker und überraschender und facettenreicher als in H. C. Artmanns Prosa. Das ganze Wunder in vier Bänden: 1600 Seiten, und in jeder Zeile der sprühende Geist, der immense Reichtum an Formen und Einfällen, die subtile Komik einer Ausnahmeerscheinung der österreichischen Literatur. Es gibt nur wenige Wunder auf dieser Welt: H. C. Artmann ist eines davon.

Sein dichterisches Genie besteht nicht in der Formulierung von angeblichen Wahrheiten, sondern in der poetischen Nutzbarmachung von Sprachen und Stilen.
Franzobel

Dereinst wird er, ein echter Mann des Volkes, gerühmt sein als eine Verkörperung unserer kollektiven Seele. Als zum Grundbestand unserer Kultur gehörig.
Peter Rosei

Ja, das ist's: Seine Sprache wirkt so körperlich, weil er sie wie einen Körper behandelt, und da er ein Könner ist, weiß er, daß der Sprachkörper an jeder Stelle erotisierbar ist.
Jörg Drews

Es gibt viele Artmanns, und keiner ist der ganze. Unser kann allenfalls Artmanns Werk werden. Jederzeit.
Anton Thuswaldner

autor**in**residenz

George Saiko
Der Mann im Schilf
Roman
Sämtliche Werke Band 2

George Saiko erweist sich als einer der wirklich bedeutenden Erzähler der österreichischen Literatur der Jahrhundertmitte. Er steht in der Tradition jener Romanentwicklung, die von Rilke, Kafka, Musil und Broch zu Doderer und Gütersloh reicht und die gekennzeichnet ist von dem Versuch, in einem Zeitalter sich zunehmend verwirrender Perspektiven der Form des Romans neue und zeitgemäße Möglichkeiten zu eröffnen.

»Eines Tages entdeckt man eben, dass Freiheit ein Leerlauf ist, ein Selbstbetrug, dessen man sich schämt, dass es höchstens eine Art von Freiheit gibt, die Freiheit von etwas –« Mit dieser gleich zu Beginn des Romans wie leichtfertig hingeworfener Bemerkung ist jener Grundton allgemeiner Verunsicherung angeschlagen, der den ganzen Roman durchzieht. Der Archäologe Sir Gerald, seine Frau Loraine und sein Assistent Robert – der auch Loraines Geliebter war – sind von einer Grabungscampagne auf Kreta zurückgekehrt nach Salzburg, wo Robert seine Verlobte Hanna treffen will. Hier nun – man schreibt das Jahr 1934 – geraten sie in die Wirren des Faschisten-Putsches, der das Land mit Gewalt und Hass überzieht und auch unter ihnen sein Opfer findet. Saiko verknüpft nun die beklemmende Darstellung der politischen Katastrophe mit dem heillosen Beziehungsgeflecht seiner Figuren, wobei die Brutalität der historischen Ereignisse und die Unerbittlichkeit der persönlichen Konflikte einander spiegeln.

autor**in**residenz